STS

山田社

U0080199

STS

山田社

山田社
日檢書

ここまでやる、だから合格できる　竭盡所能，所以絕對合格

附贈 MP3

絕對合格　全攻略！

新制日檢

必背 かならず あんしょう

かならずでる

必出

單字

N4

吉松由美・田中陽子 ◉合著

前言
preface

新制日檢 N4 必出 801 字，配合 801「金短句」+「金長句」+ 重音標示
50 音順＋主題分類，劃出學習捷徑，快速掌握出題重點。

「金短句」透析與其他詞常見的搭配形式，
以獲舉一反三增加詞彙量、增強表達力。

研究顯示多舉出例句將提升記憶，
本書加上含同級文法的「金長句」大大有利於提升日檢分數。

重音標示，讓您一聽就有懂，不讓聽力分數形成落差，
縮短日檢合格距離！

50 音順單字＋主題分類單字，
加強記憶聯想，好查又好背！

《絕對合格 全攻略！新制日檢 N4 必背必出單字》百分百全面日檢學習對策，讓您致勝考場：

★ 所有單字標示「重音」，讓您會聽、會用，考場拿出真本事！

★ 每個單字都補充同級「類語詞」加強易混淆單字、同義詞的區別學習，學習效果 3 倍升級！

★ 新增最接近必出考題的金短句「必考詞組」，以提升理解度，單字用法一點就通！

★ 編寫最接近必出考題的金例句「必考例句」，同步吸收同級文法與會話，三效合一，效果絕佳！

★ 50 音順單字＋主題單字，讓您好查又好背！別讓記憶力，成為考試的壓力！

★ 三回新制模擬考題，全面攻略！100%擬真體驗，100% 命中考題！

本書提供 100%全面的單字學習對策，讓您輕鬆取證，致勝考場！特色有：

● 50 音順＋主題分類＝合格捷徑！

全書單字先採 50 音順排列，黃金搭配省時省力，讓你方便查詢，每個字並補充類義詞，搭配部分對義詞，加強易混淆單字、同義詞的區別學習。後依主題分類，相關單字一網打盡，讓你加深印象、方便記憶，必考單字量三級跳！

● 標示重音，輕鬆攻破聽力，縮短合格距離！

突破日檢考試第一鐵則，會聽、會用才是真本事！「きれいな はな」是「花很漂亮」還是「鼻子很漂亮」？小心別上當，搞懂重音，會聽才會用！本書每個單字後面都標上重音，讓您一開始就打好正確的發音基礎，讓您一聽就有懂，不讓聽力分數形成落差，大幅提升日檢聽力實力，縮短日檢合格距離！

● 八百多個單字，舉一反十，變出無數用法！

絕對合格必背必出單字給您五星級內容，讓您怎麼考，怎麼過！權威，就是這麼威！

▲ 所有單詞（包括接頭詞、接尾詞、感歎詞等）精心挑選，標注重音、詞性，解釋貼切詳細。

▲ 每個字增加同級類義詞，配合部分對義詞，戰勝日檢的「換句話說」題型，3倍擴充單字量。

▲ 最接近必出考題的短句，針對「文脈規定」的題型，濃縮學習密度，讓您知道如何靈活運用單字。

▲ 最接近必出考題的例句，同級文法與會話同步學習，針對日檢趨向生活化，效果絕佳！

● 貼心排版，一目瞭然，好用好學！

單字全在一個對頁內就能完全掌握，左邊是單字資訊，右邊是慣用詞組及例句，不必翻來翻去眼花撩亂，閱讀動線清晰好對照。

● 權威經驗，值得信賴！

本書以日本國際交流基金（JAPAN FOUNDATION）舊制考試基準，及最新發表的「新日本語能力試驗相關概要」為基準。並參考舊制及新制日檢考試內容並結合日語使用現況，同時分析國內外各類單字書及試題等，並由具有豐富教學經驗的日語教育專家精心挑選出 N4 單字編著成書。

● 日籍教師朗讀 MP3 光碟，光聽就會！

由日籍教師標準發音朗讀，馬上聽、馬上通、馬上過！本書附贈 MP3 光碟，由日本專業老師親自錄音，隨聽隨記，即使沒時間也能讓你耳濡目染。可說是聽力訓練，最佳武器！

● 模擬試題，怎麼考怎麼過！

本書附有三回模擬試題，題數、題型、難易度、出題方向皆逼近實際考題，可用來自我檢測、考前複習，提高實力及臨場反應。讓你一回首勝、二回連勝、三回模考包你日檢全勝！

● 編號設計，掌握進度！

每個單字都有編號及打勾方格，可以自行安排學習或複習進度！

目錄

contents

新「日本語能力測驗」概要

JLPT

一、什麼是新日本語能力試驗呢

1. 新制「日語能力測驗」

從2010年起實施的新制「日語能力測驗」（以下簡稱為新制測驗）。

1－1 實施對象與目的

　　新制測驗與舊制測驗相同，原則上，實施對象為非以日語作為母語者。其目的在於，為廣泛階層的學習與使用日語者舉行測驗，以及認證其日語能力。

1－2 改制的重點

改制的重點有以下四項：

1 測驗解決各種問題所需的語言溝通能力

　　新制測驗重視的是結合日語的相關知識，以及實際活用的日語能力。因此，擬針對以下兩項舉行測驗：一是文字、語彙、文法這三項語言知識；二是活用這些語言知識解決各種溝通問題的能力。

2 由四個級數增為五個級數

　　新制測驗由舊制測驗的四個級數（1級、2級、3級、4級），增加為五個級數（N1、N2、N3、N4、N5）。新制測驗與舊制測驗的級數對照，如下所示。最大的不同是在舊制測驗的2級與3級之間，新增了N3級數。

N1	難易度比舊制測驗的1級稍難。合格基準與舊制測驗幾乎相同。
N2	難易度與舊制測驗的2級幾乎相同。
N3	難易度介於舊制測驗的2級與3級之間。（新增）
N4	難易度與舊制測驗的3級幾乎相同。
N5	難易度與舊制測驗的4級幾乎相同。

＊「N」代表「Nihongo（日語）」以及「New（新的）」。

3 施行「得分等化」

　　由於在不同時期實施的測驗，其試題均不相同，無論如何慎重出題，每次測驗的難易度總會有或多或少的差異。因此在新制測驗中，導入「等化」的計分方式後，便能將不同時期的測驗分數，於共同量尺上相互比較。因此，無論是在什麼時候接受測驗，只要是相同級

數的測驗，其得分均可予以比較。目前全球幾種主要的語言測驗，均廣泛採用這種「得分等化」的計分方式。

4 提供「日本語能力試驗Can-do自我評量表」（簡稱JLPT Can-do）

為了瞭解通過各級數測驗者的實際日語能力，新制測驗經過調查後，提供「日本語能力試驗Can-do自我評量表」。該表列載通過測驗認證者的實際日語能力範例。希望通過測驗認證者本人以及其他人，皆可藉由該表格，更加具體明瞭測驗成績代表的意義。

1－3 所謂「解決各種問題所需的語言溝通能力」

我們在生活中會面對各式各樣的「問題」。例如，「看著地圖前往目的地」或是「讀著說明書使用電器用品」等等。種種問題有時需要語言的協助，有時候不需要。

為了順利完成需要語言協助的問題，我們必須具備「語言知識」，例如文字、發音、語彙的相關知識、組合語詞成為文章段落的文法知識、判斷串連文句的順序以便清楚說明的知識等等。此外，亦必須能配合當前的問題，擁有實際運用自己所具備的語言知識的能力。

舉個例子，我們來想一想關於「聽了氣象預報以後，得知東京明天的天氣」這個課題。想要「知道東京明天的天氣」，必須具備以下的知識：「晴れ（晴天）、くもり（陰天）、雨（雨天）」等代表天氣的語彙；「東京は明日は晴れでしょう（東京明日應是晴天）」的文句結構；還有，也要知道氣象預報的播報順序等。除此以外，尚須能從播報的各地氣象中，分辨出哪一則是東京的天氣。

如上所述的「運用包含文字、語彙、文法的語言知識做語言溝通，進而具備解決各種問題所需的語言溝通能力」，在新制測驗中稱為「解決各種問題所需的語言溝通能力」。

新制測驗將「解決各種問題所需的語言溝通能力」分成以下「語言知識」、「讀解」、「聽解」等三個項目做測驗。

語言知識	各種問題所需之日語的文字、語彙、文法的相關知識。
讀　解	運用語言知識以理解文字內容，具備解決各種問題所需的能力。
聽　解	運用語言知識以理解口語內容，具備解決各種問題所需的能力。

作答方式與舊制測驗相同，將多重選項的答案劃記於答案卡上。此外，並沒有直接測驗口語或書寫能力的科目。

2. 認證基準

　　新制測驗共分為N1、N2、N3、N4、N5五個級數。最容易的級數為N5，最困難的級數為N1。

　　與舊制測驗最大的不同，在於由四個級數增加為五個級數。以往有許多通過3級認證者常抱怨「遲遲無法取得2級認證」。為因應這種情況，於舊制測驗的2級與3級之間，新增了N3級數。

　　新制測驗級數的認證基準，如表1的「讀」與「聽」的語言動作所示。該表雖未明載，但應試者也必須具備為表現各語言動作所需的語言知識。

　　N4與N5主要是測驗應試者在教室習得的基礎日語的理解程度；N1與N2是測驗應試者於現實生活的廣泛情境下，對日語理解程度；至於新增的N3，則是介於N1與N2，以及N4與N5之間的「過渡」級數。關於各級數的「讀」與「聽」的具體題材（內容），請參照表1。

■ 表1　新「日語能力測驗」認證基準

<table>
<tr>
<td rowspan="8">困
難
＊</td>
<td>級
數</td>
<td>認證基準
各級數的認證基準，如以下【讀】與【聽】的語言動作所示。各級數亦必須具備為表現各語言動作所需的語言知識。</td>
</tr>
<tr>
<td rowspan="3">N1</td>
<td>能理解在廣泛情境下所使用的日語</td>
</tr>
<tr>
<td>【讀】・可閱讀話題廣泛的報紙社論與評論等論述性較複雜及較抽象的文章，且能理解其文章結構與內容。
・可閱讀各種話題內容較具深度的讀物，且能理解其脈絡及詳細的表達意涵。</td>
</tr>
<tr>
<td>【聽】・在廣泛情境下，可聽懂常速且連貫的對話、新聞報導及講課，且能充分理解話題走向、內容、人物關係、以及說話內容的論述結構等，並確實掌握其大意。</td>
</tr>
<tr>
<td rowspan="3">N2</td>
<td>除日常生活所使用的日語之外，也能大致理解較廣泛情境下的日語</td>
</tr>
<tr>
<td>【讀】・可看懂報紙與雜誌所刊載的各類報導、解說、簡易評論等主旨明確的文章。
・可閱讀一般話題的讀物，並能理解其脈絡及表達意涵。</td>
</tr>
<tr>
<td>【聽】・除日常生活情境外，在大部分的情境下，可聽懂接近常速且連貫的對話與新聞報導，亦能理解其話題走向、內容、以及人物關係，並可掌握其大意。</td>
</tr>
<tr>
<td rowspan="1">N3</td>
<td>能大致理解日常生活所使用的日語
【讀】・可看懂與日常生活相關的具體內容的文章。
・可由報紙標題等，掌握概要的資訊。
・於日常生活情境下接觸難度稍高的文章，經換個方式敘述，即可理解其大意。
【聽】・在日常生活情境下，面對稍微接近常速且連貫的對話，經彙整談話的具體內容與人物關係等資訊後，即可大致理解。</td>
</tr>
</table>

＊ 容 易 ↓	N4	能理解基礎日語 【讀】・可看懂以基本語彙及漢字描述的貼近日常生活相關話題的文章。 【聽】・可大致聽懂速度較慢的日常會話。
	N5	能大致理解基礎日語 【讀】・可看懂以平假名、片假名或一般日常生活使用的基本漢字所書寫的固定詞 　　　句、短文、以及文章。 【聽】・在課堂上或周遭等日常生活中常接觸的情境下，如為速度較慢的簡短對 　　　話，可從中聽取必要資訊。

＊N1最難，N5最簡單。

3. 測驗科目

　　新制測驗的測驗科目與測驗時間如表2所示。

■ 表2　測驗科目與測驗時間＊①

級 數	測驗科目 （測驗時間）			
N1	語言知識（文字、語彙、文法）、 讀解 （110分）		聽解 （60分）	→
N2	語言知識（文字、語彙、文法）、 讀解 （105分）		聽解 （50分）	→
N3	語言知識 （文字、語彙） （30分）	語言知識 （文法）、讀解 （70分）	聽解 （40分）	→
N4	語言知識 （文字、語彙） （30分）	語言知識 （文法）、讀解 （60分）	聽解 （35分）	→
N5	語言知識 （文字、語彙） （25分）	語言知識 （文法）、讀解 （50分）	聽解 （30分）	→

測驗科目為「語言知識（文字、語彙、文法）、讀解」；以及「聽解」共2科目。

測驗科目為「語言知識（文字、語彙）」；「語言知識（文法）、讀解」；以及「聽解」共3科目。

　　N1與N2的測驗科目為「語言知識（文字、語彙、文法）、讀解」以及「聽解」共2科目；N3、N4、N5的測驗科目為「語言知識（文字、語彙）」、「語言知識（文法）、讀解」、「聽解」共3科目。

　　由於N3、N4、N5的試題中，包含較少的漢字、語彙、以及文法項目，因此當與N1、N2測驗相同的「語言知識（文字、語彙、文法）、讀解」科目時，有時會使某幾道試題成為其他題目的提示。為避免這個情況，因此將「語言知識（文字、語彙、文法）、讀解」，分成「語言知識（文字、語彙）」和「語言知識（文法）、讀解」施測。

＊①：聽解因測驗試題的錄音長度不同，致使測驗時間會有些許差異。

4. 測驗成績

4－1 量尺得分

舊制測驗的得分，答對的題數以「原始得分」呈現；相對的，新制測驗的得分以「量尺得分」呈現。

「量尺得分」是經過「等化」轉換後所得的分數。以下，本手冊將新制測驗的「量尺得分」，簡稱為「得分」。

4－2 測驗成績的呈現

新制測驗的測驗成績，如表3的計分科目所示。N1、N2、N3的計分科目分為「語言知識（文字、語彙、文法）」、「讀解」、以及「聽解」3項；N4、N5的計分科目分為「語言知識（文字、語彙、文法）、讀解」以及「聽解」2項。

會將N4、N5的「語言知識（文字、語彙、文法）」和「讀解」合併成一項，是因為在學習日語的基礎階段，「語言知識」與「讀解」方面的重疊性高，所以將「語言知識」與「讀解」合併計分，比較符合學習者於該階段的日語能力特徵。

■ 表3 各級數的計分科目及得分範圍

級數	計分科目	得分範圍
N1	語言知識（文字、語彙、文法）	0～60
	讀解	0～60
	聽解	0～60
	總分	0～180
N2	語言知識（文字、語彙、文法）	0～60
	讀解	0～60
	聽解	0～60
	總分	0～180
N3	語言知識（文字、語彙、文法）	0～60
	讀解	0～60
	聽解	0～60
	總分	0～180
N4	語言知識（文字、語彙、文法）、讀解	0～120
	聽解	0～60
	總分	0～180
N5	語言知識（文字、語彙、文法）、讀解	0～120
	聽解	0～60
	總分	0～180

各級數的得分範圍，如表3所示。N1、N2、N3的「語言知識（文字、語彙、文法）」、「讀解」、「聽解」的得分範圍各為0～60分，三項合計的總分範圍是0～180分。「語言知識（文字、語彙、文法）」、「讀解」、「聽解」各占總分的比例是1：1：1。

　　N4、N5的「語言知識（文字、語彙、文法）、讀解」的得分範圍為0～120分，「聽解」的得分範圍為0～60分，二項合計的總分範圍是0～180分。「語言知識（文字、語彙、文法）、讀解」與「聽解」各占總分的比例是2：1。還有，「語言知識（文字、語彙、文法）、讀解」的得分，不能拆解成「語言知識（文字、語彙、文法）」與「讀解」二項。

　　除此之外，在所有的級數中，「聽解」均占總分的三分之一，較舊制測驗的四分之一為高。

4－3　合格基準

　　舊制測驗是以總分作為合格基準；相對的，新制測驗是以總分與分項成績的門檻二者作為合格基準。所謂的門檻，是指各分項成績至少必須高於該分數。假如有一科分項成績未達門檻，無論總分有多高，都不合格。

　　新制測驗設定各分項成績門檻的目的，在於綜合評定學習者的日語能力，須符合以下二項條件才能判定為合格：①總分達合格分數（＝通過標準）以上；②各分項成績達各分項合格分數（＝通過門檻）以上。如有一科分項成績未達門檻，無論總分多高，也會判定為不合格。

　　N1～N3及N4、N5之分項成績有所不同，各級總分通過標準及各分項成績通過門檻如下所示：

級數	總分		分項成績					
			言語知識（文字・語彙・文法）		讀解		聽解	
	得分範圍	通過標準	得分範圍	通過門檻	得分範圍	通過門檻	得分範圍	通過門檻
N1	0～180分	100分	0～60分	19分	0～60分	19分	0～60分	19分
N2	0～180分	90分	0～60分	19分	0～60分	19分	0～60分	19分
N3	0～180分	95分	0～60分	19分	0～60分	19分	0～60分	19分

級數	總分		分項成績			
			言語知識（文字・語彙・文法）・讀解		聽解	
	得分範圍	通過標準	得分範圍	通過門檻	得分範圍	通過門檻
N4	0～180分	90分	0～120分	38分	0～60分	19分
N5	0～180分	80分	0～120分	38分	0～60分	19分

※上列通過標準自2010年第1回(7月)【N4、N5為2010年第2回(12月)】起適用。

　　缺考其中任一測驗科目者，即判定為不合格。寄發「合否結果通知書」時，含已應考之測驗科目在內，成績均不計分亦不告知。

4-4 測驗結果通知

依級數判定是否合格後,寄發「合否結果通知書」予應試者;合格者同時寄發「日本語能力認定書」。

■ N1, N2, N3

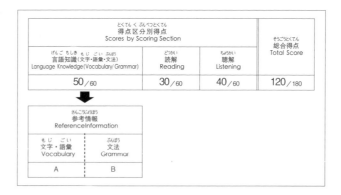

■ N4, N5

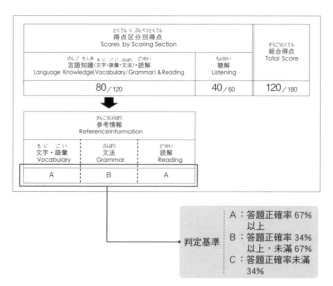

判定基準

A:答題正確率 67% 以上
B:答題正確率 34% 以上,未滿 67%
C:答題正確率未滿 34%

※ 各節測驗如有一節缺考就不予計分,即判定為不合格。雖會寄發「合否結果通知書」但所有分項成績,含已出席科目在內,均不予計分。各欄成績以「*」表示,如「**／60」。
※ 所有科目皆缺席者,不寄發「合否結果通知書」。

N4 題型分析

測驗科目 （測驗時間）	試題內容			
	題型		小題 題數 ＊	分析
語言知識 （30分）	文字、語彙	1 漢字讀音 ◇	9	測驗漢字語彙的讀音。
		2 假名漢字寫法 ◇	6	測驗平假名語彙的漢字寫法。
		3 選擇文脈語彙 ○	10	測驗根據文脈選擇適切語彙。
		4 替換類義詞 ○	5	測驗根據試題的語彙或說法，選擇類義詞或類義說法。
		5 語彙用法 ○	5	測驗試題的語彙在文句裡的用法。
語言知識、讀解 （60分）	文法	1 文句的文法1 （文法形式判斷）○	15	測驗辨別哪種文法形式符合文句內容。
		2 文句的文法2 （文句組構）◆	5	測驗是否能夠組織文法正確且文義通順的句子。
		3 文章段落的文法 ◆	5	測驗辨別該文句有無符合文脈。
	讀解＊	4 理解內容 （短文）○	4	於讀完包含學習、生活、工作相關話題或情境等，約100~200字左右的撰寫平易的文章段落之後，測驗是否能夠理解其內容。
		5 理解內容 （中文）○	4	於讀完包含以日常話題或情境為題材等，約450字左右的簡易撰寫文章段落之後，測驗是否能夠理解其內容。
		6 釐整資訊 ◆	2	測驗是否能夠從介紹或通知等，約400字左右的撰寫資訊題材中，找出所需的訊息。
聽解 （35分）		1 理解問題 ◇	8	於聽取完整的會話段落之後，測驗是否能夠理解其內容（於聽完解決問題所需的具體訊息之後，測驗是否能夠理解應當採取的下一個適切步驟）。
		2 理解重點 ◇	7	於聽取完整的會話段落之後，測驗是否能夠理解其內容（依據剛才已聽過的提示，測驗是否能夠抓住應當聽取的重點）。
		3 適切話語 ◆	5	於一面看圖示，一面聽取情境說明時，測驗是否能夠選擇適切的話語。
		4 即時應答 ◆	8	於聽完簡短的詢問之後，測驗是否能夠選擇適切的應答。

＊「小題題數」為每次測驗的約略題數，與實際測驗時的題數可能未盡相同。此外，亦有可能會變更小題題數。

＊有時在「讀解」科目中，同一段文章可能會有數道小題。

＊符號標示：「◆」舊制測驗沒有出現過的嶄新題型；「◇」沿襲舊制測驗的題型，但是更動部分形式；「○」與舊制測驗一樣的題型。

資料來源：《日本語能力試驗JLPT官方網站：分項成績‧合格判定‧合否結果通知》。2016年1月11日，
　　　　　取自：http://www.jlpt.jp/tw/guideline/results.html

本書使用說明

Point 1 漸進式學習

利用單字、詞組（短句）和例句（長句），由淺入深提高理解力。

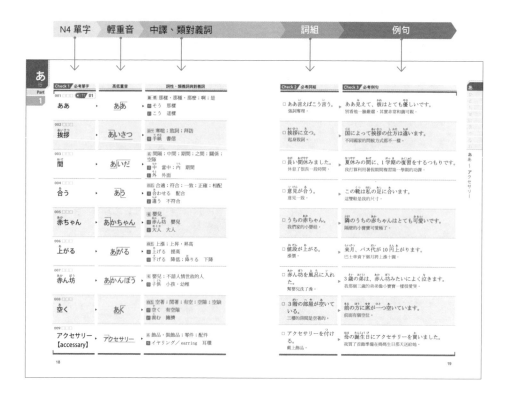

Point 2 三段式間歇性複習法

⇨ 以一個對頁為單位，每背 10 分鐘回想默背一次，每半小時回頭總複習一次。

⇨ 每個單字都有三個方格，配合三段式學習法，每複習一次就打勾一次。

⇨ 接著進行下個對頁的學習！背完第一組 10 分鐘，再複習默背上一對頁的第三組單字。

前一對頁第 3 組單字 ←

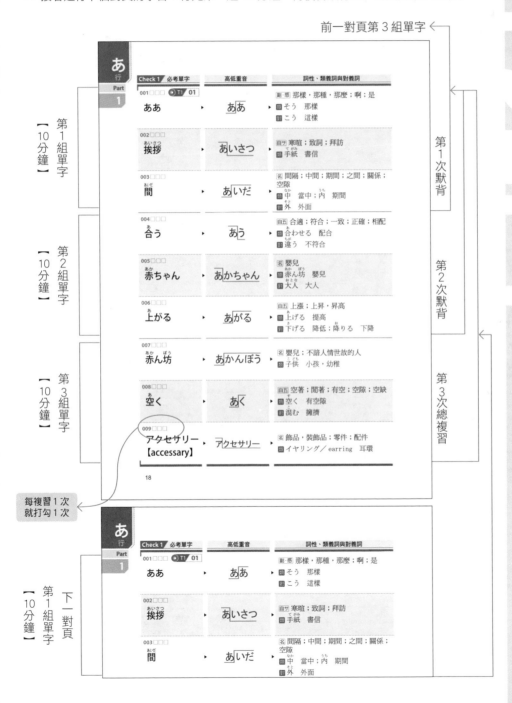

【 第 1 組單字 10 分鐘 】

【 第 2 組單字 10 分鐘 】

【 第 3 組單字 10 分鐘 】

第 1 次默背

第 2 次默背

第 3 次總複習

每複習 1 次
就打勾 1 次

【 第 1 組單字 10 分鐘 】

下一對頁

Point 3 分類單字

依主題分類，將同類單字集合在一起，營造出場景畫面，透過聯想增加單字靈活運用能力。

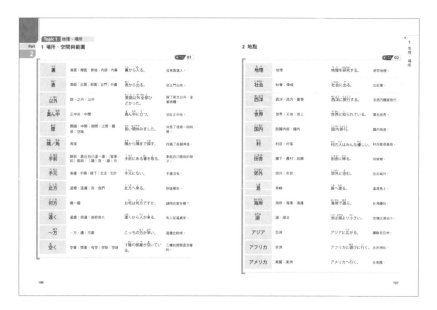

Point 4 三回全真模擬試題

本書三回模擬考題，完全符合新日檢官方試題的出題形式、場景設計、出題範圍，讓你考前複習迅速掌握重點。

JLPT

N4 單字

Check 1　必考單字	高低重音	詞性、類義詞與對義詞

001 □□□ ◉ T1 / 01

ああ ▸ ああ ▸
- 副・感 那樣，那種，那麼；啊；是
- 類 そう　那樣
- 對 こう　這樣

002 □□□

_{あいさつ}
挨拶 ▸ あいさつ ▸
- 自サ 寒暄；致詞；拜訪
- 類 _{てがみ}手紙　書信

003 □□□

_{あいだ}
間 ▸ あいだ ▸
- 名 間隔；中間；期間；之間；關係；空隙
- 類 _{なか}中　當中；_{うち}内　期間
- 對 _{そと}外　外面

004 □□□

_あ
合う ▸ あう ▸
- 自五 合適；符合；一致；正確；相配
- 類 _あ合わせる　配合
- 對 _{ちが}違う　不符合

005 □□□

_{あか}
赤ちゃん ▸ あかちゃん ▸
- 名 嬰兒
- 類 _{あか ぼう}赤ん坊　嬰兒
- 對 _{おとな}大人　大人

006 □□□

_あ
上がる ▸ あがる ▸
- 自五 上漲；上昇，昇高
- 類 _あ上げる　提高
- 對 _さ下げる　降低；_お降りる　下降

007 □□□

_{あか ぼう}
赤ん坊 ▸ あかんぼう ▸
- 名 嬰兒；不諳人情世故的人
- 類 _{こども}子供　小孩，幼稚

008 □□□

_あ
空く ▸ あく ▸
- 自五 空著；閒著；有空；空隙；空缺
- 類 _す空く　有空隙
- 對 _こ混む　擁擠

009 □□□

アクセサリー
【accessary】 ▸ アクセサリー ▸
- 名 飾品，裝飾品；零件；配件
- 類 イヤリング／ earring　耳環

□ ああ言えばこう言う。
強詞奪理。

ああ見えて、彼はとても優しいです。
別看他一臉嚴肅，其實非常和藹可親。

□ 挨拶に立つ。
起身致詞。

国によって挨拶の仕方は違います。
不同國家的問候方式都不一樣。

□ 長い間休みました。
休息了很長一段時間。

夏休みの間に、1学期の復習をするつもりです。
我打算利用暑假期間複習第一學期的功課。

□ 意見が合う。
意見一致。

この靴は私の足に合います。
這雙鞋是我的尺寸。

□ うちの赤ちゃん。
我們家的小嬰娃。

隣のうちの赤ちゃんはとても可愛いです。
隔壁的小寶寶可愛極了。

□ 値段が上がる。
漲價。

来月、バス代が 10 円上がります。
巴士車資下個月將上漲十圓。

□ 赤ん坊を風呂に入れた。
幫嬰兒洗了澡。

3歳の弟は、赤ん坊みたいによく泣きます。
我那個三歲的弟弟像小寶寶一樣很愛哭。

□ 3階の部屋が空いている。
三樓的房間是空著的。

前の方に席が一つ空いています。
前面有個空位。

□ アクセサリーを付ける。
戴上飾品。

母の誕生日にアクセサリーを買いました。
我買了首飾準備在媽媽生日那天送給她。

Check 1 / 必考單字	高低重音	詞性、類義詞與對義詞

010 □□□

あげる ▸ あげる ▸
他下一 給；送；舉，抬；改善；加速；增加，提高；請到；供養；完成
類 やる 給
對 もらう 收到

011 □□□

浅い ▸ あさい ▸
形 淺的；小的，微少的；淺色的；淺薄的，膚淺的
類 薄い 淡的，稀少的
對 深い 深的

012 □□□ ◉ T1 / 02

朝寝坊 ▸ あさねぼう ▸
名・自サ 睡懶覺；賴床；愛賴床的人
類 寝る 睡覺
對 早起き 早起

013 □□□

味 ▸ あじ ▸
名 味道；滋味；趣味；甜頭
類 辛い 辣，鹹

014 □□□

アジア
【Asia】 ▸ アジア ▸
名 亞洲
類 アジアの国々／Asia 亞洲各國
對 ヨーロッパ／Europa 歐洲

015 □□□

味見 ▸ あじみ ▸
名・他サ 試吃，嚐味道
類 味 味道

016 □□□

明日 ▸ あす ▸
名 明天；將來
對 昨日 昨天

017 □□□

遊び ▸ あそび ▸
名 遊戲；遊玩；放蕩；間隙；閒遊；餘裕
類 ゲーム／game 遊戲
對 真面目 認真

018 □□□

あ（っ）▸ あ（っ）▸
感 啊（突然想起、吃驚的樣子）哎呀；（打招呼）喂
類 ああ 啊啊；あのう 喂

Check 2 / 必考詞組	Check 3 / 必考例句
□ 子供に本をあげる。 把書拿給孩子。	▶ 妹にケーキを半分あげます。 我把半塊蛋糕分給妹妹。
□ 浅い川。 淺淺的河。	▶ 浅いプールの方で泳ぎます。 我要去泳池的淺水區那邊游泳。
□ 今日は朝寝坊をした。 今天早上睡過頭了。	▶ 朝寝坊して、学校に遅れました。 早上睡過頭，上學遲到了。
□ 味がいい。 好吃，美味；富有情趣。	▶ このレストランは味がいいです。 這家餐廳的餐點很美味。
□ アジアに広がる。 擴散至亞洲。	▶ ベトナムはアジアにある国です。 越南是位在亞洲的國家。
□ スープの味見をする。 嚐嚐湯的味道。	▶ 味見をしてから、塩を加えます。 嚐過味道以後再撒鹽。
□ 明日の朝。 明天早上。	▶ 明日、家族で動物園へ行きます。 我們全家人明天要去動物園。
□ 遊びがある。 有餘力；有間隙。	▶ 昔のお正月の遊びを写真で見ました。 從照片中看到了從前的春節遊戲。
□ あっ、右じゃない。 啊！不是右邊！	▶ あっ、財布を忘れてしまいました。 啊，我忘了帶錢包！

Check 1　必考單字	高低重音	詞性、類義詞與對義詞

019 □□□
あつ
集まる ▸ あつまる ▸ 自五 集合；聚集
類 集める　蒐集

020 □□□
あつ
集める ▸ あつめる ▸ 他下一 收集，集合，集中
とる
類 採る　採集
くば
對 配る　分送

021 □□□
あてさき
宛先 ▸ あてさき ▸ 名 收件人姓名地址，送件地址
じゅうしょ
類 住所　地址
さしだしにん
對 差出人　寄件人

022 □□□
アドレス ▸ アドレス ▸ 名 住址，地址；（電子信箱）地址；
【address】 （高爾夫）擊球前姿勢
じゅうしょ
類 住所　住址

023 □□□　●T1/03
アフリカ ▸ アフリカ ▸ 名 非洲
【Africa】 類 ヨーロッパ／Europa　歐洲

024 □□□
アメリカ ▸ アメリカ ▸ 名 美國；美洲
【America】 せいよう
類 西洋　西洋

025 □□□
あやま
謝る ▸ あやまる ▸ 他五 道歉；謝罪；認輸；謝絕，辭退
類 すみません　抱歉
對 ありがとう　謝謝

026 □□□
アルコール ▸ アルコール ▸ 名 酒精；乙醇；酒
【alcohol】 さけ
類 酒　酒的總稱

027 □□□
アルバイト ▸ アルバイト ▸ 名・自サ 打工
【arbeit（德）】 しごと
類 仕事　工作
あそ
對 遊び　遊玩

□ 駅の前に集まる。
在車站前集合。

▶ 9時に、学校の前に集まりなさい。
九點在校門口集合！

□ 切手を集める。
收集郵票。

▶ 兄の趣味は、切手を集めることです。
哥哥的嗜好是蒐集郵票。

□ 宛先を書く。
寫上收件人的姓名地址。

▶ 宛先を間違えて書いてしまいました。
我寫錯收件人的姓名地址了。

□ アドレスをカタカナで書く。
用片假名寫地址。

▶ メールアドレスを教えてもらいました。
請對方告知電子郵件信箱了。

□ アフリカに遊びに行く。
去非洲玩。

▶ アフリカには、暑い国が多いです。
非洲的多數國家都很熱。

□ アメリカへ行く。
去美國。

▶ アメリカの大学に留学したいです。
我想去美國讀大學。

□ 君に謝る。
向你道歉。

▶ 悪いことをしたら、すぐ謝りましょう。
萬一犯錯了，要馬上道歉。

□ アルコールを飲む。
喝酒。

▶ この病気にはアルコールや煙草、そして塩分がよくない。
酒、菸以及鹽分都對這種病有害。

□ 本屋でアルバイトする。
在書店打工。

▶ 日曜日に、アルバイトをしています。
我星期天固定打工。

Check 1 必考單字	高低重音	詞性、類義詞與對義詞

028 □□□
あんしょうばんごう
暗証番号 ▸ あんしょうばんごう ▸
名 密碼
類 番号 號碼

029 □□□
あんしん
安心 ▸ あんしん ▸
名・自サ 安心，放心，無憂無慮
類 大丈夫 放心
對 心配 擔心

030 □□□
あんぜん
安全 ▸ あんぜん ▸
名・形動 安全，平安
類 無事 平安
對 危険 危險

031 □□□
あんな ▸ あんな ▸
形動 那樣的
類 そんな 那樣的
對 こんな 這樣的

032 □□□
あんない
案内 ▸ あんない ▸
名・他サ 引導；陪同遊覽，帶路；傳達；通知；了解；邀請
類 ガイド／ guide 指南，導遊

033 □□□ ● T1／04
いか
以下 ▸ いか ▸
名 以下；在…以下；之後
對 以上 以上

034 □□□
いがい
以外 ▸ いがい ▸
名 除…之外，以外
類 他 除了…以外
對 以内 以內

035 □□□
いかが
如何 ▸ いかが ▸
副 如何；怎麼樣；為什麼
類 どう 怎麼樣

036 □□□
いがく
医学 ▸ いがく ▸
名 醫學
類 医療 治療

□ 暗証番号を間違えた。
記錯密碼。

▶ 暗証番号を忘れてしまいました。
我忘記密碼了。

□ 彼がいると安心です。
有他在就放心了。

▶ 初めての海外旅行も、兄と一緒だと安心です。
雖然是第一次出國旅行，還好和哥哥一起去，可以儘管放心。

□ 安全な場所に行く。
去安全的地方。

▶ 地震の時は、安全な場所に逃げましょう。
地震時請逃往安全的場所。

□ あんなことになる。
變成那種結果。

▶ 将来、あんな家に住みたいです。
我以後想住那種房子。

□ 案内を頼む。
請人帶路。

▶ お客様を、部屋に案内します。
請帶貴賓去客房。

□ 3歳以下のお子さん。
三歲以下的兒童。

▶ 入場できるのは、両親と6歳以下の子供です。
只有父母和六歲以下兒童可以進入會場。

□ 英語以外全部ひどかった。
除了英文以外，全都很糟。

▶ 社員以外は、この部屋に入ってはいけません。
除職員以外，閒雜人等禁止進入本室。

□ ご機嫌いかがですか。
你好嗎？

▶ お食事の後にワインはいかがですか。
用完正餐之後要不要喝葡萄酒呢？

□ 医学を学ぶ。
研習醫學。

▶ 大学で、医学を勉強したいと思います。
我想上醫學系。

Check 1 必考單字	高低重音	詞性、類義詞與對義詞

037 □□□

生きる ▸ い|きる ▸ 自上一 活著，生存；謀生；獻身於；有效；有影響
類 生活 謀生
對 死ぬ 死亡

038 □□□

いくら〜ても ▸ いくら〜ても ▸ 副 無論怎麼…也
類 いつ〜ても 何時…也

039 □□□

意見 ▸ い|けん ▸ 名・自他サ 意見；勸告
類 声 想法

040 □□□

石 ▸ い|し ▸ 名 石頭；岩石；（猜拳）石頭；石板；鑽石；結石；堅硬
類 岩 岩石

041 □□□

苛める ▸ い|じめる ▸ 他下一 欺負，虐待；捉弄；折磨
類 苦しめる 欺負
對 可愛がる 疼愛

042 □□□

以上 ▸ い|じょう ▸ 名 …以上，不止，超過；上述
類 もっと 更加；合計 總計；より 甚於
對 以下 以下

043 □□□

急ぐ ▸ い|そぐ ▸ 自五 急忙，快走，加快，趕緊，著急
類 走る 奔跑
對 ゆっくり 不著急

044 □□□ T1 05

致す ▸ い|たす ▸ 他五 （「する」的謙恭說法）做，辦；致…；引起；造成；致力
類 する 做

045 □□□

頂く／戴く ▸ い|ただく ▸ 他五 接收，領取；吃，喝；戴；擁戴；請讓（我）
類 食べる 吃；もらう 收到
對 差し上げる 贈予

□ 生きて帰る。
生還。

▶ 祖母は、100歳まで生きたいと言っています。
奶奶說想活到一百歲。

□ いくら話してもわからない。
再怎麼解釋還是聽不懂。

▶ いくら泣いても、それは許せません。
就算哭得再大聲也沒用，不准就是不准！

□ 意見が合う。
意見一致。

▶ 皆で意見を出し合って、決めました。
大家各自提供意見，一起做出了結論。

□ 石で作る。
用石頭做的。

▶ 大きな石が落ちてくるので、車が通れません。
由於巨石掉落，導致車輛無法通行。

□ 動物を苛めないで。
不要虐待動物！

犬や猫を苛めてはいけない。
不可以虐待貓狗。

□ 3時間以上勉強した。
用功了超過三小時。

▶ この会場には、1000人以上入ることができます。
這個會場可以容納一千人以上。

□ 急いで帰りましょう。
趕緊回家吧。

お客様が来るので、急いで掃除をします。
有客人要來，所以趕緊打掃。

□ 私が致します。
請容我來做。

この仕事は私が致します。
這項工作由我來做。

□ お隣からみかんを頂きました。
從隔壁鄰居那裡收到了橘子。

隣のおばさんにお土産を頂きました。
收到了隔壁阿姨送的伴手禮。

Check 1 必考單字	高低重音	詞性、類義詞與對義詞

046 □□□
いちど
一度 ▶ いちど ▶

名·副 一次，一回；一旦
類 一回　一次
對 再度　第二次

047 □□□
いっしょうけんめい
一生懸命 ▶ いっしょうけんめい ▶

名·形動 拼命，努力，一心，專心
類 真面目　認真
對 いい加減　馬馬虎虎

048 □□□
い
行ってまいり
ます ▶ いってまいります ▶

寒暄 我走了
類 行ってきます　我走了
對 行ってらっしゃい　路上小心

049 □□□
い
行ってらっ
しゃい ▶ いってらっしゃい ▶

寒暄 慢走，好走，路上小心
類 お気をつけて　請慢走
對 行ってまいります　我出去了

050 □□□
いっぱい
一杯 ▶ いっぱい ▶

名·副 全部；滿滿地；很多；一杯
類 たくさん　很多
對 少し　少許

051 □□□
いっぱん
一般 ▶ いっぱん ▶

名 一般；普遍；相似，相同
類 普通　一般
對 特別　格外

052 □□□
いっぽうつうこう
一方通行 ▶ いっぽうつうこう ▶

名 單行道；單向傳達
類 片道　單程

053 □□□
いと
糸 ▶ いと ▶

名 線；紗線；（三弦琴的）弦；魚線
類 線　線條

054 □□□ T1 06
い ない
以内 ▶ いない ▶

名 以內；不超過…
類 うち　之內
對 以外　以外

□ もう一度言いましょ
　うか。
　不如我再講一次吧？

▶ 東京には一度行ったことがあります。
　我去過一次東京。

□ 一生懸命に働く。
　拼命地工作。

▶ 試験に合格する為、一生懸命勉強しています。
　為了考上而拚命用功。

□ A 社に行って参り
　ます。
　我這就去 A 公司。

▶ 親せきのお見舞いに行って参ります。
　我去探望一下生病的親戚。

□ 旅行、お気をつけて
　行ってらっしゃい。
　敬祝旅途一路順風。

▶ 車に気をつけて行ってらっしゃい。
　路上小心。

□ 駐車場がいっぱいで
　す。
　停車場已經滿了。

▶ 春になると、庭に花がいっぱい咲きます。
　春天來臨，院子裡都是盛開的花。

□ 一般の人。
　普通人。

▶ 一般の人は、この入り口から入ってください。
　一般民眾請由本入口進入。

□ この道は一方通行だ。
　這條路是單行道呀！

▶ この道は、一方通行で通れません。
　這條路是單行道，不能進入。

□ 1本の糸。
　一條線。

▶ 赤い糸で、ボタンを付けます。
　用紅線縫鈕釦。

□ 1時間以内で行ける。
　一小時內可以走到。

▶ 10分以内で、部屋を片付けてください。
　請在十分鐘內把房間收拾乾淨。

Check 1 必考單字	高低重音	詞性、類義詞與對義詞
055 □□□ いなか 田舎 ▶	いなか ▶	名 鄉下，農村；故鄉 類 国 家鄉 對 都市 城市
056 □□□ いの 祈る ▶	いのる ▶	他五 祈禱；祝福 類 願う 祈願
057 □□□ イヤリング 【earring】 ▶	イヤリング ▶	名 耳環 類 アクセサリー／accessary 裝飾品
058 □□□ いらっしゃる ▶	いらっしゃる ▶	自五 來，去，在（尊敬語） 類 見える 蒞臨 對 参る 前往
059 □□□ いん ～員 ▶	～いん ▶	名 人員；成員 類 ～名 …位
060 □□□ インストール・ する【install】 ▶	インストールする ▶	他サ 安裝（電腦軟體） 類 付ける 安裝 對 アンインストールする／Uninstall 解除安裝
061 □□□ （インター）ネット 【internet】 ▶	（インター）ネット ▶	名 網際網路 類 繋ぐ 連接
062 □□□ インフルエンザ 【influenza】 ▶	インフルエンザ ▶	名 流行性感冒 類 風邪 感冒
063 □□□ う 植える ▶	うえる ▶	他下一 栽種，種植；培養；嵌入 類 育つ 培育 對 刈る 割掉

田舎に帰る。
回家鄉。

▶ 夏休みに、家族で母の田舎に行きます。
暑假全家人要回鄉下外婆家。

子供の安全を祈る。
祈求孩子的平安。

▶ 兄が大学に合格することを祈ります。
祈禱哥哥能考上大學。

イヤリングを付ける。
戴耳環。

▶ 姉はいつもイヤリングを付けています。
姐姐總是戴著耳環。

先生がいらっしゃった。
老師來了。

▶ 大学の先生がいらっしゃいました。
大學教授來了。

店員に値段を聞きます。
向店員詢問價錢。

▶ 母は市役所の職員です。
媽媽是市公所的職員。

ソフトをインストールする。
安裝軟體。

▶ 翻訳辞書のアプリをインストールしました。
下載了翻譯辭典的APP。

インターネットを始める。
開始上網。

▶ インターネットで、京都のホテルを調べます。
用網路搜尋京都的旅館。

インフルエンザにかかる。
得了流感。

▶ インフルエンザで、学校を休みました。
因為染上流感而請假沒去上課了。

木を植える。
種樹。

▶ 公園に、桜の木を 10 本植えました。
在公園種了十棵櫻樹。

Check 1　必考單字	高低重音	詞性、類義詞與對義詞

064 □□□　⬤ T1 / 07

（お宅に）伺う
（たく）（うかが）
▶ （おたくに）うかがう ▶

他五 拜訪，訪問
類 お邪魔する　拜訪

065 □□□

（話を）伺う
（はなし）（うかが）
▶ （はなしを）うかがう ▶

他五 請教；詢問
類 聞く　打聽
（き）
對 申す　告訴
（もう）

066 □□□

受付
（うけつけ）
▶ うけつけ ▶

名・自サ 接受；詢問處；受理
類 窓口　（辦理事務的）窗口
（まどぐち）

067 □□□

受ける
（う）
▶ うける ▶

自他下一 承接；接受；承蒙；遭受；答
應；應考
類 受験する　報考
（じゅけん）
對 断る　謝絕
（ことわ）

068 □□□

動く
（うご）
▶ うごく ▶

自五 動，移動；擺動；改變；行動；
動搖
類 働く　活動
（はたら）
對 止まる　停止
（と）

069 □□□

嘘
（うそ）
▶ うそ ▶

名 謊言，說謊；不正確；不恰當
類 本当ではない　不是真的
（ほんとう）
對 本当　真正
（ほんとう）

070 □□□

うち
▶ うち ▶

名 裡面；期間；…之中；內心；一部
分；家，房子
類 中　裡面
（なか）
對 外　外面
（そと）

071 □□□

内側
（うちがわ）
▶ うちがわ ▶

名 內部，內側，裡面
類 内　…之內
（うち）
對 外側　外側
（そとがわ）

072 □□□

打つ
（う）
▶ うつ ▶

他五 打擊，打；（釘）釘子
類 叩く　敲打
（たた）
對 抜く　拔掉
（ぬ）

うかがう～うつ

☐ お宅に伺う。
拜訪您的家。

▶ 明日、部長のお宅に伺います。
明天會去經理家拜訪。

☐ ちょっと伺いますが。
不好意思，請問…。

▶ 園田さんから、ベトナムの話を伺った。
從園田小姐那裡聽到了越南的見聞。

☐ 受付期間。
受理期間。

▶ 病院の受付で、名前などを書きます。
在醫院櫃臺填寫姓名等資料。

☐ 試験を受ける。
參加考試。

▶ 来年、私は留学試験を受けるつもりです。
我打算明年參加留學考。

☐ 手が痛くて動かない。
手痛得不能動。

▶ 強い風で、木の枝が動いています。
樹枝隨著大風擺動。

☐ 嘘をつく。
說謊。

▶ 父に、嘘をついたことを謝りました。
我向爸爸道歉說了謊。

☐ 内側に入る。
進裡面來。

▶ 寒くならない内に、大掃除をしましょう。
趁著天氣還沒變冷，一起大掃除吧。

☐ 黄色い線の内側に立つ。
站在黃線後方。

▶ 電車が来ますので、黄色い線の内側でお待ちください。
電車即將進站，請勿跨越黃線。

☐ メールを打ちます。
打簡訊。

▶ 転んで、頭を打ちました。
摔倒時撞到頭了。

Check 1 必考單字	高低重音	詞性、類義詞與對義詞

073 □□□

美しい　▶　うつくしい　▶
形 美麗的，好看的；美好的，善良的
類 綺麗　美麗
對 汚い　難看的

074 □□□　◎ T1／08

写す　▶　うつす　▶
他五 抄；照相；描寫，描繪
類 書く　寫

075 □□□

映る　▶　うつる　▶
自五 映照，反射；照相；相稱；看，覺得
類 撮る　攝影

076 □□□

移る　▶　うつる　▶
自五 遷移，移動；變心；推移；染上；感染；時光流逝
類 動く　擺動；引っ越す　搬家
對 戻る　搬回

077 □□□

腕　▶　うで　▶
名 胳臂；腕力；本領；支架
類 手　胳臂；力　能力
對 足　腿

078 □□□

美味い／
上手い　▶　うまい　▶
形 好吃；拿手，高明
類 美味しい　味美的
對 不味い　難吃的

079 □□□

裏　▶　うら　▶
名 背面；裡面，背後；內部；內幕
類 後ろ　背後
對 表　表面

080 □□□

売り場　▶　うりば　▶
名 售票處；賣場
類 コーナー／corner　商店專櫃

081 □□□

煩い　▶　うるさい　▶
形 吵鬧的；煩人的；囉唆的；挑惕的；厭惡的
類 賑やか　熱鬧
對 静か　安靜

□ 星空が美しい。
星空很美。

▶ 私が生まれた町は、景色が美しいです。
我生長的城鎮，景色非常優美。

□ ノートを写す。
抄筆記。

▶ 黒板の字をノートに写します。
把黑板上的字抄寫下來。

□ 水に映る。
倒映水面。

▶ 湖に月が映って、とてもきれいです。
湖面映著月影，美麗極了。

□ 1階から2階へ移った。
從一樓移動到二樓。

▶ 来週から、席が前に移ります。
從下星期起，將會換到前面的座位。

□ 細い腕。
纖細的手臂。

▶ 転んで、右の腕が痛いです。
跌倒後右手臂好痛。

□ 字がうまい。
字寫得漂亮。

▶ 母が作った餃子はうまいです。
媽媽包的餃子真好吃。

□ 裏から入る。
從後門進入。

▶ この紙の裏に、住所と名前を書いてください。
請在這張紙的背面寫下地址和姓名。

□ 売り場へ行く。
去賣場。

▶ かばんの売り場は2階にあります。
包類專櫃在二樓。

□ ピアノの音がうるさい。
鋼琴聲很煩人。

▶ うるさいので、ちっとも勉強できません。
太吵了，根本讀不下書！

Check 1 / 必考單字	高低重音	詞性、類義詞與對義詞

082 □□□

うれ
嬉しい ▸ うれしい ▸
形 歡喜的，高興，喜悅
類 楽^{たの}しい　快樂的
對 悲^{かな}しい　悲哀的

083 □□□

うん ▸ うん ▸
感 嗯；對，是；喔
類 はい、ええ　是
對 いいえ、いや　不是

084 □□□

うんてん
運転 ▸ うんてん ▸
名·自サ 開車，駕駛；周轉；運轉
類 動^{うご}かす　轉動；走^{はし}る　行駛

085 □□□ T1 09

うんてんしゅ
運転手 ▸ うんてんしゅ ▸
名 駕駛員；司機
類 ドライバー／ driver　駕駛員
對 客^{きゃく}　客人；乗客^{じょうきゃく}　乘客

086 □□□

うんてんせき
運転席 ▸ うんてんせき ▸
名 駕駛座
類 席^{せき}　座位
對 客席^{きゃくせき}　客人座席

087 □□□

うんどう
運動 ▸ うんどう ▸
名·自サ 運動；活動；宣傳活動
類 スポーツ／ sport　運動
對 休^{やす}み　休息

088 □□□

えいかい わ
英会話 ▸ えいかいわ ▸
名 英語會話
類 英語^{えいご}　英文

089 □□□

エスカレーター ▸ エスカレーター ▸
【escalator】
名 電扶梯，自動手扶梯；自動晉級的機制
類 階段^{かいだん}　階梯；エレベーター／ elevator
電梯

090 □□□

えだ
枝 ▸ えだ ▸
名 樹枝；分枝
類 木^き　樹
對 幹^{みき}　樹幹

□ プレゼントをもらっ
て嬉_{うれ}しかった。
收到禮物後非常開心。

▶ 靴_{くつ}を買<sub>か</sub ってもらって嬉_{うれ}しいです。
我收到了鞋子的禮物，真開心。

□ うんと返事_{へんじ}する。
嗯了一聲。

▶ 私_{わたし}の質問_{しつもん}に、弟_{おとうと}が「うん」と答_{こた}えました。
弟弟只「嗯」了一聲回答我的詢問。

□ 運転_{うんてん}を習<sub>なら</sub う。
學開車。

▶ 父_{ちち}は車_{くるま}の運転_{うんてん}がとても上手_{じょうず}です。
爸爸的開車技術非常高明。

□ トラックの運転手_{うんてんしゅ}。
卡車司機。

▶ バスの運転手_{うんてんしゅ}は、とても親切_{しんせつ}です。
巴士司機非常親切。

□ 運転席_{うんてんせき}を設置_{せっち}する。
設置駕駛艙。

▶ 新幹線_{しんかんせん}の運転席_{うんてんせき}を見_みてみたいです。
真想參觀一下新幹線列車的駕駛室。

□ 運動_{うんどう}が好_すきだ。
我喜歡運動。

▶ 健康_{けんこう}の為_{ため}に、毎日運動_{まいにちうんどう}をしています。
每天都運動以保持健康。

□ 英会話学校_{えいかいわがっこう}に通<sub>かよ</sub う。
去英語學校上課。

▶ 先週_{せんしゅう}から、英会話_{えいかいわ}の教室_{きょうしつ}に通<sub>かよ</sub っています。
從上星期開始上英文會話班。

□ エスカレーターに乗_のる。
搭乘手扶梯。

▶ エスカレーターに乗_のる時_{とき}は、足元_{あしもと}に気_きをつけてください。
搭乘手扶梯時請站穩踏階。

□ 枝_{えだ}を切<sub>き</sub る。
修剪樹枝。

▶ 台風_{たいふう}で、公園_{こうえん}の木_きの枝_{えだ}が折<sub>お</sub れました。
颱風吹斷了公園裡的樹枝。

Check 1 / 必考單字	高低重音	詞性、類義詞與對義詞

091 □□□
選ぶ (えら) ▸ えらぶ ▸ 他五 選擇；與其…不如…；選舉
類 決める　選定

092 □□□
宴会 (えんかい) ▸ えんかい ▸ 名 宴會，酒宴
類 パーティー／ party　聚餐會

093 □□□
遠慮 (えんりょ) ▸ えんりょ ▸ 名・他サ 客氣；謝絕；深謀遠慮
類 御免 (ごめん)　拒絕；辭める (や)　辭去

094 □□□
お出でになる (い) ▸ おいでになる ▸ 自五 來，去，在（尊敬語）
類 行く (い)　去

095 □□□
お祝い (いわ) ▸ おいわい ▸ 名 慶祝，祝福；祝賀的禮品
類 祈る (いの)　祈禱
對 呪う (のろ)　詛咒

096 □□□ ⏺ T1/ 10
応接間 (おうせつま) ▸ おうせつま ▸ 名 客廳；會客室；接待室
類 待合室 (まちあいしつ)　等候室
對 自室 (じしつ)　自己的房間

097 □□□
横断歩道 (おうだん ほどう) ▸ おうだんほどう ▸ 名 斑馬線，人行道
類 道路 (どうろ)　道路

098 □□□
多い (おお) ▸ おおい ▸ 形 多的
類 たくさん　很多
對 少ない (すく)　不多

099 □□□
大きな (おお) ▸ おおきな ▸ 連體 大，大的；重大；偉大；深刻
類 大きい (おお)　大的
對 小さな (ちい)　小

Check 2 必考詞組	Check 3 必考例句
□ 仕事を選ぶ。 選擇工作。	▶ デパートで、友だちのプレゼントを選びました。 在百貨公司選購了送朋友的禮物。
□ 宴会に出席する。 出席宴會。	▶ 昨日の宴会はとても楽しかったです。 昨天的宴會真是賓主盡歡。
□ 遠慮がない。 不客氣，不拘束。	▶ どうぞ、遠慮なく食べてください。 別客氣，請開動。
□ よくお出でになりました。 難得您來，歡迎歡迎。	▶ 遠いところ、よくお出でになりました。 勞駕您不辭遠路而來。
□ お祝いの挨拶をする。 敬致賀詞。	▶ 祖母から、合格のお祝いをもらいました。 奶奶送了賀禮慶祝我通過考試。
□ 応接間に入る。 進入會客室。	▶ お客様を応接間にお通しします。 為貴賓領路前往會客室。
□ 横断歩道を渡る。 跨越斑馬線。	▶ 車に気をつけて横断歩道を渡りましょう。 穿越斑馬線時要小心左右來車喔。
□ 人が多い。 人很多。	▶ 日曜日は、車の事故が多いです。 星期天的車禍事故相當多。
□ 大きな声で話す。 大聲說話。	▶ こんなに大きな犬は、見たことがありません。 我從沒看過體型這麼大的狗！

Check 1　必考單字	高低重音	詞性、類義詞與對義詞

100 ☐☐☐
大匙
おおさじ
▶ おおさじ ▶
名 大匙，湯匙
類 スプーン／ spoon　湯匙
對 小匙　小匙

101 ☐☐☐
オートバイ【auto+
bicycle（和製英語）】
▶ オートバイ ▶
名 摩托車
類 バイク／ bike　摩托車

102 ☐☐☐
オーバー
【over（coat）】
▶ オーバー ▶
名 外套；大衣
類 コート／ coat　上衣；上着　外套

103 ☐☐☐
お蔭
▶ おかげ ▶
名 多虧
類 助け　幫助

104 ☐☐☐
お蔭様で
▶ おかげさまで ▶
寒暄 託福，多虧
類 お蔭　托福

105 ☐☐☐
可笑しい
▶ おかしい ▶
形 奇怪的，可笑的；不正常
類 変　奇怪
對 つまらない　無趣

106 ☐☐☐ 🔊 T1／11
～置き
▶ ～おき ▶
接尾 每隔…
類 ～ずつ　毎，各

107 ☐☐☐
億
▶ おく ▶
名（單位）億；數目眾多
類 兆　兆

108 ☐☐☐
屋上
▶ おくじょう ▶
名 屋頂
類 上　上面
對 地下室　地下室

□ 大匙２杯の塩。
両大匙的鹽。

▶ コーヒーに、大匙１杯の砂糖を入れます。
將一大匙砂糖摻入咖啡裡。

□ オートバイに乗る。
騎摩托車。

▶ 兄の趣味は、オートバイに乗ることです。
哥哥的嗜好是騎機車。

□ オーバーを着る。
穿大衣。

▶ 寒い時、暖かいオーバーを着ます。
天冷的時候會穿上溫暖的大衣。

□ あなたのおかげです。
承蒙您相助。

▶ あなたのおかげで、たいへん助かりました。
承蒙您的協助，這才得以度過天大的難關。

□ おかげさまで元気で働いています。
託您的福，才能精神飽滿地工作。

▶ おかげさまで、祖父の病気もよくなりました。
託您的福，爺爺的病好多了。

□ 胃の調子がおかしい。
胃不太舒服。

▶ おかしくて、お腹が痛くなるほど笑いました。
實在太滑稽了，笑得肚子都痛了。

□ １ヶ月置きに。
每隔一個月。

▶ １日置きに、国の母に電話をかけます。
每隔一天總會打電話給故鄉的媽媽。

□ 億を数える。
數以億計。

▶ 日本の人口は、１億人以上です。
日本的總人口數超過一億人。

□ 屋上に上がる。
爬上屋頂。

▶ 屋上に上がると、遠くに海が見えます。
爬上屋頂，就可以遠眺大海。

Check 1 必考單字	高低重音	詞性、類義詞與對義詞

109□□□
贈り物
おく もの
▸ おくりもの ▸

名 贈品，禮物
類 プレゼント／present　禮物

110□□□
送る
おく
▸ おくる ▸

他五 傳送，寄送；送行；度過；派
類 届ける　送到
とど
對 うける　收到

111□□□
遅れる
おく
▸ おくれる ▸

自下一 耽誤；遲到；緩慢
類 遅刻　遲到
ち こく
對 間に合う　趕得上
ま あ

112□□□
お子さん
こ
▸ おこさん ▸

名 令郎；您孩子
類 子　子女；子供　自己的兒女
こ　　　　　こども

113□□□
起こす
お
▸ おこす ▸

他五 喚醒，叫醒；扶起；發生；引起；
振起
類 立つ　奮起
た
對 倒す　推倒
たお

114□□□
行う
おこな
▸ おこなう ▸

他五 舉行，舉辦；發動
類 やる、する　做

115□□□
怒る
おこ
▸ おこる ▸

他五・自五 生氣；斥責，罵
類 叱る　責備
しか
對 笑う　笑
わら

116□□□
押し入れ
お い
▸ おしいれ ▸

名 壁櫥
類 タンス　衣櫥；物置　庫房
ものおき

117□□□ ⏺ T1／12
お嬢さん
じょう
▸ おじょうさん ▸

名 令嬡；您女兒；小姐；千金小姐
類 娘さん　您女兒
むすめ
對 息子さん　您兒子
むす こ

Check 2 / 必考詞組	Check 3 / 必考例句
□ 贈り物をする。 贈禮。	▶ デパートで、合格祝いの贈り物を買いました。 在百貨公司買了祝賀考試合格的禮物。
□ 写真を送ります。 傳送照片。	▶ 郵便局で、田舎に荷物を送ります。 去郵局把行李寄到鄉下。
□ 学校に遅れる。 上學遲到。	▶ 雪のため、集合時間に遅れてしまいました。 由於下雪而趕不及集合時間了。
□ お子さんはおいくつですか。 您的孩子幾歲了呢？	▶ あなたのお子さんは何歳ですか。 您家的孩子幾歲呢？
□ 問題を起こす。 鬧出問題。	▶ 毎朝、7時に子供を起こします。 每天早上七點叫醒孩子。
□ 試験を行う。 舉行考試。	▶ 明日、卒業式が行われます。 明天即將舉行畢業典禮。
□ 遅刻して先生に怒られた。 由於遲到而挨了老師責罵。	▶ 嘘をつくと、父はひどく怒ります。 我說謊，惹得爸爸非常生氣。
□ 押し入れに入れる。 收進壁櫥裡。	▶ 布団を押し入れにしまいます。 把棉被收進壁櫥裡。
□ 田中さんのお嬢さん。 田中先生的千金。	▶ あなたのお嬢さんのお名前は、なんと言いますか。 請教令千金的閨名是？

43

Check 1 必考單字	高低重音	詞性、類義詞與對義詞

118 □□□
お大事に ▸ おだいじに ▸ 寒暄 珍重，請多保重
類 お体を大切に　請多保重身體

119 □□□
お宅 ▸ おたく ▸ 名 府上；您府上，貴宅；宅男（女）
類 お住まい　您府上
對 自宅　自家

120 □□□
落ちる ▸ おちる ▸ 自上一 落下；掉落；降低，下降；落選，落後
類 落とす　使降落
對 上がる　上昇

121 □□□
仰る ▸ おっしゃる ▸ 自五 說，講，叫；稱為…叫做…
類 言う　說
對 お聞きになる　聆聽

122 □□□
夫 ▸ おっと ▸ 名 丈夫
類 主人　丈夫
對 妻　妻子

123 □□□
おつまみ ▸ おつまみ ▸ 名 下酒菜，小菜
類 酒の友　下酒菜

124 □□□
お釣り ▸ おつり ▸ 名 找零
類 お金　錢

125 □□□
音 ▸ おと ▸ 名 聲音；（物體發出的）聲音
類 声　聲音；騒音　噪音

126 □□□
落とす ▸ おとす ▸ 他五 使…落下；掉下；弄掉；攻陷；貶低；失去
類 落ちる　使…落下
對 上げる　使…上昇

□ じゃ、お<ruby>大事<rt>だいじ</rt></ruby>に。
那麼，請多保重。

▶ <ruby>咳<rt>せき</rt></ruby>をしていますね。お<ruby>大事<rt>だいじ</rt></ruby>になさってください。
您在咳嗽呀？請多保重。

□ お<ruby>宅<rt>たく</rt></ruby>はどちらですか。
請問您家在哪？

▶ <ruby>今度<rt>こんど</rt></ruby>の<ruby>日曜日<rt>にちようび</rt></ruby>、お<ruby>宅<rt>たく</rt></ruby>に<ruby>伺<rt>うかが</rt></ruby>います。
這個星期天將拜訪府上。

□ ２<ruby>階<rt>かい</rt></ruby>から<ruby>落<rt>お</rt></ruby>ちる。
從二樓摔下來。

▶ <ruby>地震<rt>じしん</rt></ruby>で<ruby>棚<rt>たな</rt></ruby>から<ruby>食器<rt>しょっき</rt></ruby>が<ruby>落<rt>お</rt></ruby>ちました。
地震把櫃子裡的碗盤震落了一地。

□ お<ruby>名前<rt>なまえ</rt></ruby>はなんとおっしゃいますか。
怎麼稱呼您呢？

▶ <ruby>息子<rt>むすこ</rt></ruby>さんのお<ruby>名前<rt>なまえ</rt></ruby>はなんとおっしゃいますか。
請問令郎名叫什麼呢？

□ <ruby>夫<rt>おっと</rt></ruby>と<ruby>別<rt>わか</rt></ruby>れる。
和丈夫離婚。

▶ <ruby>私<rt>わたし</rt></ruby>の<ruby>夫<rt>おっと</rt></ruby>はエンジニアです。
外子是工程師。

□ おつまみを<ruby>作<rt>つく</rt></ruby>る。
作下酒菜。

▶ ビールのおつまみに、ポテトチップスを<ruby>食<rt>た</rt></ruby>べます。
吃洋芋片當下酒菜。

□ お<ruby>釣<rt>つ</rt></ruby>りをください。
請找我錢。

▶ お<ruby>釣<rt>つ</rt></ruby>りを<ruby>財布<rt>さいふ</rt></ruby>に<ruby>入<rt>い</rt></ruby>れました。
把找零收進了錢包裡。

□ <ruby>音<rt>おと</rt></ruby>が<ruby>消<rt>き</rt></ruby>える。
聲音消失。

▶ <ruby>雨<rt>あめ</rt></ruby>の<ruby>音<rt>おと</rt></ruby>で、<ruby>夜中<rt>よなか</rt></ruby>に<ruby>目<rt>め</rt></ruby>が<ruby>覚<rt>さ</rt></ruby>めてしまいました。
夜裡的雨聲吵醒了我。

□ <ruby>財布<rt>さいふ</rt></ruby>を<ruby>落<rt>お</rt></ruby>とす。
掉了錢包。

▶ どこかで、カードを<ruby>落<rt>お</rt></ruby>としてしまいました。
不知道把卡片掉在什麼地方了。

Check 1　必考單字	高低重音	詞性、類義詞與對義詞

127 □□□
踊<ruby>踊<rt>おど</rt></ruby>り　▶　おどり　▶
名 舞蹈，跳舞
類 <ruby>歌<rt>うた</rt></ruby>　歌曲

128 □□□　◎T1／13
<ruby>踊<rt>おど</rt></ruby>る　▶　おどる　▶
自五 跳舞，舞蹈；不平穩；活躍
類 <ruby>歌<rt>うた</rt></ruby>う　唱

129 □□□
<ruby>驚<rt>おどろ</rt></ruby>く　▶　おどろく　▶
自五 吃驚，驚奇；驚訝；感到意外
類 びっくり　驚嚇

130 □□□
おなら　▶　おなら　▶
名 屁
類 うんこ　大便

131 □□□
<ruby>叔母<rt>おば</rt></ruby>　▶　おば　▶
名 伯母，姨母，舅媽，姑媽
對 <ruby>叔父<rt>おじ</rt></ruby>　伯父，叔父，舅父，姑丈，姨丈

132 □□□
オフ【off】　▶　オフ　▶
名·自サ（開關）關；休假；休賽；折扣；脫離
類 消す　關掉；<ruby>休<rt>やす</rt></ruby>み　休假
對 <ruby>点<rt>つ</rt></ruby>ける　打開；<ruby>仕事<rt>しごと</rt></ruby>　工作

133 □□□
お<ruby>待<rt>ま</rt></ruby>たせしました　▶　おまたせしました　▶
寒暄 讓您久等了
類 お待ちどうさま　久等了

134 □□□
お<ruby>祭<rt>まつ</rt></ruby>り　▶　おまつり　▶
名 廟會；慶典，祭典；祭日；節日
類 <ruby>夏祭<rt>なつまつ</rt></ruby>り　夏季祭祀

135 □□□
お<ruby>見舞<rt>みま</rt></ruby>い　▶　おみまい　▶
名·形動 慰問品；探望
類 <ruby>見<rt>み</rt></ruby>る　照看，照料

Check 2 必考詞組	Check 3 必考例句
□ 踊_{おど}りがうまい。 舞跳得好。	▶ 日本_{にほん}の各地方_{かくちほう}には、伝統的_{でんとうてき}な踊_{おど}りがあります。 日本各地都有傳統的舞蹈。
□ タンゴを踊_{おど}る。 跳探戈舞。	▶ 皆_{みんな}で台湾_{タイワン}のダンスを踊_{おど}る。 大家一起跳台灣的舞蹈。
□ 彼女_{かのじょ}の変_かわりように驚_{おどろ}いた。 對她的變化感到驚訝。	▶ 突然_{とつぜん}、大_{おお}きな犬_{いぬ}が飛_とび出_だしてきて驚_{おどろ}きました。 突然衝出一頭大狗，把我嚇了一大跳。
□ おならをする。 放屁。	▶ 授業中_{じゅぎょうちゅう}おならをして、とても恥_はずかしかったです。 上課中放了屁，我真想鑽進地洞裡。
□ 叔母_{おば}に会_あう。 和伯母見面。	▶ 学生_{がくせい}の時_{とき}は高橋_{たかはし}の叔母_{おば}の家_{いえ}から大学_{だいがく}に通_{かよ}っていました。 上大學的時候是住在高橋阿姨家通學的。
□ 暖房_{だんぼう}をオフにする。 關掉暖氣。	▶ 50パーセントオフのセーターを買_かいました。 買了一件打五折的毛衣。
□ すみません、お待_またせしました。 不好意思，讓您久等了。	▶ お待_またせしました。これが最新_{さいしん}のスマートフォンです。 讓您久等了，這是最新款的智慧型手機。
□ お祭_{まつ}りが始_{はじ}まる。 慶典即將展開。	▶ 明日_{あす}から3日間_{かかん}、秋_{あき}のお祭_{まつ}りがあります。 從明天開始舉行為期三天的秋季祭典。
□ お見舞_{みま}いに行_いく。 去探望。	▶ 骨折_{こっせつ}した友人_{ゆうじん}のお見舞_{みま}いに行_いきました。 去探望了骨折受傷的朋友。

47

Check 1 / 必考單字	高低重音	詞性、類義詞與對義詞

136 □□□
お土産 <small>みやげ</small>　▶　おみやげ　▶
名 當地名產；禮物
類 ギフト／gift　贈品

137 □□□
お目出度うご <small>め で と</small>
ざいます　▶　おめでとうございます　▶
寒暄 恭喜
類 おめでとう　恭喜恭喜

138 □□□ ◉T1 / 14
思い出す <small>おも だ</small>　▶　おもいだす　▶
他五 想起來，回想，回憶起
類 覚える <small>おぼ</small>　記憶
對 忘れる <small>わす</small>　忘掉

139 □□□
思う <small>おも</small>　▶　おもう　▶
他五 想，思索，認為；覺得，感覺；相信；希望
類 考える <small>かんが</small>　思考

140 □□□
玩具 <small>おもちゃ</small>　▶　おもちゃ　▶
名 玩具；玩物
類 人形 <small>にんぎょう</small>　玩偶

141 □□□
表 <small>おもて</small>　▶　おもて　▶
名 表面；正面；前面；正門；外邊
類 外側 <small>そとがわ</small>　外邊
對 裏 <small>うら</small>　背面

142 □□□
親 <small>おや</small>　▶　おや　▶
名 父母，雙親
類 両親 <small>りょうしん</small>　雙親
對 子 <small>こ</small>　子女

143 □□□
下りる／ <small>お</small>
降りる <small>お</small>　▶　おりる　▶
自上一 降；下來；下車；卸下；退位；退出
類 下る <small>くだ</small>　下降
對 登る <small>のぼ</small>　攀登；乗る <small>の</small>　搭乘

144 □□□
居る <small>お</small>　▶　おる　▶
自五 （謙讓語）有；居住，停留；生存；正在…
類 いらっしゃる　去，來（「行く」的尊敬語）

48

□ お土産を買う。
買當地名產。

► 京都のお土産をたくさん買いました。
買了很多京都的伴手禮。

□ お誕生日おめでとう
ございます。
生日快樂！

► 大学合格、おめでとうございます。
恭喜考上大學！

□ 何をしたか思い出せ
ない。
想不起來自己做了什麼事。

► 写真を見ると、幼い頃を思い出します。
看到照片，回想起小時候。

□ 私もそう思う。
我也這麼想。

► 読書はとても大切だと思います。
我認為閱讀是非常重要的。

□ おもちゃを買う。
買玩具。

► 小さな弟は、車のおもちゃが大好きです。
我那個年幼的弟弟非常喜歡玩具汽車。

□ 表から出る。
從正門出來。

► この書類の表に、写真を貼ってください。
請在這份文件的封面貼上相片。

□ 親を失う。
失去雙親。

► 子供を可愛がるのは、動物の親も同じです。
動物的父母也和人類一樣疼愛孩子。

□ 山を下りる。
下山。

► 次の駅で電車を降りて、歩きましょう。
我們下一站下電車走路過去吧。

□ 今日は家におります。
今天在家。

► 父は今出かけていて、家にはおりません。
爸爸目前出門不在家。

Check 1 / 必考單字	高低重音	詞性、類義詞與對義詞

145 □□□
お
折る　▶　お｜る　▶

他五 折，折疊，折斷，中斷
類 切る　割掉
對 伸ばす　延長

146 □□□
れい
お礼　▶　お｜れい　▶

名 謝詞，謝意；謝禮
類 どうもありがとう　謝謝啦

147 □□□
お
折れる　▶　お｜れ｜る　▶

自下一 折彎；折斷；轉彎；屈服
類 曲がる　彎曲
對 伸びる　舒展

148 □□□
お
終わり　▶　お｜わり　▶

名 終了，結束，最後，終點，盡頭；
末期
類 最後　最終
對 始め　開始

149 □□□ 🔵 T1 15
か
～家　▶　～か　▶

接尾 …家；家；做…的（人）；
很有…的人；愛…的人
類 家　房子

150 □□□
カーテン
【curtain】　▶　カ｜ーテン　▶

名 窗簾，簾子；幕；屏障
類 暖簾　門簾，商號布簾

151 □□□
かい
～会　▶　～かい　▶

接尾 …會；會議；集會
類 ～席　宴席

152 □□□
かいがん
海岸　▶　かい｜がん　▶

名 海岸，海濱，海邊
類 ビーチ／beach　海濱

153 □□□
かい ぎ
会議　▶　かい｜ぎ　▶

名・自サ 會議；評定某事項機關
類 会　集會

□ 紙を折る。
摺紙。

► 交通事故で、右足の骨を折りました。
遇到車禍而折斷了右腿骨。

□ お礼を言う。
道謝。

► お土産を頂いたお礼を言います。
向對方道謝送來的伴手禮。

□ いすの足が折れた。
椅腳斷了。

► 箸が折れてしまいました。
筷子折斷了。

□ 夏休みもそろそろ終わりだ。
暑假也差不多要結束了。

► この小説の終わりはとても悲しかった。
這部小說的結局非常悲傷。

□ 音楽家になる。
我要成為音樂家。

► 彼は、音楽家としても画家としても有名です。
他不但是個知名的音樂家，也是個著名的畫家。

□ カーテンを開ける。
拉開窗簾。

► 部屋に、明るい色のカーテンを掛けました。
在房間裡掛上了亮色系的窗簾。

□ 音楽会へ行く。
去聽音樂會。

► 今度の金曜日、友だちと音楽会に行きます。
這個星期五要和朋友去聽音樂會。

□ 海岸で遊ぶ。
在海邊玩。

► 海岸に沿った道を、自転車で走ります。
沿著海岸道路騎自行車。

□ 会議が始まる。
會議開始。

► 会議は午後1時から始まります。
會議將從下午一點開始舉行。

51

Check 1 必考單字	高低重音	詞性、類義詞與對義詞

154 □□□
かいぎしつ
会議室 ▸ か|いぎしつ ▸ 名 會議室
類 ミーティングルーム／meetingroom
會議室

155 □□□
かいじょう
会場 ▸ か|いじょう ▸ 名 會場；會議地點
類 式場 會場
しきじょう

156 □□□
がいしょく
外食 ▸ が|いしょく ▸ 自サ 外食，在外用餐
類 食事 用餐
しょく じ
對 内食 在家裡做飯
ないしょく

157 □□□
かい わ
会話 ▸ か|いわ ▸ 名・自サ 對話；會話
類 話 談話
はなし

158 □□□
かえ
帰り ▸ か|えり ▸ 名 回家；回家途中
類 戻り 返回
もど
對 行き 前往
い

159 □□□
か
変える ▸ か|える ▸ 他下一 改變；變更；變動
類 変わる 改變
か
對 まま 照舊

160 □□□ ◉T1／16
か がく
科学 ▸ か|がく ▸ 名 科學
類 社会科学 社會科學
しゃかい か がく

161 □□□
かがみ
鏡 ▸ か|がみ ▸ 名 鏡子；榜樣
類 ミラー／mirror 鏡子

162 □□□
がくぶ
〜学部 ▸ 〜が|くぶ ▸ 名 …系，…科系；…院系
類 部 部門
ぶ

□ 会議室に入る。
進入會議室。

▶ 会議室は、2階の201号室です。
會議室是二樓的201號室。

□ 会場に入る。
進入會場。

▶ 会場に入る時は、身分証明書を見せてください。
進入會場時請出示身分證件。

□ 外食をする。
吃外食。

▶ 私の家では、月に一度外食をします。
我家每個月在外面吃一次飯。

□ 会話が下手だ。
不擅長口語會話。

▶ 紅茶を飲みながら、楽しく会話をします。
喝著紅茶，開心地聊天。

□ 帰りを急ぐ。
急著回去。

▶ 遅くなったので、帰りはタクシーに乗りましょう。
現在已經很晚了，我們搭計程車回去吧。

□ 授業の時間を変える。
上課時間有所異動。

▶ 机の位置を少し変えます。
稍微移動桌子的位置。

□ 歴史と科学についての本を書く。
撰寫有關歷史與科學的書籍。

▶ 最近の科学技術の進歩には驚きます。
近來科學技術的進步令人大為驚嘆。

□ 鏡を見る。
照鏡子。

▶ 鏡を見て、お化粧をします。
對著鏡子化妝。

□ 文学部を探している。
正在找文學系。

▶ 医学部を受験したいと思っています。
我想報考醫學院。

Check 1 / 必考單字	高低重音	詞性、類義詞與對義詞
163☐☐☐ 掛ける	かける	他下一 掛上；把動作加到某人身上（如給人添麻煩）；使固定；放在火上；稱；乘法 類 貼る 貼上　對 取る 取下
164☐☐☐ 駆ける／ 駈ける	かける	自下一 奔跑，快跑 類 走る 跑 對 歩く 走路
165☐☐☐ 欠ける	かける	自下一 缺損；缺少 類 抜ける 缺少 對 足りる 足夠
166☐☐☐ 飾る	かざる	他五 擺飾，裝飾；粉飾；排列；潤色 類 つける 安裝上
167☐☐☐ 火事	かじ	名 火災 類 地震 地震
168☐☐☐ 畏まりました	かしこまりました	寒暄 知道，了解（「わかる」謙讓語） 類 わかりました 知道了
169☐☐☐ ガス【gas】	ガス	名 瓦斯 類 火 火
170☐☐☐ ガスコンロ 【(荷)gas+焜炉】	ガスコンロ	名 瓦斯爐，煤氣爐 類 ストーブ／stove 爐子
171☐☐☐ ● T1／17 ガソリン 【gasoline】	ガソリン	名 汽油 類 ガス／gas 瓦斯

□ 壁に時計を掛ける。
將時鐘掛到牆上。

▶ 部屋にきれいなカーテンを掛けました。
在房間裡掛上了漂亮的窗簾。

□ 急いで駆ける。
快跑。

▶ 馬に乗って草原を駆けてみたいです。
我想在騎馬馳騁草原上。

□ お皿が欠ける。
盤子缺角。

▶ 大切な茶碗が欠けてしまいました。
把珍貴的茶碗摔缺了角。

□ 部屋を飾る。
裝飾房間。

▶ テーブルを花で飾りました。
在桌上擺了花裝飾。

□ 火事に遭う。
遭受火災。

▶ ストーブを使う時は、火事に注意しましょう。
使用火爐的時候務必小心，以免發生火災。

□ 2名様ですね。かしこまりました。
是兩位嗎？我了解了。

▶ はい、かしこまりました。すぐに行きます。
好的，明白了，現在馬上去。

□ ガスを止める。
停掉瓦斯。

▶ 電気代やガス代など、毎月の光熱費はいくらぐらいですか。
請問諸如電費和瓦斯費之類的水電費，每個月大約需支付多少呢？

□ ガスコンロを使う。
使用瓦斯爐。

▶ ガスコンロを使って料理をします。
使用瓦斯爐做菜。

□ ガソリンが切れる。
汽油耗盡。

▶ ガソリン代が高くなって困ります。
汽油價格變貴了，傷腦筋。

Check 1 必考單字	高低重音	詞性、類義詞與對義詞
172 □□□ ガソリンスタンド 【gasoline+ stand（和 製英語）】	ガソリンスタンド	名 加油站 類 給油所 供油站
173 □□□ ～方_{かた}	～かた	名 …方法；手段；方向；地方；時期 類 仕方 做法；方法 方法
174 □□□ 固い／硬い／_{かた かた} 堅い_{かた}	かたい	形 堅硬；凝固；結實；可靠；嚴厲 類 丈夫 堅固 對 柔らかい 柔軟的
175 □□□ 形_{かたち}	かたち	名 形狀；形；樣子；姿態；形式上 的；使成形 類 姿 姿態；樣子 姿態
176 □□□ 片付ける_{かた づ}	かたづける	他下一 整理；收拾，打掃；解決；除掉 類 下げる 撤下；掃除する 打掃 對 汚れる 弄髒
177 □□□ 課長_{か ちょう}	かちょう	名 課長，股長 類 上司 上級
178 □□□ 勝つ_か	かつ	自五 贏，勝利；克服 類 得る 贏得 對 負ける 輸
179 □□□ ～月_{がつ}	～がつ	接尾 …月 類 ～日 …天
180 □□□ 格好／恰好_{かっこう かっこう}	かっこう	名 樣子，適合；外表，裝扮；情況 類 形 樣子

Check 2　必考詞組	Check 3　必考例句
□ ガソリンスタンドに寄る。 順路到加油站。	▶ ドライブの前に、ガソリンスタンドで給油します。 開車兜風之前，先去加油站加油。
□ 作り方を学ぶ。 學習做法。	▶ 母にお茶の入れ方を教えてもらいました。 媽媽教了我沏茶的步驟。
□ 硬い石。 堅硬的石頭。	▶ 固いパンを焼いて食べました。 烘烤硬麵包吃了。
□ 形が変わる。 變樣。	▶ 円い形のお皿を5枚買いました。 買了五個圓形的盤子。
□ 本を片付ける。 整理書籍。	▶ 毎週日曜日、部屋を片付けます。 每個星期天都會收拾房間。
□ 課長になる。 成為課長。	▶ 課長はただいま出かけております。 科長目前外出。
□ 試合に勝つ。 贏得比賽。	▶ 明日の試合、絶対に勝ちます。 明天的比賽非贏不可！
□ 7月になる。 七月來臨了。	▶ 日本では、2月が最も寒いです。 在日本，二月是最冷的月份。
□ 格好をかまう。 講究外表。	▶ 格好いい服を着て彼女と会います。 穿上帥氣的服裝和女朋友見面。

Check 1 必考單字	高低重音	詞性、類義詞與對義詞

181 ☐☐☐

<ruby>家内<rt>か ない</rt></ruby> ▸ かない ▸
名 妻子
類 <ruby>妻<rt>つま</rt></ruby> 妻子
對 <ruby>夫<rt>おっと</rt></ruby> 丈夫

182 ☐☐☐ ◉ T1 18

<ruby>悲<rt>かな</rt></ruby>しい ▸ かなしい ▸
形 悲傷的，悲哀的，傷心的，可悲的
類 <ruby>痛<rt>いた</rt></ruby>い 痛苦的
對 <ruby>嬉<rt>うれ</rt></ruby>しい 喜悅

183 ☐☐☐

<ruby>必<rt>かなら</rt></ruby>ず ▸ かならず ▸
副 必定；一定，務必，必須；總是
類 きっと 必定
對 多分 或許

184 ☐☐☐

（お）<ruby>金持<rt>かね も</rt></ruby>ち ▸ （お）かねもち ▸
名 有錢人
類 <ruby>億万長者<rt>おくまんちょうじゃ</rt></ruby> 大富翁
對 <ruby>貧<rt>まず</rt></ruby>しい 貧窮

185 ☐☐☐

<ruby>彼女<rt>かのじょ</rt></ruby> ▸ かのじょ ▸
名・代 她；女朋友
類 <ruby>恋人<rt>こいびと</rt></ruby> 情人
對 <ruby>彼<rt>かれ</rt></ruby> 男朋友

186 ☐☐☐

<ruby>花粉症<rt>か ふんしょう</rt></ruby> ▸ かふんしょう ▸
名 花粉症，因花粉而引起的過敏鼻炎
類 <ruby>風邪<rt>か ぜ</rt></ruby> 感冒；<ruby>病気<rt>びょうき</rt></ruby> 疾病

187 ☐☐☐

<ruby>壁<rt>かべ</rt></ruby> ▸ かべ ▸
名 牆壁；障礙；峭壁
類 <ruby>邪魔<rt>じゃ ま</rt></ruby> 妨礙

188 ☐☐☐

<ruby>構<rt>かま</rt></ruby>う ▸ かまう ▸
他五・自五 介意；照顧；在意，理會；逗弄
類 <ruby>世話<rt>せ わ</rt></ruby>する 照顧

189 ☐☐☐

<ruby>髪<rt>かみ</rt></ruby> ▸ かみ ▸
名 頭髮；髮型
類 <ruby>髪<rt>かみ</rt></ruby>の<ruby>毛<rt>け</rt></ruby> 頭髮

Check 2 必考詞組	Check 3 必考例句
□ 家内に相談する。 和妻子討論。	▶ 私の家内は、スーパーで働いています。 我妻子在超市工作。
□ 悲しい思いをする。 感到悲傷。	▶ 大好きな祖母が遠くに行ってしまったので、とても悲しいです。 深愛的奶奶離我們遠去了，令人悲痛欲絕。
□ 必ず来る。 一定會來。	▶ 必ず、約束の時間までに参ります。 我一定會在約定的時間之前抵達。
□ お金持ちになる。 變成有錢人。	▶ 将来は、会社を作ってお金持ちになりたいです。 我以後想開公司當個大富翁。
□ 彼女ができる。 交到女友。	▶ 私の彼女は、とても明るい人です。 我女朋友的性格非常開朗。
□ 花粉症にかかる。 患上花粉症。	▶ ひどい花粉症で、鼻水が止まりません。 花粉症的症狀非常嚴重，鼻水流個不停。
□ 壁に絵を飾ります。 用畫作裝飾壁面。	▶ 壁に好きな歌手のポスターを貼りました。 在牆壁上貼了喜愛的歌手海報。
□ 言わなくてもかまいません。 不說出來也無所謂。	▶ すぐに帰りますので、どうぞおかまいなく。 我待會兒就告辭，請別忙著招待。
□ 髪の毛を切る。 剪頭髮。	▶ 暑いので、髪を短くしました。 天氣太熱，所以把頭髮剪短了。

Check 1 必考單字	高低重音	詞性、類義詞與對義詞

190 □□□

咬む／噛む ▸ かむ ▸

他五 咬
類 食べる　咀嚼；吸う　吸入

191 □□□

通う ▸ かよう ▸

自五 來往，往來；上學，上班，通勤；相通，流通
類 通る　通過；勤める　做事
對 休む　缺勤

192 □□□

ガラス【（荷）glas】 ▸ ガラス ▸

名 玻璃
類 グラス／ glass　玻璃杯；コップ／ kop　玻璃杯

193 □□□　T1 19

彼 ▸ かれ ▸

名·代 他；男朋友
對 彼女　她

194 □□□

彼氏 ▸ かれし ▸

名·代 男朋友；他
類 恋人　情人
對 彼女　女朋友

195 □□□

彼等 ▸ かれら ▸

名·代 他們，那些人
類 彼奴　那個傢伙

196 □□□

代わり ▸ かわり ▸

名 代替，替代；代理；補償；再來一碗
類 取り替える　更替

197 □□□

代わりに ▸ かわりに ▸

接續 代替，替代
類 代わる　代替

198 □□□

変わる ▸ かわる ▸

自五 變化，改變；不同；奇怪；遷居
類 変える　改變
對 まま　照舊

□ ガムを<ruby>噛<rt>か</rt></ruby>む。
嚼口香糖。

▶ ご<ruby>飯<rt>はん</rt></ruby>はよく<ruby>噛<rt>か</rt></ruby>んで<ruby>食<rt>た</rt></ruby>べましょう。
吃飯要細嚼慢嚥喔！

□ <ruby>病院<rt>びょういん</rt></ruby>に<ruby>通<rt>かよ</rt></ruby>う。
跑醫院。

▶ <ruby>妹<rt>いもうと</rt></ruby>は<ruby>近<rt>ちか</rt></ruby>くの<ruby>小学校<rt>しょうがっこう</rt></ruby>に<ruby>通<rt>かよ</rt></ruby>っています。
妹妹就讀附近的小學。

□ ガラスを<ruby>割<rt>わ</rt></ruby>る。
打破玻璃。

▶ <ruby>野球<rt>やきゅう</rt></ruby>のボールがあたって、ガラス<ruby>窓<rt>まど</rt></ruby>が<ruby>割<rt>わ</rt></ruby>れました。
棒球的球擲中打破了玻璃窗。

□ <ruby>彼<rt>かれ</rt></ruby>と<ruby>喧嘩<rt>けんか</rt></ruby>した。
和他吵架了。

▶ <ruby>彼<rt>かれ</rt></ruby>の<ruby>趣味<rt>しゅみ</rt></ruby>は、<ruby>旅行<rt>りょこう</rt></ruby>をすることです。
他的興趣是旅遊。

□ <ruby>彼氏<rt>かれし</rt></ruby>を<ruby>待<rt>ま</rt></ruby>っている。
等著男友。

▶ <ruby>友<rt>とも</rt></ruby>だちの<ruby>彼氏<rt>かれし</rt></ruby>はとてもハンサムです。
我朋友的男友長得非常帥。

□ <ruby>彼<rt>かれ</rt></ruby>らは<ruby>兄弟<rt>きょうだい</rt></ruby>だ。
他們是兄弟。

▶ <ruby>彼<rt>かれ</rt></ruby>らの<ruby>意見<rt>いけん</rt></ruby>は、<ruby>正<rt>ただ</rt></ruby>しいと<ruby>思<rt>おも</rt></ruby>います。
我覺得他們的看法是正確的。

□ <ruby>君<rt>きみ</rt></ruby>の<ruby>代<rt>か</rt></ruby>わりはいない。
沒有人可以取代你。

▶ <ruby>売<rt>う</rt></ruby>り<ruby>切<rt>き</rt></ruby>れていたので、<ruby>代<rt>か</rt></ruby>わりの<ruby>物<rt>もの</rt></ruby>を<ruby>買<rt>か</rt></ruby>いました。
由於已經賣完了，只好買了替代物品。

□ <ruby>人<rt>ひと</rt></ruby>の<ruby>代<rt>か</rt></ruby>わりに<ruby>行<rt>い</rt></ruby>く。
代理他人去。

▶ <ruby>部長<rt>ぶちょう</rt></ruby>の<ruby>代<rt>か</rt></ruby>わりに<ruby>午後<rt>ごご</rt></ruby>の<ruby>会議<rt>かいぎ</rt></ruby>に<ruby>出席<rt>しゅっせき</rt></ruby>します。
我將代理經理出席下午的會議。

□ <ruby>顔色<rt>かおいろ</rt></ruby>が<ruby>変<rt>か</rt></ruby>わった。
臉色變了。

▶ もうすぐ<ruby>信号<rt>しんごう</rt></ruby>が<ruby>赤<rt>あか</rt></ruby>に<ruby>変<rt>か</rt></ruby>わります。
交通號誌馬上就要變成紅燈了。

Check 1 必考單字	高低重音	詞性、類義詞與對義詞
199 □□□ かんが **考える** ▸	かんがえる	他下一 思考，考慮；想辦法；研究 類 思う 思考
200 □□□ かんけい **関係** ▸	かんけい	名 關係；影響；牽連；涉及 類 仲 （人與人的）關係
201 □□□ かんげいかい **歓迎会** ▸	かんげいかい ▸	名 歡迎會，迎新會 類 パーティー／party 聚餐會 對 送別会 送舊會
202 □□□ かん ご し **看護師** ▸	かんごし ▸	名 護士 類 ナース／nurse 護士 對 医者 醫生
203 □□□ かんたん **簡単** ▸	かんたん ▸	名・形動 簡單，容易，輕易，簡便 類 易しい 容易 對 複雑 複雜
204 □□□ がん ば **頑張る** ▸	がんばる ▸	自五 努力，加油；堅持 類 一生懸命 拼命地 對 さぼる 偷懶
205 □□□ ◯ T1 20 き **気** ▸	き	名 氣；氣息；心思；香氣；節氣；氣氛 類 心 心思
206 □□□ き かい **機械** ▸	きかい ▸	名 機械，機器 類 マシン／machine 機器
207 □□□ き かい **機会** ▸	きかい ▸	名 機會 類 都合 機會

Check 2　必考詞組	Check 3　必考例句

□ 深く考える。
深思・思索。
▶ 夏休みの旅行の予定を家族で考えます。
全家人一起規劃暑假旅遊。

□ 関係がある。
有關係；有影響；發生關係。
▶ 大学で、美術に関係ある勉強をしています。
我正在大學研讀美術相關科系。

□ 歓迎会を開く。
開歡迎會。
▶ 毎年、4月に新入生の歓迎会をします。
每年四月都會舉辦迎新會。

□ 看護師になる。
成為護士。
▶ 姉は、近くの病院で看護師をしています。
我姐姐在附近的醫院當護理師。

□ 簡単に作る。
容易製作。
▶ 昨日の試験は、とても簡単でした。
昨天的考試非常簡單。

□ もう一度頑張る。
再努力一次。
▶ 明日までに、頑張って仕事を片付けます。
在明天之前努力做完工作吧。

□ 気が変わる。
改變心意。
▶ 赤い帽子が気に入りました。
我以前很喜歡那頂紅帽子。

□ 機械を動かす。
啟動機器。
▶ 大きな機械を使って、道路工事をします。
操作大型機器修整道路。

□ 機会が来た。
機會來了。
▶ 機会があったら、もう一度お会いしたいです。
有機會的話，希望可以再見一面。

Check 1 必考單字	高低重音	詞性、類義詞與對義詞

208 □□□
危険（き けん）
► きけん ►
名・形動 危険性；危険的
類 心配　不安；怖い　可怕的
對 安心　放心

209 □□□
聞こえる（き）
► きこえる ►
自下一 聽得見；聽起來覺得…；聞名
類 聞ける　聽得見
對 見える　看得見

210 □□□
汽車（き しゃ）
► きしゃ ►
名 火車
類 電車　電車

211 □□□
技術（ぎ じゅつ）
► ぎじゅつ ►
名 技術；工藝
類 力　能力；テクニック／technic
技巧

212 □□□
季節（き せつ）
► きせつ ►
名 季節
類 四季　四季

213 □□□
規則（き そく）
► きそく ►
名 規則，規定
類 決める　規定

214 □□□
喫煙席（きつえんせき）
► きつえんせき ►
名 吸煙席，吸煙區
對 禁煙席　禁煙區

215 □□□
屹度（き っと）
► きっと ►
副 一定，必定，務必
類 必ず　必定
對 多分　或許

216 □□□ ●T1／21
絹（きぬ）
► きぬ ►
名 絲織品；絲
類 布　布

□ あの道は危険だ。
那條路很危險啊！

▶ この川は危険ですから、泳がないでください。
這條河很危險，請不要在這裡游泳。

□ 聞こえなくなる。
（變得）聽不見了。

▶ 遠くの林から鳥の声が聞こえます。
可以聽見遠方樹林傳來鳥叫聲。

□ 汽車に乗る。
搭火車。

▶ 汽車に乗って、ゆっくり旅行がしたいです。
我想搭火車來一趟慢遊之旅。

□ 技術が入る。
傳入技術。

▶ 車を修理する技術を習いました。
我學了修理汽車的技術。

□ 季節が変わる。
季節嬗遞。

▶ 日本には、春・夏・秋・冬の四つの季節があります。
在日本有春夏秋冬四季。

□ 規則を作る。
訂立規則。

▶ 学生は、学校の規則を守る必要があります。
學生必須遵守校規。

□ 喫煙席を選ぶ。
選擇吸菸區。

▶ 煙草は喫煙席でお願いします。
若要抽菸請移駕到吸菸區。

□ きっと来てください。
請務必前來。

▶ 時間までにきっと来てください。
請務必準時參加。

□ 絹の服を着る。
穿著絲織服裝。

▶ このスカーフは絹でできています。
這條絲巾是用綢布製成的。

Check 1 必考單字	高低重音	詞性、類義詞與對義詞

217 □□□
きび
厳しい ▶ き<u>びしい</u> ▶

形 嚴峻的；嚴格；嚴重；嚴酷，毫不留情
類 難しい 難解決；冷たい 冷酷
對 優しい 和藹；甘い 寬容

218 □□□
き ぶん
気分 ▶ き<u>ぶん</u> ▶

名 心情；情緒；身體狀況；氣氛；性格
類 気持ち 心情；思い 感情

219 □□□
き
決まる ▶ き<u>まる</u> ▶

自五 決定；規定；符合要求；一定是
類 決める 決定

220 □□□
きみ
君 ▶ き<u>み</u> ▶

名·代 您；你（男性對同輩以下的親密稱呼）
類 あなた 您，你
對 僕 我

221 □□□
き
決める ▶ き<u>める</u> ▶

他下一 決定；規定；認定；指定
類 決まる 決定

222 □□□
き も
気持ち ▶ き<u>もち</u> ▶

名 心情；（身體）狀態
類 気分 情緒

223 □□□
き もの
着物 ▶ き<u>もの</u> ▶

名 衣服；和服
類 服 衣服
對 洋服 西服

224 □□□
きゃく
客 ▶ きゃ<u>く</u> ▶

名 客人；顧客
類 観客 觀眾
對 主人 主人

225 □□□
きゅうこう
急行 ▶ きゅ<u>うこう</u> ▶

名·自サ 急行，急往；快車
類 エクスプレス／ express 快車；特急 特快
對 普通 普通（列車）

□ 厳しい冬が来た。
嚴冬已經來臨。
▶ 毎日、厳しい暑さが続いています。
天天持續酷熱的高溫。

□ 気分を変える。
轉換心情。
▶ 温泉に入って、とてもいい気分です。
泡進溫泉池裡，感覺舒服極了。

□ 考えが決まる。
想法確定了。
▶ やっと新しい社長が決まりました。
新任董事長終於確定人選了。

□ 君にあげる。
給你。
▶ 君は将来どんな会社に入りたいですか。
你以後想進入什麼樣的公司工作呢？

□ 行くことに決めた。
決定要去。
▶ 友だちと、会う時間と場所を決めました。
我和朋友約定了見面的時間與地點。

□ 気持ちが悪い。
感到噁心。
▶ 朝の散歩はとても気持ちがいいです。
早晨散步讓心情非常愉快。

□ 着物を脱ぐ。
脫衣服。
▶ 日本の着物を着て、写真を撮りました。
穿上日本和服拍了照片。

□ 客を迎える。
迎接客人。
▶ お客を応接室に案内します。
領著貴賓前往會客室。

□ 急行電車に乗る。
搭乘快車。
▶ 急行に乗れば、1時間早く着きます。
如果搭乘快速列車，就能提早一個小時抵達。

Check 1　必考單字	高低重音	詞性、類義詞與對義詞

226 □□□
きゅう
急に　▶　きゅうに　▶
副 急迫；突然
類 急ぐ　趕緊
對 だんだん　逐漸

227 □□□ 🔊 T1 22
きょういく
教育　▶　きょういく　▶
名・他サ 教育；教養；文化程度
類 教える　教授
對 習う　學習

228 □□□
きょうかい
教会　▶　きょうかい　▶
名 教會，教堂
類 会　會，集會

229 □□□
きょうそう
競争　▶　きょうそう　▶
名・自サ 競爭
類 試合　比賽

230 □□□
きょう み
興味　▶　きょうみ　▶
名 興趣；興頭
類 趣味　喜好

231 □□□
きんえんせき
禁煙席　▶　きんえんせき　▶
名 禁煙席，禁煙區
對 喫煙席　吸煙區

232 □□□
きんじょ
近所　▶　きんじょ　▶
名 附近；鄰居；鄰里
類 周り　周圍，周邊
對 遠い　距離遠

233 □□□
ぐ あい
具合　▶　ぐあい　▶
名 情況；（健康等）狀況，方法
類 様子　情況

234 □□□
くう き
空気　▶　くうき　▶
名 空氣；氣氛
類 風　風

Check 2 / 必考詞組	Check 3 / 必考例句
□ 急に仕事が入った。 臨時有工作。	▶ 急に雨が降り出したので、タクシーに乗りました。 突然下起雨來，所以搭了計程車。
□ 教育を受ける。 受教育。	▶ 将来、教育に関する仕事をしたいです。 我以後想從事教育相關工作。
□ 教会へ行く。 到教堂去。	▶ 来月、教会で結婚式を挙げます。 我們將於下個月在教會舉行結婚典禮。
□ 競争に負ける。 競爭失敗。	▶ 各店舗は、売り上げの競争をしています。 各家店鋪進行銷售競爭。
□ 興味がない。 沒興趣。	▶ 僕は日本料理に興味があります。 我對日本料理有興趣。
□ 禁煙席に座る。 坐在禁菸區。	▶ ここは禁煙席です。煙草はご遠慮ください。 這裡是禁菸區，請不要在此吸菸。
□ この近所に住んでいる。 住在這附近。	▶ 祖父は、私の家の近所に住んでいます。 爺爺就住在我家附近。
□ 具合がよくなる。 情況好轉。	▶ 足の具合が悪くて、早く歩けません。 腿腳狀況不佳，走不快。
□ 空気が汚れる。 空氣很髒。	▶ 部屋の空気が悪いので、窓を開けてください。 房間裡空氣不好，請打開窗戶。

Check 1 / 必考單字	高低重音	詞性、類義詞與對義詞
235 □□□ くうこう 空港 ▸	くうこう ▸	名 機場 類 港　港口；飛行場　機場
236 □□□ くさ 草 ▸	くさ ▸	名 草，雜草 類 葉　葉子 對 木　樹木
237 □□□ くだ 下さる ▸	くださる ▸	他五 給我；給，給予 類 ください　請給（我） 對 差し上げる　奉上
238 □□□ ● T1 / 23 くび 首 ▸	くび ▸	名 脖子，頸部；頭部；職位；解僱 類 のど　咽喉
239 □□□ くも 雲 ▸	くも ▸	名 雲朵；陰天；抑鬱 類 雨　雨；雪　雪 對 晴れ　晴天
240 □□□ くら 比べる ▸	くらべる ▸	他下一 比較；對照；較量 類 より　更
241 □□□ クリック・する 【click】 ▸	クリックする ▸	名・他サ 喀嚓聲；點擊；按下（按鍵） 類 押す　按
242 □□□ （クレジット）カー ド【credit card】 ▸	（クレジット）カード ▸	名 信用卡 類 キャッシュカード／ cashcard　金融卡
243 □□□ く 暮れる ▸	くれる ▸	自下一 天黑；日暮；年終；長時間處於…中 類 暗い　昏暗 對 明ける　天亮

Check 2　必考詞組	Check 3　必考例句
□ 空港に着く。 抵達機場。	▶ 空港へ両親を迎えに行きます。 我要去機場接爸媽。
□ 庭の草を取る。 清除庭院裡的雜草。	▶ 川の周辺に、いろいろな草がたくさん生えています。 河畔長著一大片各式各樣的草。
□ 先生がくださった本。 老師給我的書。	▶ 伯母さんが合格祝いをくださいました。 伯母向我道賀通過了考試。
□ 首が痛い。 脖子痛。	▶ 首にマフラーを巻くと、温かいです。 在脖子裏上圍巾，好溫暖。
□ 雲は白い。 雲朵亮白。	▶ 雲が多いので、月が隠れて見えません。 厚厚的雲層遮住月亮，看不見了。
□ 兄と弟を比べる。 拿哥哥和弟弟做比較。	▶ 値段を比べて、安い方を買いました。 比較價格之後，買了便宜的那個。
□ クリック音を消す。 消除按鍵咯嚓聲。	▶ この白いボタンをクリックしてください。 請按下這顆白色的按鈕。
□ クレジットカードを使う。 使用信用卡。	▶ 初めてクレジットカードで買い物をした。 我第一次拿信用卡買了東西。
□ 秋が暮れる。 秋天結束。	▶ 日が暮れて、周りが暗くなりました。 太陽下山，四周暗了下來。

Check 1 必考單字	高低重音	詞性、類義詞與對義詞
244 □□□ 呉れる ‣	くれる ‣	他下一 給我 類 もらう 得到 對 やる 給
245 □□□ 〜君 ‣	〜くん ‣	接尾（接於同輩或晚輩姓名下，略表敬意）…先生，…君 類 〜さん 先生，女士
246 □□□ 毛 ‣	け ‣	名 毛髮，頭髮；毛線，毛織物 類 糸 紗線；ひげ 鬍鬚
247 □□□ 計画 ‣	けいかく ‣	名・他サ 計畫，規劃 類 企画 規劃
248 □□□ 警官 ‣	けいかん ‣	名 警察；巡警 類 お巡りさん 巡警
249 □□□ ○T1/24 経験 ‣	けいけん ‣	名・他サ 經驗 類 勉強 累積經驗
250 □□□ 経済 ‣	けいざい ‣	名 經濟 類 政治 政治
251 □□□ 経済学 ‣	けいざいがく ‣	名 經濟學 類 政治学 政治學
252 □□□ 警察 ‣	けいさつ ‣	名 警察；警察局的略稱 類 警官 警官

Check 2 必考詞組	**Check 3** 必考例句

□ 兄が本をくれる。
哥哥給我書。

▶ 姉が白い帽子をくれました。
姐姐送了我白色的帽子。

□ 山田君が来る。
山田君來了。

▶ 田中君、会議の資料を作ってください。
田中，麻煩準備會議資料。

□ 毛の長い猫。
長毛的貓。

▶ 羊の毛はとても柔らかいです。
羊毛非常柔軟。

□ 計画を立てる。
制定計畫。

▶ 海外旅行の計画を立てます。
擬定出國旅遊計畫。

□ 警官が走って行く。
警察奔跑過去。

▶ 事故を起こした車の周りに、警官が集まっています。
警察正聚集在發生事故的車輛周邊。

□ 経験から学ぶ。
從經驗中學習。

▶ 私は３年間、日本へ留学した経験があります。
我有三年留學日本的經驗。

□ 経済雑誌を読む。
閱讀財經雜誌。

▶ 世界の経済について、新聞で勉強します。
透過報紙汲取世界經濟要聞。

□ 大学で経済学を学ぶ。
在大學研讀經濟學。

▶ 大学で経済学の勉強をしたいです。
我想上大學研讀經濟學。

□ 警察を呼ぶ。
叫警察。

▶ 財布を拾ったので、警察に届けました。
撿到錢包後送交警察了。

Check 1　必考單字	高低重音	詞性、類義詞與對義詞

253 □□□

ケーキ
【cake】

▶ ケーキ ▶

名 蛋糕
類 お菓子　點心

254 □□□

携帯電話
（けいたいでん わ）

▶ けいたいでんわ ▶

名 手機，行動電話
類 電話　電話

255 □□□

怪我
（け が）

▶ けが ▶

名 受傷；傷害；過失
類 事故　事故
對 元気　健康

256 □□□

景色
（け しき）

▶ けしき ▶

名 景色，風景
類 風景　景色

257 □□□

けしゴム
【消しgom】
（け）

▶ けしゴム ▶

名 橡皮擦
類 消す　擦掉

258 □□□

下宿
（げ しゅく）

▶ げしゅく ▶

自サ 公寓；寄宿，住宿
類 住む　居住

259 □□□

決して
（けっ）

▶ けっして ▶

副 決定；（後接否定）絕對（不）
類 きっと　必定

260 □□□ ●T1／25

けれども

▶ けれども ▶

接助 然而；但是
類 しかし　可是；～が～　可是
對 だから　所以

261 □□□

県
（けん）

▶ けん ▶

名 縣
類 市　市

Check 2 　必考詞組	Check 3 　必考例句
□ ケーキを作る。 做蛋糕。	▶ 弟の誕生日に、ケーキを買いました。 我在弟弟生日那天買了蛋糕。
□ 携帯電話を使う。 使用手機。	▶ 電車の中では、携帯電話で話してはいけません。 搭電車時不可以講手機。
□ 怪我が無い。 沒有受傷。	▶ 足を怪我したので、病院に行きました。 腳受傷了，去了醫院。
□ 景色がよい。 景色宜人。	▶ 私の田舎はとても景色がいいです。 我鄉下老家的景色非常優美。
□ 消しゴムで消す。 用橡皮擦擦掉。	▶ 消しゴムを机の下に落としてしまいました。 橡皮擦掉到桌子底下了。
□ 下宿を探す。 尋找公寓。	▶ 父は大学の近くに下宿していたそうです。 聽說爸爸當年在大學校園附近租房間住。
□ 決して学校に遅刻しない。 上學絕不遲到。	▶ 決して嘘をついてはいけません。 絕對不可以說謊！
□ 読めるけれども書けません。 可以讀但是不會寫。	▶ 1時間待ったけれども、友だちは来ませんでした。 雖然足足等了一個鐘頭，但朋友還是沒來。
□ 神奈川県へ行く。 去神奈川縣。	▶ ディズニーランドは千葉県にあります。 迪士尼樂園位於千葉縣。

か

行

Part

1

Check 1　必考單字	高低重音	詞性、類義詞與對義詞
262 □□□ ～軒 （けん）	～けん	接尾 …棟，…間，…家；房屋 類 ～棟　棟（むね）
263 □□□ 原因 （げんいん）	げんいん	名·自サ 原因 類 わけ　理由 對 結果　結果（けっか）
264 □□□ 喧嘩 （けんか）	けんか	名·自サ 吵架，口角 類 戦争　戦争（せんそう） 對 仲直り　和好（なかなおり）
265 □□□ 研究 （けんきゅう）	けんきゅう	名·他サ 研究；鑽研 類 考える　思索（かんが）
266 □□□ 研究室 （けんきゅうしつ）	けんきゅうしつ	名 研究室 類 教室　教室（きょうしつ）
267 □□□ 言語学 （げんごがく）	げんごがく	名 語言學 類 言葉　語言（ことば）
268 □□□ 見物 （けんぶつ）	けんぶつ	名·他サ 觀光，參觀 類 旅行　旅行（りょこう）
269 □□□ 件名 （けんめい）	けんめい	名 項目名稱；類別；（電腦）郵件主旨 類 名　名稱（な）
270 □□□　T1 26 子 （こ）	こ	名 小孩；孩子 類 子供　小孩（こども） 對 親　父母親（おや）

76

□ 右から３軒目。
右邊數來第三間。

▶ 右に曲がって５軒目が私の家です。
右轉後第五棟房子就是我家。

□ 原因を調べる。
調查原因。

▶ 火事の原因はまだわかりません。
起火的原因目前尚未查明。

□ 喧嘩が始まる。
開始吵架。

▶ 私と姉は、つまらないことでよく喧嘩をします。
我和姐姐常為了芝麻小事吵架。

□ 文学を研究する。
研究文學。

▶ 長年の研究から、新しい薬が生まれた。
經過多年的研究，終於製造出新藥了。

□ M教授研究室。
M 教授的研究室。

▶ 先生は今、研究室にいらっしゃいます。
教授目前在研究室裡。

□ 言語学が好きだ。
我喜歡語言學喔。

▶ 図書館で言語学の本を借りました。
從圖書館借了語言學的書本。

□ 見物に出かける。
外出遊覽。

▶ お祭りの見物に行きました。
去看了祭典上的表演。

□ 件名が間違っていた。
弄錯項目名稱了。

▶ メールには必ず件名を入れるようにします。
電子郵件務必寫上主旨。

□ 子を生む。
生小孩。

▶ 小さい子とお母さんがベンチに座っています。
小孩子和媽媽正坐在長椅上。

Check 1	必考單字	高低重音	詞性、類義詞與對義詞

271 ☐☐☐

御～　▸　ご～　▸

接頭 您…，貴…（表示尊敬用語）；
（接在跟對方有關的事物，動作的漢
字詞前）表示尊敬語，謙讓語

類 お～　您…（表示尊敬用語）

---

272 ☐☐☐

こう　▸　こう　▸

副 如此；這樣，這麼
類 そう　那樣
對 ああ　那樣

---

273 ☐☐☐

こうがい
郊外　▸　こうがい　▸

名 郊外；市郊
類 田舎　鄉村
對 都市　城市

---

274 ☐☐☐

こう き
後期　▸　こうき　▸

名 後期，下半期，後半期
類 期間　期間
對 前期　上半期

---

275 ☐☐☐

こう ぎ
講義　▸　こうぎ　▸

名・他サ 講義；大學課程
類 授業　上課
對 実習　實習

---

276 ☐☐☐

こうぎょう
工業　▸　こうぎょう　▸

名 工業
對 農業　農耕

---

277 ☐☐☐

こうきょうりょうきん
公共料金　▸こうきょうりょうきん▸

名 公共費用
類 料金　費用

---

278 ☐☐☐

こうこう
高校／
こうとうがっこう
高等学校　▸

こうこう／
こうとうがっこう　▸

名 高中
類 小学校　小學

---

279 ☐☐☐

こうこうせい
高校生　▸　こうこうせい　▸

名 高中生
類 学生　學生；生徒 （中學、高中的）
學生

あ
か
さ
た
な
は
ま
や
ら
わ

ご ～ こうこうせい

□ ご両親によろしく。
請代向令尊令堂問好。

▶ ご家族は、お元気でいらっしゃいますか。
府上是否一切安好？

□ こうなるとは思わなかった。
沒想到會變成這樣。

▶ こうすれば、きっときれいに写ります。
只要這樣取鏡，一定可以拍出很美的照片。

□ 郊外に住む。
住在城外。

▶ 郊外に新しい家を買いました。
在郊外買了新家。

□ 江戸後期の文学。
江戶後期的文學。

▶ 江戸時代後期の文学を研究しています。
目前在研究江戶時代後期的文學。

□ 講義に出る。
課堂出席。

▶ 毎日、大学の講義に出席しています。
每天都會出席大學的課程。

□ 工業を興す。
開工。

▶ この地域は、工業が発達しています。
這個地區的工業很發達。

□ 公共料金を払う。
支付公共事業費用。

▶ 毎月、公共料金をコンビニで払います。
每個月都在便利商店繳交水電瓦斯費。

□ 高校1年生。
高中一年級生。

▶ 3年前に高校を卒業して、今大学生です。
我三年前從高中畢業，目前是大學生。

□ 彼は高校生だ。
他是高中生。

▶ 高校生の時、ボランティア活動をしました。
我還是高中生時當過義工。

79

Check 1 / 必考單字	高低重音	詞性、類義詞與對義詞

280 □□□ ● T1 / 27
合コン ▸ ごうコン ▸
名 聯誼
類 宴会　宴會

281 □□□
工事中 ▸ こうじちゅう ▸
名 施工中；（網頁）建製中
類 仕事中　工作中

282 □□□
工場 ▸ こうじょう ▸
名 工廠
類 事務所　辦公室

283 □□□
校長 ▸ こうちょう ▸
名 校長
類 先生　老師

284 □□□
交通 ▸ こうつう ▸
名 交通；通信，往來
類 交通費　交通費

285 □□□
講堂 ▸ こうどう ▸
名 大禮堂；禮堂
類 式場　會場

286 □□□
公務員 ▸ こうむいん ▸
名 公務員
類 会社員　公司職員

287 □□□
国際 ▸ こくさい ▸
名 國際
類 世界　世界
對 国内　國內

288 □□□
国内 ▸ こくない ▸
名 該國內部，國內
類 国　國家
對 国外　國外

Check 2 必考詞組	Check 3 必考例句
□ テニス部と合コンしましょう。 我們和網球社舉辦聯誼吧。	▶ 大学の合コンで、恋人ができました。 在大學的聯誼活動中交到了男朋友/女朋友。
□ 工事中となる。 施工中。	▶ この道は工事中なので、通行できません。 這條路正在施工，無法通行。
□ 工場を見学する。 參觀工廠。	▶ 父は自動車工場で働いています。 爸爸在汽車工廠工作。
□ 校長先生に会う。 會見校長。	▶ 校長は今、校長室にいらっしゃいます。 校長現在正在校長室裡。
□ 交通の便はいい。 交通十分便捷。	▶ 日本でも、田舎は交通が不便です。 即使在日本，鄉下地方仍然交通不便。
□ 講堂を使う。 使用禮堂。	▶ 大学の講堂で、世界平和に関する講演会があります。 在大學校園的講堂有一場關於世界和平的演講。
□ 公務員になりたい。 想成為公務員。	▶ 将来は、故郷の公務員になりたいです。 我以後想在故鄉當公務員。
□ 国際空港に着く。 抵達國際機場。	▶ ニューヨークで国際会議があります。 有一場國際會議將在紐約舉行。
□ 国内旅行。 國內旅遊。	▶ 夏休みに友だちと国内旅行をする予定です。 我計畫暑假和朋友在國內旅行。

Check 1 必考單字	高低重音	詞性、類義詞與對義詞

289 □□□
こころ
心　　　　　▶

こころ　　　▶

名 心；內心；心情；心胸；心靈
類 気持ち　心情
對 体　身體

290 □□□　T1 28
～ご座います ▶

～ございます ▶

特殊形 在，有；是（「ございます」的
音變）表示尊敬
類 です　是（尊敬的說法）

291 □□□
こ さじ
小匙　　　　▶

こさじ　　　▶

名 小匙，茶匙
類 スプーン／ spoon　湯匙
對 大匙　大匙

292 □□□
こ しょう
故障　　　　▶

こしょう　　▶

名・自サ 故障；障礙；毛病；異議
類 壊れる　毀壞
對 直る　修理好

293 □□□
こ そだ
子育て　　　▶

こそだて　　▶

名・自サ 養育小孩，育兒
類 育てる　撫育

294 □□□
ぞん じ
ご存知　　　▶

ごぞんじ　　▶

名 你知道；您知道（尊敬語）
類 知る　知道

295 □□□
こた
答え　　　　▶

こたえ　　　▶

名 回答；答覆；答案
類 返事　回答
對 質問　提問

296 □□□
ち そう
ご馳走　　　▶

ごちそう　　▶

名・他サ 盛宴；請客，款待；豐盛佳餚
類 招待　款待

297 □□□
こっ ち
此方　　　　▶

こっち　　　▶

代 這裡，這邊；我，我們
類 そっち　那邊
對 あっち　那邊

Check 2 必考詞組	Check 3 必考例句
□ 心の優しい人。 溫柔的人。	▶ 母の誕生日に、心を込めてケーキを焼きました。 我在媽媽生日這天誠心誠意地烤了蛋糕。
□ おめでとうございます。 恭喜恭喜。	▶ 新年明けましておめでとうございます。 恭賀新禧！
□ 小匙 1 杯の砂糖。 一小匙的砂糖。	▶ 最後に小匙 1 杯の塩を入れます。 最後摻入一小匙鹽。
□ 機械が故障した。 機器故障。	▶ 自転車が故障して、授業に遅刻しました。 汽車故障，以致於上課遲到了。
□ 子育てで忙しい。 養育小孩非常的忙碌。	▶ 子育ての為、勤めていた会社をやめました。 為了養育孩子而向公司辭職了。
□ ご存知でしたか。 您已經知道這件事了嗎？	▶ 社長がご病気なのはご存知ですか。 您知道董事長生病了嗎？
□ 答えが合う。 答案正確。	▶ 文法の答えを先生に聞きました。 向老師請教了文法問題的答案。
□ ご馳走になる。 被請吃飯。	▶ 部長の家で日本料理をご馳走になりました。 在經理家享用了美味的日本料理。
□ こっちへ来る。 到這裡來。	▶ こっちの店の方が安いよ。 這家店比較便宜喔！

Check 1　必考單字	高低重音	詞性、類義詞與對義詞

298 □□□
こと
事　　▸　こと　▸

名 事情；事務；變故
類 もの　事情

299 □□□
こ　とり
小鳥　　▸　ことり　▸

名 小鳥
類 鳥　鳥兒
とり

300 □□□
　　あいだ
この間　　▸　このあいだ　▸

副 最近；前幾天
類 このごろ　近來；さっき　先前

301 □□□　T1　29
　　ごろ
この頃　　▸　このごろ　▸

副 近來
類 最近　最近；今　現在
さいきん　　　　　いま
對 昔　從前
むかし

302 □□□
こま
細かい　　▸　こまかい　▸

形 細小；詳細；精密；仔細；精打細算
類 小さい　小的；丁寧　細心
ちい　　　　　　　　　ていねい
對 大きい　大的
おお

303 □□□
ごみ　　ごみ
塵／芥　　▸　ごみ　▸

名 垃圾；廢物
類 生ごみ　廚餘垃圾
なま

304 □□□
こめ
米　　▸　こめ　▸

名 米
類 パン／ pan　麵包

305 □□□
　　らん
ご覧になる　▸　ごらんになる　▸

他五（尊敬語）看，觀覽，閱讀
み
類 見る　看見；読む　閱讀
よ

306 □□□
これから　　▸　これから　▸

名・副 從今以後；從此
類 将来　將來
しょうらい
對 これまで　以往

□ ことが起きる。
發生事情。

▶ 大事なことは必ずメモしておきましょう。
重要的事一定要寫下來喔！

□ 小鳥が鳴く。
小鳥啁啾。

▶ 小鳥が3羽、木の枝に止まっています。
三隻小鳥歇在樹枝上。

□ この間の試験はどうだった。
前陣子的考試結果如何？

▶ この間借りた傘をお返しします。
我來歸還上次借用的傘。

□ この頃の若者。
時下的年輕人。

▶ この頃、母は少し体が弱くなったようです。
這陣子媽媽的身體好像比較虛弱。

□ 細かく説明する。
詳細說明。

▶ 肉と野菜を細かく切ります。
把肉和菜切碎。

□ 燃えるごみを出す。
把可燃垃圾拿去丟。

▶ 燃えるごみは火曜日に出してください。
可燃垃圾請在週五丟棄。

□ お米がもう無い。
米缸已經見底。

▶ 日本では、秋においしいお米ができます。
日本在秋天能夠收穫美味的米。

□ こちらをご覧になってください。
請看這邊。

▶ お客様が絵をご覧になります。
貴賓想欣賞畫作。

□ これからどうしようか。
接下來該怎麼辦呢？

▶ これから、デパートで買い物をします。
現在要去百貨公司購物。

Check 1 必考單字	高低重音	詞性、類義詞與對義詞
307 □□□ こわ 怖い	こわい	形 可怕的，令人害怕的 きけん 類 危険　危険 あんしん 對 安心　放心
308 □□□ こわ 壊す	こわす	他五 毀壞；弄碎；破壞；損壞 こわ 類 壊れる　破裂 た 對 建てる　建設
309 □□□ こわ 壊れる	こわれる	自下一 壞掉，損壞；故障；破裂 こしょう 類 故障　故障 なお 對 直る　修理好
310 □□□ コンサート 【concert】	コンサート	名 音樂會，演奏會 おんがくかい 類 音楽会　音樂會
311 □□□ こんど 今度	こんど	名 下次；這次 つぎ 類 次　下次
312 □□□　T1 30 コンピューター 【computer】	コンピューター	名 電腦 類 パソコン／Personal Computer 個人電腦
313 □□□ こんや 今夜	こんや	名 今夜，今天晚上 こんばん 類 今晩　今晩 ゆう 對 夕べ　昨晩
314 □□□ さいきん 最近	さいきん	名·副 最近 いま 類 今　當前；このごろ　近來 むかし 對 昔　從前
315 □□□ さいご 最後	さいご	名 最後，最終；一旦…就沒辦法了 お 類 終わり　結束 さいしょ 對 最初　開始

Check 2 必考詞組	**Check 3** 必考例句
□ 地震が多くて怖い。 地震頻傳，令人害怕。	▶ 昨夜、怖い夢を見て目が覚めました。 昨晚被噩夢嚇醒了。
□ 茶碗を壊す。 把碗打碎。	▶ 小さな弟がカメラを壊してしまいました。 我家的小弟弄壞了相機。
□ 電話が壊れている。 電話壞了。	▶ 地震で部屋のドアが壊れてしまいました。 地震把房門震壞了。
□ コンサートを開く。 開演唱會。	▶ コンサートのチケットを 2 枚買いました。 買了兩張演唱會的門票。
□ 今度アメリカに行く。 下次要去美國。	▶ 今度の金曜日、皆でパーティーをします。 這個星期五大家要一起辦派對。
□ コンピューターがおかしい。 電腦怪怪的。	▶ コンピューターの使い方を教えてもらいました。 請人家教了我電腦的操作方式。
□ 今夜は早く休みたい。 今晚想早點休息。	▶ 今夜、課長の送別会があります。 科長的歡送會將於今晚舉行。
□ 最近、雨が多い。 最近時常下雨。	▶ 最近読んだ小説は、なかなか面白かったです。 最近讀的小說相當有意思。
□ 最後までやりましょう。 一起堅持到最後吧。	▶ 料理の最後にデザートを食べます。 在套餐的最後一道吃甜點。

Check 1 / 必考單字	高低重音	詞性、類義詞與對義詞

316 ☐☐☐
さいしょ
最初 ▶ さいしょ ▶ 名・副 最初，首先；開頭；第一次
類 一番 最初
對 最後 最終

317 ☐☐☐
さい ふ
財布 ▶ さいふ ▶ 名 錢包
類 カバン 手提包

318 ☐☐☐
さか
坂 ▶ さか ▶ 名 斜坡；坡道；陡坡
類 山 山

319 ☐☐☐
さが さが
探す／捜す ▶ さがす ▶ 他五 尋找，找尋；搜尋
類 尋ねる 尋找；見つかる 找到

320 ☐☐☐
さ
下がる ▶ さがる ▶ 自五 下降；下垂；降低；降溫；退步
類 下げる 降下
對 上がる 提高

321 ☐☐☐
さか
盛ん ▶ さかん ▶ 形動 興盛；繁榮；熱心
類 賑やか 熱鬧

322 ☐☐☐
さ
下げる ▶ さげる ▶ 他下一 降下；降低，向下；掛；躲遠；收拾
類 落とす 使降落；しまう 整理收拾
對 上げる 使升高

323 ☐☐☐ T1 31
さ あ
差し上げる ▶ さしあげる ▶ 他下一 奉送；給您（「あげる」謙讓語）；舉
類 あげる 給予
對 頂く 收到

324 ☐☐☐
さしだしにん
差出人 ▶ さしだしにん ▶ 名 發信人，寄件人
類 手紙 信
對 宛先 收信人姓名

Check 2　必考詞組	Check 3　必考例句
□ 最初に会った人。 一開始見到的人。	▶ 会の最初に市長の挨拶があります。 會議的一開始是市長致詞。
□ 財布を落とした。 掉了錢包。	▶ 新しい財布を無くしてしまいました。 我把新錢包弄丟了。
□ 坂を下りる。 下坡。	▶ 急な坂を自転車で上ったので、疲れました。 騎自行車上陡坡，累死我了。
□ 読みたい本を探す。 尋找想看的書。	▶ 今、新しいアルバイトを探しています。 目前正在找打工的機會。
□ 熱が下がる。 漸漸退燒。	▶ ガソリンの価格が下がりました。 汽油價格調降了。
□ 研究が盛んになる。 許多人投入（該領域的）研究。	▶ この学校はスポーツが盛んです。 這所學校運動風氣盛行。
□ 頭を下げる。 低下頭。	▶ エアコンで、部屋の温度を下げます。 開冷氣讓房裡的溫度下降。
□ これをあなたに差し上げます。 這個奉送給您。	▶ お茶をお客様に差し上げます。 端茶給客人。
□ 差出人の住所。 寄件人地址。	▶ この荷物の差出人は、田舎の祖父です。 這件包裹的寄件人是住在鄉下的爺爺。

Check 1 必考單字	高低重音	詞性、類義詞與對義詞

325 □□□

さっき ► さっき ►
- 名·副 剛才，先前
- 類 最近(さいきん) 近來
- 對 あとで 過一會兒

326 □□□

寂(さび)しい ► さびしい ►
- 形 孤單；寂寞；荒涼；空虛
- 類 一人(ひとり) 獨自
- 對 賑(にぎ)やか 熱鬧

327 □□□

〜様(さま) ► 〜さま ►
- 接尾 先生，小姐；姿勢；樣子
- 類 方(かた) …們

328 □□□

再来月(さ らいげつ) ► さらいげつ ►
- 副 下下個月
- 類 来月(らいげつ) 下個月

329 □□□

再来週(さ らいしゅう) ► さらいしゅう ►
- 副 下下星期
- 類 来週(らいしゅう) 下星期

330 □□□

サラダ
【salad】 ► サラダ ►
- 名 沙拉
- 類 野菜(やさい) 蔬菜

331 □□□

騒(さわ)ぐ ► さわぐ ►
- 自五 吵鬧，騷動，喧囂；慌張；激動；吹捧
- 類 煩(うるさ)い 吵雜
- 對 静(しず)か 安靜

332 □□□

触(さわ)る ► さわる ►
- 自五 碰觸，觸摸；接觸；觸怒；有關聯
- 類 取(と)る 拿取

333 □□□

産業(さんぎょう) ► さんぎょう ►
- 名 產業，工業
- 類 工業(こうぎょう) 工業

□ さっきから待っている。
從剛才就在等著你；已經
等你一會兒了。

► さっき食べたのに、もうお腹がすきました。
剛剛才吃過，現在又餓了。

□ 一人で寂しい。
一個人很寂寞。

► 長い間家にいた犬が死んで寂しいです。
養了很久的狗過世之後，家裡變得冷清了。

□ こちらが木村様です。
這位是木村先生。

► このお菓子は、山田様から頂きました。
這盒點心是山田先生/女士送的。

□ 再来月また会う。
下下個月再見。

► 再来月、友だちが結婚します。
朋友將於下下個月結婚。

□ 再来週まで待つ。
將等候到下下週為止。

► 再来週、私は田舎に帰ります。
我將於下下週回鄉下。

□ サラダを作る。
做沙拉。

► 畑の野菜で、サラダを作ります。
從田裡摘來蔬菜做成沙拉。

□ 子供が騒ぐ。
孩子在吵鬧。

► 酒を飲んで騒ぐ人は、周りの迷惑です。
喝酒鬧事的人會造成他人的困擾。

□ 顔に触った。
觸摸臉。

► この花瓶に触ってはいけません。
不准碰觸這只花瓶。

□ 健康産業を育てる。
培植保健產業。

► この地方の主な産業は、農業です。
這個地區的主要產業是農業。

Check 1 / 必考單字	高低重音	詞性、類義詞與對義詞

334 □□□ ◉ T1 / 32

サンダル
【sandal】 ▸ サンダル ▸ 名 拖鞋，涼鞋
類 靴 鞋子；スリッパ／ slipper 拖鞋

335 □□□

サンドイッチ
【sandwich】 ▸ サンドイッチ ▸ 名 三明治
類 弁当 便當

336 □□□

残念 ▸ ざんねん ▸ 形動 遺憾，可惜；懊悔
類 恥ずかしい 慚愧的

337 □□□

市 ▸ し ▸ 名 …市；城市，都市
類 県 縣

338 □□□

字 ▸ じ ▸ 名 文字；字體
類 仮名 假名；絵 繪畫

339 □□□

試合 ▸ しあい ▸ 名 比賽
類 競争 競賽

340 □□□

仕送りする ▸ しおくりする ▸ 名・自サ 匯寄生活費或學費
類 送る 寄送

341 □□□

仕方 ▸ しかた ▸ 名 方法，做法
類 方 方法

342 □□□

叱る ▸ しかる ▸ 他五 責備，責罵
類 怒る 憤怒
對 褒める 讚美

Check 2　必考詞組	Check 3　必考例句
□ サンダルを履く。 穿涼鞋。	▶ サンダルを履いて、海岸を散歩しました。 趿上涼鞋到海邊散了步。
□ ハムサンドイッチを食べる。 吃火腿三明治。	▶ 遠足にサンドイッチを持って行きます。 遠足時會帶三明治去。
□ 残念に思う。 感到遺憾。	▶ サッカーの試合に負けて残念です。 輸了足球比賽很遺憾。
□ 台北市。 台北市。	▶ 台北市にある銀行で働いています。 我在位於台北市的銀行工作。
□ 字が見にくい。 字看不清楚；字寫得難看。	▶ 母は字がとてもきれいです。 媽媽寫得一手好字。
□ 試合が終わる。 比賽結束。	▶ 日曜日に野球の試合があります。 星期天有棒球比賽。
□ 家に仕送りする。 給家裡寄生活補貼。	▶ 家からの仕送りで大学に行っています。 我靠家裡給的錢上大學。
□ コピーの仕方が分かりません。 不會影印的操作方法。	▶ 自転車の簡単な修理の仕方を教えてください。 請教我簡易修理自行車的方法。
□ 先生に叱られた。 被老師罵了。	▶ 先生は、授業中に寝ている学生を叱ります。 老師責罵在上課中睡覺的學生。

Check 1　必考單字	高低重音	詞性、類義詞與對義詞

343 ☐☐☐

〜式
<ruby>式<rt>しき</rt></ruby>
▶　〜しき　▶
名 儀式；典禮；方式；樣式；公式
類 <ruby>結婚式<rt>けっこんしき</rt></ruby>　結婚典禮

344 ☐☐☐

試験
<ruby>試験<rt>しけん</rt></ruby>
▶　しけん　▶
名 考試；試驗
類 <ruby>受験<rt>じゅけん</rt></ruby>　報考

345 ☐☐☐　● T1／33

事故
<ruby>事故<rt>じこ</rt></ruby>
▶　じこ　▶
名 意外，事故；事由
類 <ruby>火事<rt>かじ</rt></ruby>　火災

346 ☐☐☐

地震
<ruby>地震<rt>じしん</rt></ruby>
▶　じしん　▶
名 地震
類 <ruby>台風<rt>たいふう</rt></ruby>　颱風

347 ☐☐☐

時代
<ruby>時代<rt>じだい</rt></ruby>
▶　じだい　▶
名 時代；潮流；朝代；歷史
類 とき　時候

348 ☐☐☐

下着
<ruby>下着<rt>したぎ</rt></ruby>
▶　したぎ　▶
名 內衣，貼身衣物
類 パンツ／pants　褲子，內褲
對 <ruby>上着<rt>うわぎ</rt></ruby>　外衣

349 ☐☐☐

支度
<ruby>支度<rt>したく</rt></ruby>
▶　したく　▶
名・自サ 準備，預備
類 <ruby>準備<rt>じゅんび</rt></ruby>　準備

350 ☐☐☐

しっかり
▶　しっかり　▶
副・自サ 結實，牢固；（身體）健壯；用力的，好好的；可靠
類 <ruby>丈夫<rt>じょうぶ</rt></ruby>　堅固
對 <ruby>適当<rt>てきとう</rt></ruby>　敷衍

351 ☐☐☐

失敗
<ruby>失敗<rt>しっぱい</rt></ruby>
▶　しっぱい　▶
自サ 失敗
類 <ruby>間違える<rt>まちがえる</rt></ruby>　弄錯

□ 卒業式に出る。
去參加畢業典禮。

▶ 卒業式には、青い色のスーツを着ます。
在畢業典禮上穿著藍色的套裝。

□ 試験がうまくいく。
考試順利，考得好。

▶ 大学の入学試験を受けました。
參加了大學入學考試。

□ 事故が起こる。
發生事故。

▶ 車の事故で、これより先は通れません。
前方發生行車事故，無法通行。

□ 地震が起きる。
發生地震。

▶ 地震でたくさんの家が壊れました。
地震造成了許多屋宅毀損倒塌。

□ 時代が違う。
時代不同。

▶ 学生時代がとても懐かしいです。
我非常懷念學生時代。

□ 下着を替える。
換貼身衣物。

▶ 汗をかいたので、下着を替えました。
因為流了汗所以換了內衣。

□ 支度ができる。
準備好。

▶ 私はいつも夕飯の支度を手伝います。
我總是幫忙準備晚飯。

□ しっかり覚える。
牢牢地記住。

▶ 朝ご飯は、しっかり食べましょう。
早餐一定要吃喔。

□ 試験に失敗した。
落榜了。

▶ 新製品の開発に失敗しました。
新產品的研發失敗了。

Check 1 必考單字	高低重音	詞性、類義詞與對義詞

352 □□□
失礼
しつれい
▶ しつれい ▶

名・自サ 失禮，沒禮貌；失陪
類 お礼 答禮

353 □□□
指定席
していせき
▶ していせき ▶

名 劃位座，對號入座
類 席 座位
對 自由席 自由座

354 □□□
辞典
じてん
▶ じてん ▶

名 辭典；字典
類 辞書 辭典

355 □□□
品物
しなもの
▶ しなもの ▶

名 物品，東西；貨品
類 物 物品

356 □□□ 🔘 T1 / 34
暫く
しばらく
▶ しばらく ▶

副 暫時，一會兒；好久
類 ちょっと 一會兒

357 □□□
島
しま
▶ しま ▶

名 島嶼
類 山 山

358 □□□
市民
しみん
▶ しみん ▶

名 市民，公民
類 国民 國民

359 □□□
事務所
じむしょ
▶ じむしょ ▶

名 辦事處；辦公室
類 会社 公司

360 □□□
社会
しゃかい
▶ しゃかい ▶

名 社會；領域
類 世間 社會上
對 一人 一個人

Check 2　必考詞組	Check 3　必考例句
□ 失礼なことを言う。 說失禮的話。	▶ 失礼ですが、今何時でしょうか。 不好意思，請問現在幾點呢？
□ 指定席を予約する。 預約對號座位。	▶ 新幹線の指定席を予約しました。 預定了新幹線列車的對號座。
□ 辞典を引く。 查字典。	▶ 国語辞典で言葉の意味を調べます。 使用國語辭典查找詞彙的語意。
□ 品物を棚に並べた。 將商品陳列在架上了。	▶ この店の品物はどれも良いので、安心です。 這家店每一件商品的品質都非常優良，可以安心選購。
□ しばらくお待ちください。 請稍候。	▶ ここで、しばらくお待ちください。 請在這裡稍待一下。
□ 島へ渡る。 遠渡島上。	▶ この島の周りの海では魚がたくさんとれます。 這座島嶼四周環海，可以捕到很多魚。
□ 市民の生活を守る。 捍衛公民生活。	▶ 私は台北市の市民です。 我是台北市的市民。
□ 事務所を持つ。 設有辦事處。	▶ 私は法律事務所で働いています。 我在法律事務所工作。
□ 社会に出る。 出社會。	▶ 今年、大学を卒業して社会に出ます。 我今年將從大學畢業，進入社會工作。

Check 1 必考單字	高低重音	詞性、類義詞與對義詞

361 □□□
しゃちょう
社長 ▸ しゃちょう ▸
名 總經理；社長；董事長
類 部長　部長

362 □□□
じゃ ま
邪魔 ▸ じゃま ▸
名・他サ 妨礙，阻擾，打擾；拜訪
類 壁　障礙（物）

363 □□□
ジャム【jam】 ▸ ジャム ▸
名 果醬
類 バター／butter　奶油

364 □□□
じ ゆう
自由 ▸ じゆう ▸
名・形動 自由；隨意；隨便；任意
類 暇　閒空
對 不自由　不自由

365 □□□
しゅうかん
習慣 ▸ しゅうかん ▸
名 習慣
類 慣れる　習以為常

366 □□□
じゅうしょ
住所 ▸ じゅうしょ ▸
名 地址
類 ところ　地方；住處

367 □□□
じ ゆうせき
自由席 ▸ じゆうせき ▸
名 自由座
對 指定席　劃位座

368 □□□ T1 35
しゅうでん
終電 ▸ しゅうでん ▸
名 最後一班電車，末班車
對 始発　頭班車

369 □□□
じゅうどう
柔道 ▸ じゅうどう ▸
名 柔道
類 運動　運動；ボクシング／boxing
拳擊

□ 社長になる。
當上社長。

▶ 社長は、ただ今東京に出張中です。
總經理目前在東京出差。

□ 邪魔になる。
阻礙，添麻煩。

▶ 勉強の邪魔をしないでください。
請不要妨礙我用功。

□ パンにジャムを付ける。
在麵包上塗果醬。

▶ イチゴジャムを作りましたので、差し上げます。
我做了草莓果醬，送你一瓶。

□ 自由がない。
沒有自由。

▶ 参加するかしないかは、自由です。
參加與否，可自行決定。

□ 習慣が変わる。
習慣改變；習俗特別。

▶ 早起きの習慣をつけたいです。
我想養成早起的習慣。

□ 住所がわからない。
不知道住址。

▶ 引っ越しをしたので、住所が変わりました。
由於搬家了，所以住址也換了。

□ 自由席を取る。
預購自由座車廂的座位。

▶ 新幹線の自由席で故郷に帰ります。
我搭新幹線列車的自由座返鄉。

□ 終電に乗る。
搭乘末班車。

▶ 残業で遅くなり、終電で家に帰りました。
加班到很晚，搭了最後一班電車回家。

□ 柔道をやる。
練柔道。

▶ ５年前から、体の為に柔道を習っています。
為了身體健康，從五年前開始學柔道。

Check 1 必考單字	高低重音	詞性、類義詞與對義詞

370 □□□
じゅうぶん
十分 ▸ じゅうぶん ▸ 形動 十分；充分，足夠
類 足りる 足夠；一杯 充分
對 少し 一點

371 □□□
しゅじん
主人 ▸ しゅじん ▸ 名 一家之主；老公，（我）丈夫，先生；老闆
類 夫 （我）丈夫
對 妻 （我）妻子

372 □□□
じゅしん
受信 ▸ じゅしん ▸ 名・他サ （郵件、電報等）接收：收聽
類 受ける 接到
對 送信 發報

373 □□□
しゅっせき
出席 ▸ しゅっせき ▸ 自サ 參加；出席
類 出る 參加
對 欠席 缺席

374 □□□
しゅっぱつ
出発 ▸ しゅっぱつ ▸ 自サ 出發；起步；開頭
類 立つ 動身；出かける 出門
對 着く 到達

375 □□□
しゅ み
趣味 ▸ しゅみ ▸ 名 興趣；嗜好
類 興味 興趣

376 □□□
じゅん び
準備 ▸ じゅんび ▸ 名・他サ 籌備；準備
類 支度 準備
對 片付け 收拾

377 □□□
しょうかい
紹介 ▸ しょうかい ▸ 名・他サ 介紹
類 説明 解釋

378 □□□
しょうがつ
正月 ▸ しょうがつ ▸ 名 正月，新年
類 新年 新年

Check 2　必考詞組	Check 3　必考例句
□ 十分に休む。 充分休息。	▶ 健康の為には、十分な睡眠が必要です。 想要保持健康，就必須有充足的睡眠。
□ 主人の帰りを待つ。 等待丈夫回家。	▶ 主人は今、外出しています。 我先生目前不在家。
□ メールを受信する。 收簡訊。	▶ 支店からのメールを受信しました。 收到了分店寄來的電子郵件。
□ 出席を取る。 點名。	▶ 姉の結婚式に出席します。 我將參加姐姐的婚禮。
□ 出発が遅れる。 出發延遲。	▶ 明日、9時のバスで出発します。 明天將搭乘九點的巴士出發。
□ 趣味が多い。 興趣廣泛。	▶ 私の趣味は、ダンスをすることです。 我的興趣是跳舞。
□ 準備が足りない。 準備不夠。	▶ クラスの皆で、体育祭の準備をしました。 全班同學一起準備體育大會。
□ 家族に紹介する。 介紹給家人認識。	▶ 日本人の友だちを紹介します。 讓我為您介紹日本的朋友。
□ 正月を迎える。 迎新年。	▶ 正月には田舎に帰る予定です。 我計畫在元月回鄉下。

Check 1　必考單字	高低重音	詞性、類義詞與對義詞

379 ☐☐☐

しょうがっこう
小学校 ▸ しょうがっこう ▸ 名 小學
類 高校　高中

380 ☐☐☐ 　T1 / 36

しょうせつ
小説 ▸ しょうせつ ▸ 名 小說
類 物語（ものがたり）　故事

381 ☐☐☐

しょうたい
招待 ▸ しょうたい ▸ 名・他サ 邀請
類 ご馳走（ちそう）　宴請

382 ☐☐☐

しょうち
承知 ▸ しょうち ▸ 名・他サ 知道，了解，同意；許可
類 分（わ）かる　知道

383 ☐☐☐

しょうらい
将来 ▸ しょうらい ▸ 名・他サ 未來；將來
類 これから　今後
對 昔（むかし）　以前

384 ☐☐☐

しょくじ
食事 ▸ しょくじ ▸ 名・自サ 用餐，吃飯；飯，餐
類 食（た）べる　吃飯

385 ☐☐☐

しょくりょうひん
食料品 ▸ しょくりょうひん ▸ 名 食品
類 食（た）べ物（もの）　食物；飲（の）み物（もの）　飲料

386 ☐☐☐

しょしんしゃ
初心者 ▸ しょしんしゃ ▸ 名 初學者
類 入門（にゅうもん）　初學

387 ☐☐☐

じょせい
女性 ▸ じょせい ▸ 名 女性
類 女（おんな）　女人
對 男性（だんせい）　男性

□ 小学校に上がる。
上小學。
▶ 近くの小学校の庭に桜が咲きました。
附近的小學校園裡櫻花盛開了。

□ 小説を書く。
寫小說。
▶ 暇なときは、ベッドに寝て小説を読みます。
我有空的時候喜歡躺在床上看小說。

□ 招待を受ける。
接受邀請。
▶ 伯母の家の晩ご飯に、招待されました。
在伯母家享用了晚餐。

□ 時間のお話、承知しました。
關於時間上的問題，已經明白了。
▶ 父は、私の願いを承知してくれました。
爸爸答應了我的請求。

□ 近い将来。
最近的將來。
▶ 将来はエンジニアになりたいです。
我以後想成為工程師。

□ 食事が終わる。
吃完飯。
▶ 朝の食事は、いつも家族で食べます。
早餐總是全家人一起吃。

□ そこで食料品を買う。
在那邊購買食材。
▶ 近くのスーパーで食料品を買います。
在附近的超市買食品。

□ テニスの初心者。
網球初學者。
▶ 私はゴルフの初心者です。
我是高爾夫球的新手。

□ 女性は強くなった。
女性變堅強了。
▶ 彼女は、多くの女性に尊敬されています。
她受到眾多女性的尊敬。

Check 1 必考單字	高低重音	詞性、類義詞與對義詞

388 □□□
し
知らせる ▸ しらせる ▸ 他下一 通知，讓對方知道
れんらく
類 連絡　聯繫

389 □□□
しら
調べる ▸ しらべる ▸ 他下一 查閱，調查；審訊；搜查
ひ
類 引く　查辭典

390 □□□
しん き さくせい
新規作成・ ▸ しんきさくせいする ▸ 名・他サ 新作，從頭做起；（電腦檔
する 案）開新檔案
あたら
類 新しい　新的

391 □□□ ● T1 / 37
じんこう
人口 ▸ じんこう ▸ 名 人口
ひと
類 人　人

392 □□□
しんごう む し
信号無視 ▸ しんごうむし ▸ 名 違反交通號誌，闖紅（黃）燈
しんごう
類 信号　紅綠燈

393 □□□
じんじゃ
神社 ▸ じんじゃ ▸ 名 神社
てら
類 寺　寺廟

394 □□□
しんせつ
親切 ▸ しんせつ ▸ 名・形動 親切，客氣
あたた
類 暖かい　親切
つめ
對 冷たい　冷淡的

395 □□□
しんぱい
心配 ▸ しんぱい ▸ 名・形動 擔心；操心，掛念，憂慮
こま
類 困る　苦惱
あんしん
對 安心　安心

396 □□□
しんぶんしゃ
新聞社 ▸ しんぶんしゃ ▸ 名 報社
きょく
類 テレビ局／television　電視台

Check 2　必考詞組	Check 3　必考例句
□ 警察に知らせる。 報警。	▶ 携帯電話で事故の様子を知らせました。 我打手機通知了事故的情況。
□ 辞書で調べる。 査字典。	▶ インターネットで飛行機の時刻を調べます。 在網路上查詢班機時刻。
□ ファイルを新規作成する。 開新檔案。	▶ 新規作成の画面で、書類を作ります。 在新增檔案的畫面製作文件。
□ 人口が多い。 人口很多。	▶ 私の町は、だんだん人口が減っています。 我居住城鎮的人口數漸漸減少。
□ 信号無視をする。 違反交通號誌。	▶ 信号無視をして、警察官に注意されました。 闖紅燈後被警察攔下來警告了。
□ 神社に参る。 參拜神社。	▶ 正月に、近くの神社にお参りします。 將於元月時到附近的神社參拜。
□ 親切に教える。 親切地教導。	▶ お年寄りには親切にしましょう。 對待老人家要親切喔。
□ 娘が心配だ。 女兒真讓我擔心。	▶ 父の手術がうまくいくか心配です。 我很擔心爸爸的手術能不能順利完成。
□ 新聞社に勤める。 在報社上班。	▶ 大学を卒業したあと、地方の新聞社に勤めています。 從大學畢業之後，就在外縣市的報社工作。

Check 1 必考單字	高低重音	詞性、類義詞與對義詞

397 □□□
すいえい
水泳 ▶ すいえい ▶ 名 游泳
類 泳ぎ 游泳

398 □□□
すいどう
水道 ▶ すいどう ▶ 名 自來水；自來水管
類 電気 電力

399 □□□
ずいぶん
随分 ▶ ずいぶん ▶ 副 相當地，比想像的更多
類 非常に 非常地
對 ちょっと 一點點

400 □□□
すうがく
数学 ▶ すうがく ▶ 名 數學
類 国語 國文

401 □□□
スーツ【suit】 ▶ スーツ ▶ 名 套裝
類 背広 西裝

402 □□□ ●T1/ 38
スーツケース ▶ スーツケース ▶ 名 行李箱；手提旅行箱
【suitcase】 類 荷物 行李

403 □□□
スーパー ▶ スーパー ▶ 名 超級市場
【supermarket】之略 類 デパート／department store 百貨公司

404 □□□
す
過ぎる ▶ すぎる ▶ 自上一 超過；過於，過度；經過
類 渡る 渡過

405 □□□
す
～過ぎる ▶ ～すぎる ▶ 接尾 過於…
類 あまり 過於

あ か

さ

た な は ま や ら わ

すいえい ～ すぎる

□ 水泳が上手だ。
擅長游泳。

▶ 私の好きなスポーツは、水泳です。
我喜歡的運動是游泳。

□ 水道を引く。
安裝自來水。

▶ 毎朝、水道の水で顔を洗います。
每天都用自來水洗臉。

□ ずいぶんたくさんある。
非常多。

▶ 今日は、ずいぶん暑いですね。
今天相當熱呀！

□ 数学の教師。
數學老師。

▶ 明日、私の嫌いな数学の試験があります。
明天有我討厭的數學考試。

□ スーツを着る。
穿套裝。

▶ 新しいスーツを着て、入学式に出ます。
穿上新套裝出席入學典禮。

□ スーツケースを持つ。
拿著行李箱。

▶ スーツケースに旅行の荷物をつめます。
把旅行用品塞進行李箱裡。

□ スーパーへ買い物に行く。
去超市買東西。

▶ スーパーで肉と魚を買って帰ります。
先在超市買肉和魚之後回家。

□ 冗談が過ぎる。
玩笑開得過火。

▶ 図書館を過ぎると、すぐ公園があります。
經過圖書館之後就可以看到公園了。

□ 食べ過ぎる。
吃太多。

▶ 食べ過ぎると太りますよ。
吃太多會變胖喔！

Check 1 必考單字	高低重音	詞性、類義詞與對義詞

406 □□□
す
空く　▶　すく　▶ 自五 有縫隙；（內部的人或物）變少；飢餓；有空閒；（心情）舒暢
類 空く　出現空隙

407 □□□
すく
少ない　▶　すくない　▶ 形 少，不多的
類 少し　一點
對 多い　多的

408 □□□
す
直ぐに　▶　すぐに　▶ 副 馬上
類 もうすぐ　馬上
對 ゆっくり　不着急

409 □□□
スクリーン
【screen】　▶　スクリーン　▶ 名 螢幕
類 黒板　黒板

410 □□□
すごい　▶　すごい　▶ 形 屬害的，出色的；可怕的
類 素晴らしい　絕佳的

411 □□□
すす
進む　▶　すすむ　▶ 自五 進展；前進；上升
對 戻る　倒退

412 □□□
スタートボタン
【start button】　▶　スタートボタン　▶ 名 （微軟作業系統的）開機鈕
類 ボタン／button　按鍵，鈕扣

413 □□□ 🔘 T1 / 39
すっかり　▶　すっかり　▶ 副 完全，全部；已經；都
類 全部　全部
對 ちっとも　一點也（不）…

414 □□□
ずっと　▶　ずっと　▶ 副 （比…）得多，遠比…更…；一直
類 より　更…
對 少し　少量

□ バスは空いていた。
公車上沒什麼人。
▶ 今朝のバスは空いていました。
今天早上的巴士空蕩蕩的。

□ お金が少ない。
錢很少。
▶ 水道の水がそのまま飲める国は少ない。
自來水可以直接飲用的國家並不多。

□ すぐに帰る。
馬上回來。
▶ 夏休みが終わると、すぐに試験があります。
暑假一結束，緊接著就是考試。

□ 大きなスクリーン。
很大的銀幕。
▶ スクリーンにグラフを映して説明します。
將圖表投影到銀幕上說明。

□ すごく暑い。
非常熱。
▶ 日曜日、遊園地はすごい人出でした。
星期天的遊樂園人潮擁擠。

□ 仕事が進む。
工作進展下去。
▶ 大きな台風が、ゆっくりと東に進んでいます。
強烈颱風緩慢向東移動。

□ スタートボタンを押す。
按開機鈕。
▶ スタートボタンを押して、ゲームを始めます。
按下啟動鈕，遊戲開始。

□ すっかり変わった。
徹底改變了。
▶ 友だちとの約束をすっかり忘れていました。
我把和朋友約好的事忘得一乾二淨了。

□ ずっと家にいる。
一直待在家。
▶ 喫茶店で、友だちとずっと話をしていました。
那時在咖啡廳和朋友聊天聊個沒完。

すく～ずっと

109

Check 1	必考單字	高低重音	詞性、類義詞與對義詞

415 ☐☐☐

ステーキ
【steak】 ▸ ステーキ ▸
名 牛排
類 牛肉（ぎゅうにく）　牛肉

416 ☐☐☐

捨（す）てる ▸ すてる ▸
他下一 丟掉，拋棄；放棄；置之不理
類 投（な）げる　投擲
對 拾（ひろ）う　撿拾

417 ☐☐☐

ステレオ
【stereo】 ▸ ステレオ ▸
名 音響；立體聲
類 ラジオ／radio　收音機

418 ☐☐☐

ストーカー
【stalker】 ▸ ストーカー ▸
名 跟蹤狂
類 おかしい　可疑的

419 ☐☐☐

砂（すな） ▸ すな ▸
名 沙子
類 石（いし）　石頭

420 ☐☐☐

素晴（すば）らしい ▸ すばらしい ▸
形 了不起；出色，極好的
類 立派（りっぱ）　出色
對 つまらない　不值錢

421 ☐☐☐

滑（すべ）る ▸ すべる ▸
自五 滑（倒）；滑動；（手）滑；跌落
類 倒（たお）れる　跌倒

422 ☐☐☐

隅（すみ）／角（すみ） ▸ すみ ▸
名 角落
類 角（かど）　角落

423 ☐☐☐

済（す）む ▸ すむ ▸
自五 （事情）完結，結束；過得去，沒問題；（問題）解決，（事情）了結
類 終（お）わる　結束
對 始（はじ）まる　開始

□ ステーキを食べる。
吃牛排。

▶ レストランでステーキを注文しました。
在餐廳裡點了牛排。

□ ごみを捨てる。
丟垃圾。

ここにごみを捨ててはいけません。
此處禁丟垃圾。

□ ステレオを点ける。
打開音響。

▶ 休日は、ステレオで音楽を聴きます。
我會在假日開音響聽音樂。

□ ストーカー事件が起こる。
發生跟蹤事件。

▶ ストーカーの被害は、すぐに警察に届けましょう。
萬一遭到跟蹤狂尾隨，請立刻向警察報案。

□ 砂が目に入る。
沙子掉進眼睛裡。

指の間から、砂がさらさらと落ちる。
沙子從指縫間瀉落而下。

□ 素晴らしい映画を楽しむ。
欣賞一部出色的電影。

▶ 山の上からの景色は素晴らしかったです。
那時在山上眺望的風景非常壯觀。

□ 道が滑る。
路滑。

▶ 手が滑って、皿を落としてしまいました。
手一滑，盤子就掉了下去。

□ 隅から隅まで探す。
找遍了各個角落。

▶ 私の部屋の隅には、大きな本棚があります。
我房間角落有一座大書櫃。

□ 宿題が済んだ。
作業寫完了。

▶ 用事は午前中に済むので、それまで待っていてください。
上午會把事情辦完，請在這裡等我回來。

Check 1 必考單字	高低重音	詞性、類義詞與對義詞

424 ☐☐☐ ◉T1 / 40

掏摸 （すり） ▶ すり ▶ 名 扒手，小偷
類 泥棒（どろぼう） 小偷

425 ☐☐☐

すると ▶ すると ▶ 接續 於是；這樣一來，結果；那麼
類 だから 因此

426 ☐☐☐

〜製（せい） ▶ 〜せい ▶ 接尾 製品；…製
類 〜産 …生産

427 ☐☐☐

生活（せいかつ） ▶ せいかつ ▶ 自サ 生活；謀生
類 生（い）きる 生活

428 ☐☐☐

請求書（せいきゅうしょ） ▶ せいきゅうしょ ▶ 名 帳單，繳費單
類 領収書（りょうしゅうしょ） 收據

429 ☐☐☐

生産（せいさん） ▶ せいさん ▶ 名・自サ 生産
類 作（つく）る 製造
對 消費（しょうひ） 消費

430 ☐☐☐

政治（せいじ） ▶ せいじ ▶ 名 政治
類 経済（けいざい） 經濟

431 ☐☐☐

西洋（せいよう） ▶ せいよう ▶ 名 西洋，西方，歐美
類 ヨーロッパ／Europa 歐洲
對 東洋（とうよう） 東方

432 ☐☐☐

世界（せかい） ▶ せかい ▶ 名 世界；天地；世上
類 地球（ちきゅう） 地球

Check 2	必考詞組	Check 3	必考例句

□ 掏摸に金を取られた。
銭被扒手偷了。

► 電車の中で掏摸に遭って、財布を盗まれました。
在電車裡遇到扒手，錢包被偷走了。

□ すると急に暗くなった。
結果突然暗了下來。

► すると、あなたにも彼から電話がかかってきたのですね。
這麼說，你也接到了他的電話吧？

□ 台湾製の靴を買う。
買台灣製的鞋子。

► スイス製の時計を買いました。
我買了瑞士製的手錶。

□ 生活に困る。
不能維持生活。

► 日本での学生生活は、とても楽しいです。
在日本的學生生涯非常快樂。

□ 請求書が届く。
收到繳費通知單。

► 携帯電話の請求書が届きました。
我收到了手機帳單。

□ 車を生産している。
正在生產汽車。

► この地域ではマンゴーを使ったお菓子を生産しています。
這個地區生產用芒果做成的點心。

□ 政治に関係する。
參與政治。

► 台北は、政治や経済の中心です。
台北是政治和經濟的中心。

□ 西洋に旅行する。
去西方國家旅行。

► 私は、西洋美術に興味があります。
我對西洋美術有興趣。

□ 世界に知られている。
聞名世界。

► 世界を歩いて、おいしい物を食べたいです。
我想環遊世界，嚐遍美食。

あ か さ た な は ま や ら わ

すり～せかい

113

Check 1 必考單字	高低重音	詞性、類義詞與對義詞

433 ☐☐☐

席
せき

▶ せ|き

▶ 名 席位；座位；職位
類 椅子 職位

434 ☐☐☐

説明
せつめい

▶ せ|つめい

▶ 名・他サ 説明；解釋
類 紹介 介紹

435 ☐☐☐ ◉T1／41

背中
せなか

▶ せ|なか

▶ 名 背脊；背部
類 背 後背
對 お腹 肚子

436 ☐☐☐

是非
ぜひ

▶ ぜ|ひ

▶ 副 務必；一定；無論如何；是非；好
與壞
類 必ず 一定

437 ☐☐☐

世話
せわ

▶ せ|わ

▶ 名・他サ 照顧，照料，照應
類 手伝う 幫忙

438 ☐☐☐

線
せん

▶ せ|ん

▶ 名 線；線路
類 糸 紗線

439 ☐☐☐

全然
ぜんぜん

▶ ぜ|んぜん

▶ 副 （接否定）完全不…，一點也不…；
根本；簡直
類 ほとんど 完全不…

440 ☐☐☐

戦争
せんそう

▶ せ|んそう

▶ 名 戰爭
類 喧嘩 吵架

441 ☐☐☐

先輩
せんぱい

▶ せ|んぱい

▶ 名 前輩；學姐，學長；老前輩
類 上司 上司
對 後輩 晚輩

Check 2 / 必考詞組	Check 3 / 必考例句
□ 席を立つ。 起立。	▶ 電車の中で、お年寄りに席を代わってあげました。 在電車裡讓座給老人家了。
□ 説明が足りない。 解釋不夠充分。	▶ 約束の時間に遅れた理由を説明しました。 解釋了遲到的理由。
□ 背中が痛い。 背部疼痛。	▶ 走ってきたので、背中に汗をかきました。 因為一路跑過來，所以背上全是汗。
□ ぜひおいでください。 請一定要來。	▶ ぜひ、私の家に遊びに来てください。 請一定要來我家玩。
□ 世話になる。 受到照顧。	▶ 犬の世話は、昔から私の仕事です。 照顧狗一向是我的職責。
□ 線を引く。 畫條線。	▶ 右から左へまっすぐな線を引きます。 從右到左畫一條直線。
□ 全然知らなかった。 那時完全不知道（有這麼回事）。	▶ この問題は、私には全然わかりません。 這個問題我完全不懂。
□ 戦争になる。 開戰。	▶ 戦争でたくさんの人々が死にました。 許多人在戰爭中死去。
□ 高校の先輩。 高中時代的學長姐。	▶ クラブの先輩と毎日テニスの練習をします。 我每天都和社團學長練習網球。

Check 1　必考單字	高低重音	詞性、類義詞與對義詞

442 □□□
せんもん
専門 ▸ せんもん ▸
名 專業；攻讀科系
類 職業　職業 しょくぎょう

443 □□□
そう ▸ そう ▸
副 那樣，那樣的
類 こう　這樣；ああ　那樣

444 □□□
そうしん
送信・する ▸ そうしんする ▸
名・他サ（電）發報，播送，發射；發
送（電子郵件）
類 送る　傳送 おく
對 受信　收信 じゅしん

445 □□□
そうだん
相談 ▸ そうだん ▸
名・他サ 商量；協商；請教；建議
類 話　商談 はなし

446 □□□
そうにゅう
挿入・する ▸ そうにゅうする ▸
名・他サ 插入，裝入
類 入れる　裝入 い

447 □□□　🔘T1／42
そう べつかい
送別会 ▸ そうべつかい ▸
名 送別會
類 宴会　宴會 えんかい
對 歓迎会　歡迎宴會 かんげいかい

448 □□□
そだ
育てる ▸ そだてる ▸
他下一 養育；撫育，培植；培養
類 養う　養育 やしな

449 □□□
そつぎょう
卒業 ▸ そつぎょう ▸
名・他サ 畢業
類 別れる　離別 わか
對 入学　入學 にゅうがく

450 □□□
そつぎょうしき
卒業式 ▸ そつぎょうしき ▸
名 畢業典禮
對 入学式　開學典禮 にゅうがくしき

Check 2 / 必考詞組	Check 3 / 必考例句
□ 歴史学を専門にする。 専攻歷史學。	▶ 大学で経済を専門に勉強しています。 我在大學主修經濟。
□ 私もそう考える。 我也那樣認為。	▶ そうは言っても、私にはやはり難しいです。 話雖這麼說，對我而言還是很難。
□ ファックスで送信する。 以傳真方式發送。	▶ 仕事の件で、部長にメールを送信しました。 為向經理報告工作事項而寄送了電子郵件。
□ 相談で決める。 通過商討決定。	▶ 困っていることを母に相談しました。 我找媽媽商量了煩惱。
□ 地図を挿入する。 插入地圖。	▶ 資料に写真を挿入して送ります。 在資料裡插入照片後送出。
□ 送別会に参加する。 參加歡送會。	▶ 土曜日に先輩の送別会を開きます。 將於星期六舉辦前輩的歡送會。
□ 庭でトマトを育てる。 在庭院裡栽種番茄。	▶ 姉は働きながら、子供を育てています。 姐姐一面工作一面養兒育女。
□ 大学を卒業する。 大學畢業。	▶ 2年前に、東京の大学を卒業しました。 我兩年前從東京的大學畢業了。
□ 卒業式を行う。 舉行畢業典禮。	▶ 卒業式に、着物を着て写真を撮りました。 在畢業典禮上穿著和服拍了照片。

117

Check 1 必考單字	高低重音	詞性、類義詞與對義詞
451 □□□ 外側（そとがわ）	そとがわ	名 外部，外面，外側 類 表（おもて） 外表 對 内側（うちがわ） 內側
452 □□□ 祖父（そふ）	そふ	名 祖父，外祖父 類 お祖父（じい）さん 祖父 對 祖母（そぼ） 祖母
453 □□□ ソフト【soft】	ソフト	名・形動 柔軟，軟的；不含酒精的飲料； 壘球（ソフトボール之略）；軟件（ソフト ウェア之略）；呢子帽（ソフト帽之略） 類 柔（やわ）らかい 柔軟的 對 固（かた）い 堅硬的
454 □□□ 祖母（そぼ）	そぼ	名 祖母，奶奶，外婆 類 お祖母（ばあ）さん 祖母 對 祖父（そふ） 祖父
455 □□□ それで	それで	接續 後來，那麼；因此 類 で 後來，那麼
456 □□□ それに	それに	接續 而且，再者；可是，但是 類 また 再，還
457 □□□ それはいけま せんね	それはいけませんね	寒暄 那可不行 類 だめ 不可以
458 □□□ ●T1 43 それ程（ほど）	それほど	副 那種程度，那麼地 類 あんまり 不怎樣
459 □□□ そろそろ	そろそろ	副 漸漸地；快要，不久；緩慢 類 もうすぐ 馬上

□ 外側に紙を貼る。
在外面貼上紙張。

▶ 箱の外側にメモを貼りました。
在盒子的外面貼了便條紙。

□ 祖父に会う。
和祖父見面。

祖父はずっと高雄に住んでいます。
爺爺一直住在高雄。

□ ソフトに問題がある。
軟體故障。

▶ このかばんはソフトで使いやすいです。
這個皮包材質柔軟，十分好用。

□ 祖母が亡くなる。
祖母過世。

私の祖母はとても料理が上手です。
我奶奶做得一手好菜。

□ それでどうした。
然後呢？

▶ 風邪を引きました。それで薬を飲みました。
我感冒了，所以吃了藥。

□ 晴れだし、それに風も無い。
晴朗而且無風。

▶ コーヒーに砂糖を入れました。それにミルクも入れました。
在咖啡裡摻了糖，連牛奶也加了。

□ 風邪ですか。それはいけませんね。
感冒了嗎？那真糟糕呀。

▶ 風邪ですか。それはいけませんね。お大事に。
感冒了嗎？真糟糕，請多保重。

□ それ程寒くはない。
沒有那麼冷。

▶ このカレーはそれ程辛くないです。
這盤咖哩並沒有那麼辣。

□ そろそろ始める時間だ。
差不多要開始了。

▶ 9時ですね。そろそろ失礼致します。
已經九點了呀。我差不多該告辭了。

Check 1 必考單字	高低重音	詞性、類義詞與對義詞

460 ☐☐☐

そんな ▸ そんな ▸
形動 那樣的；哪裡
類 そんなに 那麼

461 ☐☐☐

そんなに ▸ そんなに ▸
連體 那麼，那樣
類 そんな 那樣的

462 ☐☐☐

だい
〜代 ▸ 〜だい ▸
接尾 年代，（年齡範圍）…多歲；時代；代，任
類 世紀 世紀

463 ☐☐☐

たいいん
退院 ▸ たいいん ▸
名・自サ 出院
類 病院 醫院
對 入院 住院

464 ☐☐☐

だいがくせい
大学生 ▸ だいがくせい ▸
名 大學生
類 学生 學生

465 ☐☐☐

だい じ
大事 ▸ だいじ ▸
名・形動 重要的，保重，重要；小心，謹慎；大問題
類 大切 重要

466 ☐☐☐

だいたい
大体 ▸ だいたい ▸
名・副 大部分；大致，大概；本來；根本
類 殆ど 大部分
對 ちょうど 完全一致

467 ☐☐☐

たいてい
大抵 ▸ たいてい ▸
名・副 大抵，大多；大概；普通；適度；幾乎
類 普通 普通

468 ☐☐☐

タイプ
【type】 ▸ タイプ ▸
名・他サ 款式；類型；打字
類 型 類型

□ そんなことはない。
不會，哪裡。
▶ そんな話、私は聞いたことがありません。
那種事我連聽都沒聽過。

□ そんなに暑くない。
沒有那麼熱。
▶ このラーメンはそんなにおいしくないです。
這碗拉麵沒那麼好吃。

□ 20代前半の若い女性。
二十至二十五歲的年輕女性。
▶ この会社は、60代の人も元気に働いています。
這家公司就連年過六旬的員工也一樣精神奕奕地工作。

□ 三日で退院できます。
三天後即可出院。
▶ 祖母が退院して、ほっとしました。
奶奶出院，大家總算鬆了一口氣。

□ 大学生になる。
成為大學生。
▶ 弟は、この春やっと大学生になりました。
弟弟終於在今年春天成為大學生了。

□ 大事になる。
成為大問題。
▶ 母からもらった時計を大事にしています。
我很珍惜媽媽給的手錶。

□ だいたい60人ぐらい。
差不多六十個人左右。
▶ 日本の新聞はだいたい読めます。
日本的報紙內容我大致上都能了解意思。

□ たいていの人が知っている。
大多數人都知道。
▶ 日曜日はたいてい近くの川へ釣りに行きます。
星期天大多都到附近的河邊釣魚。

□ 好きなタイプ。
喜歡的類型。
▶ この冷蔵庫は古いタイプのものです。
這台冰箱屬於舊機款。

Check 1 / 必考單字	高低重音	詞性、類義詞與對義詞

469 ☐☐☐

大分 <small>だい ぶ</small> ▸ だいぶ ▸
> 副 大約，相當地
> 類 結構 <small>けっこう</small> 相當

470 ☐☐☐ 🔘 T1 / 44

台風 <small>たい ふう</small> ▸ たいふう ▸
> 名 颱風
> 類 地震 <small>じ しん</small> 地震

471 ☐☐☐

倒れる <small>たお</small> ▸ たおれる ▸
> 自下一 倒塌，倒下；垮台；死亡
> 類 亡くなる <small>な</small> 死亡
> 對 立つ <small>た</small> 奮起

472 ☐☐☐

だから ▸ だから ▸
> 接續 所以，因此
> 類 ので 由於
> 對 けれど 可是

473 ☐☐☐

確か <small>たし</small> ▸ たしか ▸
> 副・形動 的確，確實；清楚，明瞭；似乎，大概
> 類 はっきり 明確
> 對 たぶん 大概

474 ☐☐☐

足す <small>た</small> ▸ たす ▸
> 他五 加，加總，添，補足，增加
> 類 合計 <small>ごうけい</small> 總計
> 對 引く <small>ひ</small> 減去

475 ☐☐☐

出す <small>だ</small> ▸ だす ▸
> 他五・接尾 拿出，寄出；發生；開始…；…起來
> 對 引く <small>ひ</small> 拉；入れる <small>い</small> 放入；止める <small>や</small> 停止…

476 ☐☐☐

訪ねる <small>たず</small> ▸ たずねる ▸
> 他下一 拜訪，訪問
> 類 訪れる <small>おとず</small> 拜訪

477 ☐☐☐

尋ねる <small>たず</small> ▸ たずねる ▸
> 他下一 問，打聽；尋問
> 類 聞く <small>き</small> 詢問
> 對 答える <small>こた</small> 回答

□ 大分暖かくなった。
相當暖和了。

▶ 日本語の会話が大分上手になりました。
日語會話已經練得相當不錯了。

□ 台風に遭う。
遭遇颱風。

▶ 午後、台風が日本に最も近づくでしょう。
預計中午過後颱風將會最接近日本。

□ 家が倒れる。
房屋倒塌。

▶ 台風で、大きな木が倒れました。
颱風吹倒了大樹。

□ 日曜日だから家にいる。
因為是星期天所以在家。

▶ 朝、庭でとった野菜です。だから、とても新鮮です。
這是清晨剛在院子裡摘下的蔬菜，所以非常新鮮。

□ 確かな返事をする。
確切的回答。

▶ 私の眼鏡、確かここに置いたのだけど、知らない。
我記得好像把眼鏡放在這裡了，你有沒有看到？

□ 1万円を足す。
加上一萬日圓。

▶ 苦いので、少し砂糖を足してください。
嚐起來有點苦，請再加一點糖。

□ 泣き出す。
開始哭起來。

▶ 突然、赤ちゃんが泣き出しました。
突然間，小寶寶哭了出來。

□ 大学の先生を訪ねる。
拜訪大學教授。

▶ 10年前に卒業した小学校を訪ねました。
我造訪了十年前畢業的小學母校。

□ 道を尋ねる。
問路。

▶ 駅前で、市役所の場所を尋ねました。
我在車站前詢問了市公所的所在位置。

あ か さ た な は ま や ら わ

だいぶ～たずねる

Check 1 / 必考單字	高低重音	詞性、類義詞與對義詞

478 □□□

唯今／只今
<ruby>唯今<rt>ただいま</rt></ruby>／<ruby>只今<rt>ただいま</rt></ruby> ▶ ただいま ▶

名·副 馬上，剛才；我回來了
類 <ruby>今<rt>いま</rt></ruby> 立刻

479 □□□

<ruby>正<rt>ただ</rt></ruby>しい ▶ ただしい ▶

形 正確；端正；合情合理
類 ほんとう 真正
對 <ruby>間違<rt>まちが</rt></ruby>える 錯誤

480 □□□

<ruby>畳<rt>たたみ</rt></ruby> ▶ たたみ ▶

名 榻榻米
類 <ruby>床<rt>ゆか</rt></ruby> 地板

481 □□□

<ruby>立<rt>た</rt></ruby>てる ▶ たてる ▶

他下一 直立，立起，訂立；揚起；掀起；安置；保持
類 <ruby>立<rt>た</rt></ruby>つ 成立

482 □□□ 🔘 T1 / 45

<ruby>建<rt>た</rt></ruby>てる ▶ たてる ▶

他下一 建立，建造
類 <ruby>直<rt>なお</rt></ruby>す 修理
對 <ruby>壊<rt>こわ</rt></ruby>す 毀壞

483 □□□

<ruby>例<rt>たと</rt></ruby>えば ▶ たとえば ▶

副 例如
類 もし 假如

484 □□□

<ruby>棚<rt>たな</rt></ruby> ▶ たな ▶

名 架子，棚架
類 <ruby>本棚<rt>ほんだな</rt></ruby> 書架

485 □□□

<ruby>楽<rt>たの</rt></ruby>しみ ▶ たのしみ ▶

名·形動 快樂；期待；消遣
類 <ruby>遊<rt>あそ</rt></ruby>び 消遣

486 □□□

<ruby>楽<rt>たの</rt></ruby>しむ ▶ たのしむ ▶

他五 享受，欣賞，快樂；以…為消遣；期待，盼望
類 <ruby>遊<rt>あそ</rt></ruby>ぶ 消遣
對 <ruby>働<rt>はたら</rt></ruby>く 工作；<ruby>勉強<rt>べんきょう</rt></ruby>する 學習

Check 2　必考詞組	Check 3　必考例句

□ ただいま電話中です。
目前正在通話中。

▶ 父はただいま戻りますので、しばらくお待ちください。
家父很快就回來了，請稍等一下。

□ 正しい答え。
正確的答案。

▶ あなたの意見は正しいです。
你的建議是正確的。

□ 畳を換える。
換新榻榻米。

▶ 旅館には畳の部屋があります。
旅館裡有鋪設榻榻米的房間。

□ 計画を立てる。
制訂計畫。

▶ 家族旅行の計画を立てました。
擬定了全家出遊的計畫。

□ 家を建てる。
蓋房子。

▶ 来年、郊外に家を建てる予定です。
預計明年在郊外建蓋新家。

□ これは例えばの話だ。
這只是打個比方。

▶ 私は、和食、例えば天ぷらや刺身が好きです。
我喜歡吃日式餐點，例如炸蝦或生魚片。

□ 棚に人形を飾る。
在架子上擺飾人偶。

▶ 棚に皿とコップをきれいに並べます。
將盤子和杯子整齊地擺在架子上。

□ 釣りをするのが楽しみです。
很期待去釣魚。

▶ 日曜日のピクニックがとても楽しみです。
我非常期待星期天的野餐。

□ 音楽を楽しむ。
欣賞音樂。

▶ 家族で、登山を楽しんでいます。
全家人都很喜歡爬山。

Check 1 必考單字	高低重音	詞性、類義詞與對義詞

487 □□□
食べ放題
<ruby>食<rt>た</rt></ruby>べ<ruby>放題<rt>ほうだい</rt></ruby>
▶ たべほうだい ▶

名 吃到飽，盡量吃，隨意吃
類 <ruby>飲<rt>の</rt></ruby>み<ruby>放題<rt>ほうだい</rt></ruby> 喝到飽

488 □□□
偶に
<ruby>偶<rt>たま</rt></ruby>に
▶ たまに ▶

副 偶然，偶爾，有時
類 ときどき 偶爾
對 よく 經常

489 □□□
為
<ruby>為<rt>ため</rt></ruby>
▶ ため ▶

名 為了…由於；（表目的）為了；
（表原因）因為
類 から 因為

490 □□□
駄目
<ruby>駄目<rt>だめ</rt></ruby>
▶ だめ ▶

名・形動 不行；沒用；無用
類 <ruby>嫌<rt>いや</rt></ruby> 不行
對 <ruby>良<rt>よ</rt></ruby>い 可以

491 □□□
足りる
<ruby>足<rt>た</rt></ruby>りる
▶ たりる ▶

自上一 足夠；可湊合；值得
類 <ruby>十分<rt>じゅうぶん</rt></ruby> 足夠
對 <ruby>欠<rt>か</rt></ruby>ける 不足

492 □□□
男性
<ruby>男性<rt>だんせい</rt></ruby>
▶ だんせい ▶

名 男性
類 <ruby>男<rt>おとこ</rt></ruby> 男人
對 <ruby>女性<rt>じょせい</rt></ruby> 女性

493 □□□ ◉ T1 / 46
暖房
<ruby>暖房<rt>だんぼう</rt></ruby>
▶ だんぼう ▶

名・他サ 暖氣；供暖
類 ストーブ／ stove 暖爐
對 <ruby>冷房<rt>れいぼう</rt></ruby> 冷氣

494 □□□
血
<ruby>血<rt>ち</rt></ruby>
▶ ち ▶

名 血液，血；血緣
類 <ruby>毛<rt>け</rt></ruby> 毛
對 <ruby>肉<rt>にく</rt></ruby> 肉

495 □□□
小さな
<ruby>小<rt>ちい</rt></ruby>さな
▶ ちいさな ▶

連體 小，小的；年齡幼小
類 ミニ／ mini 小型
對 <ruby>大<rt>おお</rt></ruby>きな 大的

Check 2 必考詞組	Check 3 必考例句
□ このレストランは食 べ放題だ。 這是間吃到飽的餐廳。	▶ 友だちと、ホテルのケーキ食べ放題に行きました。 我和朋友去吃了飯店的百匯自助餐。
□ 偶にテニスをする。 偶爾打網球。	夏は、偶に近くのプールで泳いでいます。 我夏天偶爾會到附近的泳池游泳。
□ 病気のために休む。 因為有病而休息。	▶ 大雪のため、電車は全て止まっています。 由於降下大雪，電車全面停駛。
□ 野球は上手だがゴル フは駄目だ。 雖然很會打棒球，但高爾 夫就完全不行了。	▶ ここにごみを捨てては駄目です。 不可以把垃圾丟在這裡。
□ お金が足りない。 錢不夠。	▶ 今日の買い物は 1000 円で足ります。 今天要買的東西只要一千圓就夠了。
□ 大人の男性を紹介す る。 介紹(妳認識)穩重的男士。	▶ 男性用のトイレはあちらです。 男廁在這邊。
□ 暖房を点ける。 開暖氣。	寒いので、暖房を強くしました。 因為覺得冷而把暖氣溫度調高了。
□ 赤い血。 鮮紅的血。	▶ 包丁で手を切って、血が出ました。 我被菜刀切到手而流血了。
□ 小さな声で話す。 小聲說話。	▶ 小さな親切は、社会を明るくします。 每個人都付出小小的親切，就能打造出一個充滿正向能量 的社會。

127

Check 1 / 必考單字	高低重音	詞性、類義詞與對義詞
496 □□□ ちかみち **近道**	ちかみち	名 捷徑，近路 類 近い ちか 近的 對 回り道 まわ みち 繞道
497 □□□ **チェック** **【check】**	チェック	名･他サ 檢查；核對；對照；支票；花格；將軍（西洋棋） 類 調べる しら 檢查
498 □□□ ちから **力**	ちから	名 力量，力氣；能力；壓力；勢力 類 腕 うで 本事 對 心 こころ 精神
499 □□□ ち かん **痴漢**	ちかん	名 流氓，色情狂 類 掏摸 すり 扒手
500 □□□ ちっ **些とも**	ちっとも	副 一點也不… 類 少しも すこ 一點也（不）…
501 □□□ **～ちゃん**	～ちゃん	接尾 （表親暱稱謂）小…，表示親愛（「さん」的轉音） 類 さん、さま 先生，小姐
502 □□□ ちゅう い **注意**	ちゅうい	名･自他サ 注意，小心，仔細，謹慎；給建議，忠告 類 気をつける き 小心
503 □□□ ちゅうがっこう **中学校**	ちゅうがっこう	名 國中 類 高校 こうこう 高中
504 □□□ ちゅう し **中止**	ちゅうし	名･他サ 中止 類 キャンセルする／cancel 取消 對 続く つづ 持續

□ 近道をする。
抄近路。

▶ 遅くなったので、近道をして、家に帰りました。
已經很晚了，所以抄近路回家了。

□ チェックが厳しい。
檢驗嚴格。

▶ 間違っていないか、全体を丁寧にチェックしました。
從頭到尾仔細檢查有沒有錯誤的地方。

□ 力になる。
幫助；有依靠。

▶ 腰に力を入れて、家具を動かします。
我使出丹田之力移動家具。

□ 男性は痴漢をしていた。
這個男人曾經對人做過性騷擾的舉動。

▶ 痴漢に遭ったら、大声を出すようにしてください。
萬一遇到色狼，請大聲求援。

□ ちっとも疲れていない。
一點也不累。

▶ シャツの汚れはちっとも落ちません。
襯衫上的汙漬一點也洗不掉。

□ 健ちゃん、ここに来て。
小健，過來這邊。

▶ 洋子ちゃん、いっしょに遊びましょう。
洋子小妹妹，我們一起玩吧！

□ 車に注意しましょう。
要小心車輛。

▶ 車に注意して横断歩道を渡りましょう。
穿越斑馬線時要當心左右來車。

□ 中学校に入る。
上中學。

▶ この中学校はスポーツがとても盛んです。
這所中學的運動風氣十分盛行。

□ 中止になる。
活動暫停。

▶ 雨で体育祭は中止になりました。
體育大會由於下雨而中止了。

Check 1 必考單字	高低重音	詞性、類義詞與對義詞
505 □□□ T1 / 47 ちゅうしゃ 注射	ちゅうしゃ	自·他サ 注射，打針 類 病気 疾病
506 □□□ ちゅうしゃ い はん 駐車違反	ちゅうしゃいはん	名 違規停車 類 交通違反 違反交通規則
507 □□□ ちゅうしゃじょう 駐車場	ちゅうしゃじょう	名 停車場 類 車庫 車庫
508 □□□ ちょう 町	ちょう	名 鎮 類 市 市
509 □□□ ち り 地理	ちり	名 地理 類 歴史 歴史
510 □□□ つうこう ど 通行止め	つうこうどめ	名 禁止通行，無路可走 類 一方通行 單行道
511 □□□ つうちょう き にゅう 通帳記入	つうちょうきにゅう	名 補登錄存摺 類 付ける 記上
512 □□□ つ (に) 就いて	(に) ついて	連語 關於 類 関して 關於
513 □□□ つか 捕まえる	つかまえる	他下一 逮捕，抓；握住 類 掴む 抓住

□ 注射を打つ。
打針。

▶ インフルエンザの注射をしました。
我去打了流行性感冒的預防針。

□ 駐車違反になる。
違規停車。

▶ 駐車違反で、お巡りさんに捕まりました。
我違規停車被警察抓到了。

□ 駐車場を探す。
找停車場。

▶ 街の中では駐車場を探すのが大変です。
在鬧區找停車場非常不容易。

□ 町長になる。
當鎮長。

▶ 選挙で町長に当選しました。
在這場選舉中當選了鎮長。

□ 地理を研究する。
研究地理。

▶ 私は日本の地理に詳しいです。
我對日本的地理非常熟悉。

□ 通行止めになっている。
規定禁止通行。

▶ 駅前は工事のため、通行止めになっています。
車站前正在施工，禁止通行。

□ 通帳記入をする。
補登錄存摺。

▶ 銀行で通帳記入をしました。
我在補登了存摺。

□ 日本の歴史について研究する。
研究日本的歷史。

▶ これから教室の掃除について話し合います。
接下來要討論關於教室掃除工作。

□ 犯人を捕まえる。
捉犯人。

▶ 警察官が泥棒を捕まえました。
警察逮到了小偷。

131

Check 1 必考單字	高低重音	詞性、類義詞與對義詞
514 □□□ 月_{つき}	つき	名 月亮 類 星_{ほし} 星星 對 太陽_{たいよう} 太陽
515 □□□ 月_{つき}	つき	名 …個月；月份 類 年_{ねん} 一年
516 □□□ 点く_つ	つく	自五 點亮，點上，（火）點著 類 点ける_つ 點燃 對 消える_き 熄滅
517 □□□ T1/48 作る_{つく}	つくる	他五 作；創造；制定；編造；形成 類 生産_{せいさん} 生産
518 □□□ 漬ける_つ	つける	他下一 浸泡；醃 類 塩漬けする_{しおづ} 鹽醃
519 □□□ 点ける_つ	つける	他下一 打開（家電類）；點燃 類 燃やす_も 燃燒 對 消す_け 切斷
520 □□□ 付ける（気_きを 付ける）_つ	つける	他下一 加上，安裝，配戴；塗抹；寫 上；察覺到 類 塗る_ぬ 塗抹 對 落とす_お 弄下
521 □□□ 都合_{つごう}	つごう	名・他サ 情況，方便度；準備，安排； 設法；湊巧 類 場合_{ばあい} 情況
522 □□□ 伝える_{つた}	つたえる	他下一 傳達，轉告；傳導 類 話す_{はな} 告訴

Check 2 必考詞組	Check 3 必考例句
□ 月が見える。 可以看到月亮。	▶ 今夜は月がとてもきれいです。 今晚的月色格外美麗。
□ 月に一度集まる。 一個月集會一次。	▶ 単身赴任の夫とは月に2回しか会えません。 我和外派的丈夫每個月只能見兩次面。
□ 電灯が点いた。 電燈亮了。	▶ ボタンをおすと、10秒で、ストーブが点きます。 按下按鈕等十秒，暖爐就能點著了。
□ おつまみを作る。 作下酒菜。	▶ 趣味は、人形を作ることです。 我的興趣是製作人偶。
□ 梅を漬ける。 醃梅子。	▶ 果物をお酒に漬けると、おいしくて甘い飲み物になります。 將水果浸泡在酒裡，就能釀造出甘甜美味的飲品。
□ 火を点ける。 點火。	▶ 寒い時は、遠慮なくストーブを点けてくださいね。 您覺得冷的時候請開啟暖爐，別客氣喔。
□ 日記を付ける。 寫日記。	▶ パンにジャムとバターを付けます。 在麵包抹上果醬和奶油。
□ 都合が悪い。 不方便。	▶ 都合により、本日は閉店します。 小店因故今日公休。
□ 気持ちを伝える。 將感受表達出來。	▶ 皆に試験の日を伝えます。 通知大家考試日期。

Check 1　必考單字	高低重音	詞性、類義詞與對義詞

523 ☐☐☐
つづ
続く ▶ つづく ▶
- 自五 繼續；接連；跟著；堅持
- 類 続ける　繼續
- 對 止まる　中斷

524 ☐☐☐
つづ
続ける ▶ つづける ▶
- 他下一 持續，繼續；接著
- 類 続く　繼續
- 對 止める　停止

525 ☐☐☐
つつ
包む ▶ つつむ ▶
- 他五 包圍，包住，包起來；隱藏；束起
- 類 包装する　包裝
- 對 開ける　打開

526 ☐☐☐
つま
妻 ▶ つま ▶
- 名 妻子，太太（自稱）
- 類 家内　（我）妻子
- 對 夫　（我）先生

527 ☐☐☐
つめ
爪 ▶ つめ ▶
- 名 指甲；爪
- 類 指　手指

528 ☐☐☐
つ
積もり ▶ つもり ▶
- 名 打算，企圖；估計，預計；（前接動詞過去形）（本不是那樣）就當作…
- 類 考える　考慮

529 ☐☐☐
つ
積もる ▶ つもる ▶
- 他五・自五 堆積
- 類 載る　裝上

530 ☐☐☐ 🔊 T1 / 49
つ
釣る ▶ つる ▶
- 他五 釣，釣魚；引誘
- 類 誘う　誘惑

531 ☐☐☐
つ
連れる ▶ つれる ▶
- 自他下一 帶領，帶著
- 類 案内　前導

Check 2	必考詞組	Check 3	必考例句

□ いいお天気が続く。
連續是好天氣。

▶ 梅雨には雨の日が何日も続きます。
梅雨季節會接連下好幾天雨。

□ 話を続ける。
繼續講。

▶ 毎朝、ジョギングを続けています。
我保持每天早上慢跑的習慣。

□ 体をタオルで包む。
用浴巾包住身體。

▶ きれいな紙でお菓子を包みます。
我用漂亮的紙張包裝糕餅。

□ 妻も働いている。
妻子也在工作。

▶ 私の妻はデパートで働いています。
我太太在超市工作。

□ 爪を切る。
剪指甲。

▶ 爪はいつもきちんと切っておきましょう。
大家要養成把指甲修剪整齊的好習慣喔。

□ 電車で行くつもりだ。
打算搭電車去。

▶ アルバイトのお金は、貯金するつもりです。
我想把打工賺來的錢存起來。

□ 塵が積もる。
堆積灰塵。

▶ 雪がどんどん積もっていきます。
雪越積越多。

□ 甘い言葉で釣る。
用動聽的話語引誘。

▶ 初めて海で魚を釣りました。
這是我第一次在海上釣到魚。

□ 連れて行く。
帶去。

▶ 妹を連れて遊園地へ行きます。
我要帶妹妹去遊樂園。

Check 1 必考單字	高低重音	詞性、類義詞與對義詞

532 □□□
ていねい
丁寧 ▸ ていねい ▸ 名・形動 對事物的禮貌用法；客氣；仔細
類 細かい 仔細

533 □□□
テキスト
【text】 ▸ テキスト ▸ 名 課本，教科書
類 教科書 課本

534 □□□
てきとう
適当 ▸ てきとう ▸ 名・自サ・形動 適當；適度；隨便
類 よろしい 適當，恰好
對 真面目 認真

535 □□□
で き
出来る ▸ できる ▸ 自上一 完成；能夠；出色，有才能
類 上手 擅長
對 下手 笨拙

536 □□□
で き
出来るだけ ▸ できるだけ ▸ 副 盡可能
類 なるべく 盡可能

537 □□□
～でございま
す ▸ ～でございます ▸ 自・特殊形 是（「だ」、「です」、「である」的鄭重說法）
類 である 是（表斷定，說明）

538 □□□
～てしまう ▸ ～てしまう ▸ 他五 …了（強調某一狀態或動作徹底完了；懊悔）
類 残念 悔恨

539 □□□
デスクトップ（パソコ
ン）【desktop personal
computer】之略 ▸ デスクトップ
（パソコン） ▸ 名 桌上型電腦
類 パソコン／Personal Computer
個人電腦

540 □□□
て つだ
手伝い ▸ てつだい ▸ 名 幫助；幫手；幫傭
類 ヘルパー／helper 幫傭

□ 丁寧に読む。
仔細閱讀。

▶ もうすぐお正月なので、玄関を丁寧に掃除しました。
快要過年了，我很用心地把玄關打掃得乾乾淨淨。

□ 英語のテキスト。
英文教科書。

▶ 英会話のテキストを買って勉強します。
我要買英語會話教材研讀。

□ 適当に運動する。
適度地運動。

▶ 送別会に適当な店を探しておいてください。
請找一家適合舉辦歡送會的餐廳。

□ 食事ができた。
飯做好了。

▶ 上手にできたら、ほめてあげましょう。
等到練得滾瓜爛熟的時候，請記得稱讚他喔。

□ できるだけ日本語を使う。
盡量使用日文。

▶ できるだけ多くの学生を集めてください。
請盡可能集合越多學生越好。

□ こちらがビールでございます。
為您送上啤酒。

▶ こちらが私たちの会社の新製品でございます。
這是我們公司的新產品。

□ 食べてしまう。
吃完。

▶ 私の好きなパンは売れてしまったそうです。
我愛吃的那種麵包好像賣完了。

□ デスクトップを買う。
購買桌上型電腦。

▶ パソコンのデスクトップに好きな写真を貼り付ける。
在電腦的桌面放上喜歡的照片。

□ 手伝いを頼む。
請求幫忙。

▶ 日曜日は、弟と店の手伝いをします。
星期天我和弟弟去店裡幫忙。

Check 1 必考單字	高低重音	詞性、類義詞與對義詞

541 ☐☐☐ ●T1／50

テニス
【tennis】 ▸ テニス ▸
名 網球
類 野球　棒球

542 ☐☐☐

テニスコート
【tennis court】 ▸ テニスコート ▸
名 網球場
類 野球場　棒球場

543 ☐☐☐

て ぶくろ
手袋 ▸ てぶくろ ▸
名 手套
類 ポケット／pocket　口袋

544 ☐☐☐

て まえ
手前 ▸ てまえ ▸
名・代 眼前；靠近自己這一邊；（當著
…的）面前；（謙）我，（藐）你
類 前　前面
對 向こう　那邊

545 ☐☐☐

て もと
手元 ▸ てもと ▸
名 身邊，手頭；膝下；生活，生計
類 元　身邊；本錢
對 足元　腳下

546 ☐☐☐

てら
寺 ▸ てら ▸
名 寺院
類 神社　神社
對 教会　教堂

547 ☐☐☐

てん
点 ▸ てん ▸
名・接尾 分數；點；方面；觀點；
（得）分，件
類 数　數目
對 線　線

548 ☐☐☐

てんいん
店員 ▸ てんいん ▸
名 店員
類 社員　職員

549 ☐☐☐

てん き よ ほう
天気予報 ▸ てんきよほう ▸
名 天氣預報
類 ニュース／news　新聞

Check 2 必考詞組

Check 3 必考例句

□ テニスをやる。
打網球。

▶ 私は中学生の時、テニスを始めました。
我是讀中學時開始打網球的。

□ テニスコートでテニスをやる。
在網球場打網球。

▶ 暗くなると、テニスコートに明かりが点きます。
天色一暗下來，網球場隨即打開照明燈。

□ 手袋を取る。
摘下手套。

▶ 手袋をして自転車に乗ります。
戴著手套騎自行車。

□ 手前にある箸を取る。
拿起自己面前的筷子。

▶ 辞書を手前に置いて勉強します。
讀書時把辭典擺在面前。

□ 手元に無い。
手邊沒有。

▶ 手元のコップを倒してしまいました。
把手邊的杯子弄倒了。

□ お寺はたくさんある。
有許多寺院。

▶ 遠くの寺の鐘が鳴っています。
遠方的寺院正在鳴鐘。

□ 点を取る。
得分。

▶ 試験で良い点を取って、合格しました。
在考試中拿到高分，順利通過了。

□ 店員を呼ぶ。
叫喚店員。

▶ このコンビニの店員は、若いけれど親切です。
這家便利商店的店員雖然年輕，但很親切。

□ ラジオの天気予報を聞く。
聽收音機的氣象預報。

▶ 天気予報では、明日は晴れだそうですよ。
氣象預報說明天應該是晴天喔。

Check 1 必考單字	高低重音	詞性、類義詞與對義詞

550 □□□
でんとう
電灯 ▸ でんとう ▸ 名 電燈
類 電気（でんき）　電燈；電力

551 □□□
てんぷ
添付・する ▸ てんぷする ▸ 名・他サ 添上，附上；（電子郵件）附加檔案
類 付く（つく）　添上

552 □□□
でんぽう
電報 ▸ でんぽう ▸ 名 電報
類 電話（でんわ）　電話

553 □□□
てんらんかい
展覧会 ▸ てんらんかい ▸ 名 展覽會
類 発表会（はっぴょうかい）　發表會

554 □□□ T1 51
どうぐ
道具 ▸ どうぐ ▸ 名 道具；工具；手段
類 文具（ぶんぐ）　文具

555 □□□
とうとう
到頭 ▸ とうとう ▸ 副 終於，到底，終究
類 やっと　終於

556 □□□
どうぶつえん
動物園 ▸ どうぶつえん ▸ 名 動物園
類 植物園（しょくぶつえん）　植物園

557 □□□
とうろく
登録・する ▸ とうろくする ▸ 名・他サ 登記；（法）登記，註冊；記錄
類 記録（きろく）　記錄

558 □□□
とお
遠く ▸ とおく ▸ 名・副 遠處；很遠；差距很大
類 外国（がいこく）　外國
對 近く（ちか）　很近

Check 2　必考詞組

□ 電灯が点く。
點亮電燈。

□ 写真を添付する。
附上照片。

□ 電報が来る。
來電報。

□ 展覧会を開く。
舉辦展覽會。

□ 道具を使う。
使用道具。

□ とうとう彼は来な
かった。
他終究沒來。

□ 動物園に行く。
去動物園。

□ お客様の名前を登録
する。
登記貴賓的大名。

□ 遠くから人が来る。
有人從遠處來。

Check 3　必考例句

部屋に戻ってすぐ電灯を点けます。
一回到房間就開電燈。

資料をメールに添付して送信します。
在電子郵件裡附上資料寄出去。

大学合格の電報を受け取りました。
收到了通知考上大學的電報。

フランス絵画の展覧会を見に行きます。
我要去參觀法國畫作的展覽會。

釣りの道具を持って海へ行きます。
帶著釣具去海邊。

とうとう、最後まで聞くことはできませんでした。
終究沒能聽到最後了。

動物園でパンダの写真をたくさん撮りました。
我在動物園拍了很多貓熊的照片。

彼女のメールアドレスを、アドレス帳に登録します。
我在通訊錄裡登記儲存了她的電子郵件信箱。

私の部屋から遠くに山が見えます。
從我的房間可以遠眺山景。

Check 1 / 必考單字	高低重音	詞性、類義詞與對義詞

559 □□□

とお
通り ▸ とおり ▸ 名・接尾 道路，大街；（「どおり」接名詞後）一樣，照…樣；表示程度
類 道 道路

560 □□□

とお
通る ▸ とおる ▸ 自五 經過；通過；合格；暢通；滲透；響亮
類 過ぎる 經過；渡る 渡過

561 □□□

とき
時 ▸ とき ▸ 名 …時，時候；時期
類 場合 時候；時間 時間
對 ところ 地方

562 □□□

とく
特に ▸ とくに ▸ 副 特地，特別
類 特別 特別

563 □□□

とくばいひん
特売品 ▸ とくばいひん ▸ 名 特賣商品，特價商品
類 品物 物品

564 □□□

とくべつ
特別 ▸ とくべつ ▸ 形動 特別，特殊
類 特に 特別

565 □□□ T1 52

とこや
床屋 ▸ とこや ▸ 名 理髮店；理髮師
類 美容院 美容院

566 □□□

とし
年 ▸ とし ▸ 名 年齡；一年；歲月；年代
類 歲 歲

567 □□□

とちゅう
途中 ▸ とちゅう ▸ 名 半路上，中途；半途
類 中途 半途

□ いつもの通^{とお}り。
一如往常。

▶ 駅前^{えきまえ}の通^{とお}りは、人^{ひと}も車^{くるま}もいっぱいです。
車站前的馬路上，人潮和車潮熙來攘往。

□ 左側^{ひだりがわ}を通^{とお}る。
靠左邊走。

▶ ここはトラックがスピードを上^あげて通^{とお}るので、気^きをつけてください。
卡車會在這裡加速通行，請務必當心。

□ 時^{とき}が来^くる。
時機到來；時候到來。

▶ まだ痛^{いた}い時^{とき}は、水^{みず}で冷^ひやしてください。
還是無法止痛的時候，請用涼水降溫。

□ 特^{とく}に用事^{ようじ}はない。
沒有特別的事。

▶ 特^{とく}に嫌^{きら}いな食^たべ物^{もの}はありません。
我沒有什麼特別討厭的食物。

□ 特売品^{とくばいひん}を買^かう。
買特價商品。

▶ スーパーで、特売品^{とくばいひん}の肉^{にく}を買^かいました。
在超市買了特價的肉品。

□ 特別^{とくべつ}な読^よみ方^{かた}。
特別的唸法。

▶ これは、私^{わたし}が特別大事^{とくべつだいじ}にしている本^{ほん}です。
這是一本我格外珍惜的書。

□ 床屋^{とこや}へ行^いく。
去理髮廳。

▶ 床屋^{とこや}に行^いって、髪^{かみ}を短^{みじか}くしました。
去理髮廳剃短了頭髮。

□ 年^{とし}を取^とる。
長歲數；上年紀。

▶ 年^{とし}を取^とるのも悪^{わる}いもんじゃない、と、祖父^{そふ}はいつも言^いっている。
爺爺常把「上了年紀也沒啥不好的」這句話掛在嘴邊。

□ 途中^{とちゅう}で帰^{かえ}る。
中途返回。

▶ 家^{いえ}に帰^{かえ}る途中^{とちゅう}、財布^{さいふ}を落^おとしました。
在回家的路上弄丟了錢包。

Check 1 必考單字	高低重音	詞性、類義詞與對義詞
568 □□□ とっきゅう **特急** ▸	と┐っきゅう ▸	名 火速；特急列車；特快 類 エクスプレス／ express 急行列車； きゅうこう 急行 快車
569 □□□ どっち **何方** ▸	ど┐っち ▸	代 哪一個 類 こっち 這邊，我們；あっち 那 邊，他們
570 □□□ とど **届ける** ▸	とど┐ける ▸	他下一 送達；送交，遞送；提交文件 おく 類 送る 寄送
571 □□□ と **泊まる** ▸	と┐まる ▸	自五 住宿，過夜；（船）停泊 類 住む 居住
572 □□□ と **止まる** ▸	と┐まる ▸	自五 停止；止住；堵塞；落在 と 類 止める 停止 うご 對 動く 轉動
573 □□□ と **止める** ▸	と┐める ▸	他下一 關掉，停止；戒掉 と 類 止まる 停止 つづ 對 続ける 持續進行
574 □□□ と か **取り替える** ▸	と┐りかえる ▸	他下一 交換；更換 類 かわりに 代替
575 □□□ どろぼう **泥棒** ▸	どろ┐ぼう ▸	名 偷竊；小偷，竊賊 すり 類 掏摸 小偷，扒手
576 □□□ **どんどん** ▸	ど┐んどん ▸	副 連續不斷，接二連三；（炮鼓等 連續不斷的聲音）咚咚；（進展）順 利；（氣勢）旺盛 類 だんだん 逐漸

□ 特急で東京へ立つ。
坐特快車到東京。

▶ 特急に乗って、台中へ行きます。
搭乘特快車前往台中。

□ お宅はどっちですか。
請問您家在哪？

▶ どっちの方向に行けばいいのか、迷ってしまった。
那時猶豫著不知道該往哪個方向才好。

□ 花を届けてもらう。
請人代送花束。

▶ 隣の家に旅行のお土産を届けます。
去鄰居家送旅行時買的伴手禮。

□ ホテルに泊まる。
住飯店。

▶ ぜひ日本の旅館に泊まりたいです。
我很渴望住在日本的旅館。

□ 時計が止まる。
鐘停了。

▶ 小鳥が３羽、電線に止まっています。
三隻小鳥歇在電線上。

□ 車を止める。
把車停下。

▶ コンビニの駐車場に車を止めます。
把車子停在便利商店的停車場。

□ 大きい帽子と取り替える。
換成一頂大帽子。

▶ 汚れた靴下を取り替えます。
換掉髒襪子。

□ 泥棒を捕まえた。
捉住了小偷。

▶ 夏は特に泥棒に注意してください。
夏天請慎防竊賊。

□ どんどん忘れてしまう。
漸漸遺忘。

▶ 店にお客がどんどん入ってきます。
顧客魚貫般進到店裡。

Check 1 必考單字	高低重音	詞性、類義詞與對義詞

577☐☐☐ ◉ T1／53

ナイロン
【nylon】 ▸ ナイロン ▸
名 尼龍
類 綿　棉

578☐☐☐

なお
直す ▸ なおす ▸
他五 修理；改正；改變；整理
類 直る　修理好；改正

579☐☐☐

なお
治る ▸ なおる ▸
自五 變好；改正；治癒
類 元気になる　恢復健康
對 怪我　受傷

580☐☐☐

なお
直る ▸ なおる ▸
自五 復原；修理；治好
類 修理する　修理

581☐☐☐

なかなか
中々 ▸ なかなか ▸
副・形動 相當；（後接否定）總是無法；
形容超出想像
類 とても　非常
對 直ぐ　立刻

582☐☐☐

な
泣く ▸ なく ▸
自五 哭泣
類 鳴く　鳴叫
對 笑う　笑

583☐☐☐

な
無くす ▸ なくす ▸
他五 弄丟，搞丟；喪失，失去；去掉
類 無くなる　丟失；落とす　遺失
對 見つける　找到

584☐☐☐

な
亡くなる ▸ なくなる ▸
自五 死去，去世，死亡
類 死ぬ　死亡
對 生きる　生存

585☐☐☐

な
無くなる ▸ なくなる ▸
自五 不見，遺失；用光了
類 消える　消失
對 見つかる　被看到

□ ナイロンの財布を買う。
購買尼龍材質的錢包。

▶ この服はナイロンでできています。
這件衣服是用人造織維製成的。

□ 平仮名を漢字に直す。
把平假名置換為漢字。

▶ 故障した自転車を、自分で直します。
自己修理壞掉的腳踏車。

□ 傷が治る。
傷口復原。

▶ やっと風邪が治りました。
感冒總算痊癒了。

□ ご機嫌が直る。
（對方）心情轉佳。

▶ 壊れていた洗濯機が直りました。
故障的洗衣機修好了。

□ なかなか勉強になる。
很有參考價值。

▶ 社長の話は、なかなか終わりません。
總經理的致詞相當冗長。

□ 大声で泣く。
大聲哭泣。

▶ 赤ちゃんが泣いています。きっとお腹がすいたのでしょう。
小寶寶在哭。一定是肚子餓了。

□ お金を無くす。
弄丟錢。

▶ 大事にしていたネックレスを無くしてしまいました。
我弄丟了一條很喜歡的項鍊。

□ 先生が亡くなる。
老師過世。

▶ 10年前、父が亡くなりました。
十年前，父親過世了。

□ 痛みが無くなった。
疼痛消失了。

▶ 米が無くなったので、注文します。
米已經吃完了，我去訂購。

Check 1 必考單字	高低重音	詞性、類義詞與對義詞

586 □□□
投げる
な
▸ なげる ▸
他下一 拋擲，丟，拋；放棄
類 捨てる 丟掉
す
對 拾う 撿拾
ひろ

587 □□□
為さる
な
▸ なさる ▸
他五 做
類 する 做

588 □□□
何故
な ぜ
▸ なぜ ▸
副 為什麼；如何
類 どうして 為什麼

589 □□□ ◯T1 / 54
生ごみ
なま
▸ なまごみ ▸
名 廚餘，有機垃圾，有水分的垃圾
類 ごみ 垃圾

590 □□□
鳴る
な
▸ なる ▸
自五 響，叫
類 叫ぶ 喊叫
さけ

591 □□□
なるべく
▸ なるべく ▸
副 盡可能，盡量
類 できるだけ 盡可能

592 □□□
成る程
な ほど
▸ なるほど ▸
副 原來如此
類 たしかに 的確是

593 □□□
慣れる
な
▸ なれる ▸
自下一 習慣；熟悉
類 習慣 個人習慣
しゅうかん

594 □□□
匂い
にお
▸ におい ▸
名 氣味；味道；風貌；氣息
類 味 味道
あじ

Check 2 / 必考詞組	Check 3 / 必考例句
□ ボールを投げる。 擲球。	▶ 弟とボールを投げて遊びました。 我和弟弟玩了投球遊戲。
□ 研究をなさる。 作研究。	▶ 先生は今、教室で講義をなさっています。 教授目前在教室裡講課。
□ なぜ泣いているのか。 你為什麼哭呀？	▶ なぜそんなことになったのか、私にはさっぱりわかりません。 為什麼事情會變成那樣，我一點也不明白。
□ 生ごみを集める。 將廚餘集中回收。	▶ 生ごみは金曜日に出してください。 廚餘垃圾請在每週五傾倒丟棄。
□ 電話が鳴る。 電話響了起來。	▶ 授業の終わりに、チャイムが鳴ります。 鐘聲在上課結束時響起。
□ なるべく日本語を話しましょう。 我們盡量以日語交談吧。	▶ なるべく弁当を持ってきてください。 請盡量自備便當。
□ なるほど、つまらない本だ。 果然是本無聊的書。	▶ なるほど、この店のパンはおいしい。 果然不錯，這家店的麵包真好吃。
□ 新しい仕事に慣れる。 習慣新的工作。	▶ やっと日本での生活に慣れました。 終於習慣了住在日本的生活。
□ 匂いがする。 發出味道。	▶ 魚を焼くいい匂いがします。 烤魚時飄出香味來。

Check 1　必考單字	高低重音	詞性、類義詞與對義詞
595 □□□ 苦い	にがい	形 苦；痛苦，苦楚的；不愉快的 類 まずい　難吃的 對 甘い　甜的
596 □□□ 〜難い	〜にくい	接尾 難以，不容易 類 難しい　困難的 對 〜やすい　容易…
597 □□□ 逃げる	にげる	自下一 逃走，逃跑；逃避；領先 對 捕まる　被捉住
598 □□□ 日記	にっき	名 日記 類 手帳　雜記本
599 □□□ 入院	にゅういん	自サ 住院 對 退院　出院
600 □□□ 入学	にゅうがく	自サ 入學 對 卒業　畢業
601 □□□ 入門講座	にゅうもんこうざ	名 入門課程，初級課程 類 授業　講課
602 □□□　● T1　55 入力・する	にゅうりょくする	名・他サ 輸入（功率）；輸入數據 類 書く　寫字
603 □□□ 似る	にる	自上一 相似；相像，類似 類 同じ　相同 對 違う　不同

Check 2　必考詞組	Check 3　必考例句

□ 苦くて食べられない。
苦得難以下嚥。
▶ この薬は苦くて飲めません。
這種藥太苦了，呑不下去。

□ 言いにくい。
難以開口。
▶ この肉は堅くて食べにくいです。
這種肉很硬，不容易嚼。

□ 問題から逃げる。
迴避問題。
▶ かごの小鳥が逃げてしまいました。
籠子裡的小鳥逃走了。

□ 日記に書く。
寫入日記。
▶ 私は毎日日記を付けています。
我每天都寫日記。

□ 入院することになった。
結果要住院了。
▶ 友だちが怪我をして入院しました。
朋友受傷住院了。

□ 大学に入学する。
進入大學。
▶ 希望の大学に入学できて嬉しいです。
能夠進入心目中的大學就讀，真開心！

□ 入門講座を終える。
結束入門課程。
▶ スペイン語の入門講座を受けようと思います。
我想去上西班牙語的基礎課程。

□ 暗証番号を入力する。
輸入密碼。
▶ 実験データをパソコンに入力します。
把實驗數據輸入電腦裡。

□ 答えが似ている。
答案相近。
▶ 母と妹はとても似ています。
妹妹長得很像媽媽。

Check 1 必考單字	高低重音	詞性、類義詞與對義詞

604 ☐☐☐
にんぎょう
人形 ▶ にんぎょう ▶
名 洋娃娃，人偶
類 玩具　玩具

605 ☐☐☐
ぬす
盗む ▶ ぬすむ ▶
他五 偷盜，盜竊；背著…；偷閒
類 取る　奪取
對 返す　歸還

606 ☐☐☐
ぬ
塗る ▶ ぬる ▶
他五 塗抹，塗上
類 付ける　塗上
對 消す　擦掉

607 ☐☐☐
ぬ
濡れる ▶ ぬれる ▶
自下一 濡溼，淋溼
類 水　水
對 乾く　乾燥

608 ☐☐☐
ね だん
値段 ▶ ねだん ▶
名 價格
類 料金　費用

609 ☐☐☐
ねつ
熱 ▶ ねつ ▶
名 高溫；熱；發燒；熱情
類 火　火，火焰
對 冷　冷漠

610 ☐☐☐
ねっしん
熱心 ▶ ねっしん ▶
名・形動 專注，熱衷
類 一生懸命　認真
對 冷たい　冷淡的

611 ☐☐☐
ね ぼう
寝坊 ▶ ねぼう ▶
自サ 睡懶覺，貪睡晚起的人
類 朝寝坊　早上睡懶覺
對 早起き　早早起床

612 ☐☐☐
ねむ
眠い ▶ ねむい ▶
形 睏，想睡覺
類 眠たい　昏昏欲睡

Check 2 必考詞組	Check 3 必考例句

□ 人形を飾る。
擺飾人偶。

▶ 幼い時、よく人形で遊びました。
小時候時常玩洋娃娃。

□ お金を盗む。
偷錢。

▶ 人の物やお金を盗むと、警察に捕まります。
如果竊取他人的金錢或財物，會被警察逮捕。

□ 色を塗る。
上色。

▶ 部屋の壁を、白いペンキで塗りました。
把房間的牆壁漆成了白色。

□ 雨に濡れる。
被雨淋濕。

▶ 急な雨で、服が濡れてしまいました。
突然下起雨來，衣服都濕了。

□ 値段を上げる。
提高價格。

▶ 牛乳の値段が、3年ぶりに上がりました。
牛奶的價格三年來首次調漲。

□ 熱がある。
發燒。

▶ 熱があるので、学校を休んで病院へ行きます。
由於發燒而向學校請假去醫院看病。

□ 仕事に熱心だ。
熱衷於工作。

▶ 先生は熱心に勉強を教えてくれます。
老師滿懷熱忱地教導我們。

□ 今朝は寝坊してしまった。
今天早上睡過頭了。

▶ 寝坊して、会社に遅れてしまいました。
睡過頭，上班遲到了。

□ 眠くなる。
想睡覺。

▶ 3時間しか寝ていないので眠いです。
只睡了三個小時，還很睏。

Check 1 必考單字	高低重音	詞性、類義詞與對義詞

613 ☐☐☐

眠たい ▶ ねむたい ▶ 形動 昏昏欲睡，睏倦
類 眠い 困倦

614 ☐☐☐ T1 / 56

眠る ▶ ねむる ▶ 自五 睡覺
類 寝る 睡覺；休む 就寝
對 起きる 起床

615 ☐☐☐

ノートパソコン
【notebook personal computer】之略 ▶ ノートパソコン ▶ 名 筆記型電腦
類 パソコン／Personal Computer 個人電腦

616 ☐☐☐

残る ▶ のこる ▶ 自五 留下，剩餘，剩下；殘存，殘留
類 残す 殘留
對 無くなる 沒了

617 ☐☐☐

喉 ▶ のど ▶ 名 喉嚨；嗓音
類 首 脖子；体 身體

618 ☐☐☐

飲み放題 ▶ のみほうだい ▶ 名 喝到飽，無限暢飲
類 食べ放題 吃到飽

619 ☐☐☐

乗り換える ▶ のりかえる ▶ 他下一 轉乘，換車；倒換；改變，改行
類 換える 改變

620 ☐☐☐

乗り物 ▶ のりもの ▶ 名 交通工具
類 バス／bus 公共汽車；タクシー／taxi 計程車

621 ☐☐☐

葉 ▶ は ▶ 名 葉子，樹葉
類 草 草
對 枝 樹枝

□ 一日中眠たい。
一整天都昏昏欲睡。

▶ 眠たい時は、コーヒーを飲むのがいちばんです。
昏昏欲睡的時候喝咖啡最能提神。

□ 暑くて眠れない。
太熱睡不著。

▶ 疲れていたので、昨夜はぐっすり眠りました。
昨天很累，晚上睡得非常熟。

□ ノートパソコンを取り替える。
更換筆電。

▶ ノートパソコンの方が、やはりいろいろと便利です。
使用筆記型電腦可以輕鬆應付各種情況。

□ お金が残る。
錢剩下來。

▶ 忙しいので会社に残って仕事をします。
工作忙錄而留在公司加班。

□ のどが痛い。
喉嚨痛。

▶ 風邪でのどが痛い時は、薬を飲みます。
感冒喉嚨痛的時候要吃藥。

□ ビールが飲み放題だ。
啤酒無限暢飲。

▶ 飲み放題の店で送別会をします。
在可以無限暢飲的餐廳舉辦歡送會。

□ 別のバスに乗り換える。
轉乘別的公車。

▶ この駅で地下鉄に乗り換えます。
在這個車站轉乘地鐵。

□ 乗り物に乗る。
乘坐交通工具。

▶ この市で便利な乗り物はバスです。
這個城市最方便的交通工具是巴士。

□ 葉が落ちる。
葉落。

▶ 強い風で、葉がすっかり落ちてしまいました。
強風把樹葉盡數吹落了。

Check 1 必考單字	高低重音	詞性、類義詞與對義詞

622 ☐☐☐

ばあい
場合　▶　ばあい　▶

名 場合，時候；狀況，情形
類 時（とき）　情況

623 ☐☐☐

パート
【part】　▶　パート　▶

名 打工；部分，篇，章；職責，（扮演的）角色；分得的一份
類 アルバイト／ Arbeit　打工

624 ☐☐☐

バーゲン【bargain　▶　バーゲン　▶
sale】之略

名 特價商品，出清商品；特賣
類 セール／ sale　拍賣

625 ☐☐☐

ばい
〜倍　▶　〜ばい　▶

接尾 倍，加倍
對 半（はん）　一半

626 ☐☐☐ T1 / 57

はいけん
拝見　▶　はいけん　▶

名・他サ （謙讓語）看，拜讀，拜見
類 見（み）る　觀看；読（よ）む　閱讀

627 ☐☐☐

は いしゃ
歯医者　▶　はいしゃ　▶

名 牙科，牙醫
類 医者（いしゃ）　醫生
對 患者（かんじゃ）　病患

628 ☐☐☐

〜ばかり　▶　〜ばかり　▶

副助 (接數量詞後，表大約份量)左右；(排除其他事情)僅，只；僅少，微小；(表排除其他原因)只因，只要…就
類 ぐらい　大約

629 ☐☐☐

は
履く　▶　はく　▶

他五 穿（鞋、襪）
類 着（き）る　穿（衣服）；付（つ）ける　穿上
對 脱（ぬ）ぐ　脫掉

630 ☐☐☐

はこ
運ぶ　▶　はこぶ　▶

他五 運送，搬運；進行
類 届（とど）ける　送去

□ 場合による。
根據場合。

▶ 欠席の場合は、必ず連絡してください。
如果遇到需要請假的情況，請務必與這邊聯絡。

□ パートで働く。
打零工。

▶ 私はパートで、工場で働いています。
我在工廠當臨時工。

□ バーゲンセールで買った。
在特賣會時購買的。

▶ 前から欲しかったコートを、バーゲンで買いました。
在特賣會買到了從以前就很想要的大衣。

□ 3倍になる
成為三倍。

▶ この店の売り上げは2倍になりました。
這家店的銷售額成長為兩倍。

□ お手紙拝見しました。
已拜讀貴函。

▶ 展覧会を拝見させていただきます。
容我拜賞展出的大作。

□ 歯医者に行く。
看牙醫。

▶ 午後、歯医者の予約をしています。
預約了下午去看牙醫。

□ 遊んでばかりいる。
光只是在玩。

▶ 肉ばかり食べないで、野菜も食べなさい。
別老是吃肉，蔬菜也要吃。

□ 靴を履く。
穿鞋。

▶ 日本の家では靴を履いたまま入ってはいけません。
日本的屋宅不可以穿著鞋子直接踏進去。

□ 荷物を運ぶ。
搬運行李。

▶ 引っ越しの荷物をトラックで運びます。
雇卡車載運搬家的行李。

あ か さ た な **は** ま や ら わ

ばあい～はこぶ

Check 1 必考單字	高低重音	詞性、類義詞與對義詞

631 □□□
始める
はじ
▶ はじめる ▶
他下一 開始；開創
類 始まる 開始
はじ
對 終わり 結束
お

632 □□□
場所
ば しょ
▶ ばしょ ▶
名 地方，場所；席位，座位；地點，位置
類 所 地方
ところ

633 □□□
筈
はず
▶ はず ▶
名 應該；會；確實
類 べき 應該

634 □□□
恥ずかしい
は
▶ はずかしい ▶
形 羞恥的，丟臉的，害羞的；難為情的
類 残念 遺憾
ざんねん

635 □□□
パソコン【personal computer】之略
▶ パソコン ▶
名 個人電腦
類 コンピューター／ computer 電腦

636 □□□
発音
はつおん
▶ はつおん ▶
名・他サ 發音
類 声 聲音
こえ

637 □□□
はっきり
▶ はっきり ▶
副・自サ 清楚；清爽；痛快
類 確か 確實
たし

638 □□□
花見
はな み
▶ はなみ ▶
名 賞花
類 楽しむ 欣賞
たの

639 □□□ T1/58
林
はやし
▶ はやし ▶
名 樹林；林立
類 森 森林
もり

□ 授業を始める。
開始上課。

▶ 今年、ピアノの練習を始めました。
我今年開始練習彈鋼琴了。

□ 火事のあった場所。
發生火災的地方。

▶ ピアノは高いし、場所を取るから買えない。
鋼琴既昂貴又佔空間，所以沒辦法買。

□ 明日はきっと来るはずだ。
明天一定會來。

▶ 真面目な彼が遅刻するはずがないです。
向來一板一眼的他不可能遲到。

□ 恥ずかしくなる。
感到害羞。

▶ 皆の前で歌うのは恥ずかしいです。
在大家面前唱歌真難為情。

□ パソコンが欲しい。
想要一台電腦。

▶ 毎日使っていたパソコンが故障してしまいました。
每天使用的電腦故障了。

□ 発音がはっきりする。
發音清楚。

▶ 日本語の発音は、日本人でも難しいです。
日語的發音連日本人也覺得不容易。

□ はっきり（と）見える。
清晰可見。

▶ よく寝たので、頭がはっきりしています。
我睡得很飽，所以頭腦非常清晰。

□ 花見に出かける。
外出賞花。

▶ 私の家族は、桜が咲くと必ず花見をします。
我們家每逢櫻花盛開的時節一定會出門賞花。

□ 林の中を散歩する。
在林間散步。

▶ ずっと竹の林が続いています。
一大片竹林連綿不絕。

Check 1 必考單字	高低重音	詞性、類義詞與對義詞

640 □□□
はら
払う ▸ はらう ▸
他五 支付；除去；達到；付出
類 出す　出（錢等）；渡す　付（錢等）
對 もらう　領到

641 □□□
ばんぐみ
番組 ▸ ばんぐみ ▸
名 節目
類 テレビ／ television　電視

642 □□□
はんたい
反対 ▸ はんたい ▸
名・自サ 相反；反對；反
類 嫌い　嫌惡
對 賛成　賛同

643 □□□
ハンバーグ
【hamburg】 ▸ ハンバーグ ▸
名 漢堡肉
類 パン／ pan　麵包

644 □□□
ひ
日 ▸ ひ ▸
名 天數；天，日子；太陽；天氣
類 日　天，號
對 月　月份；月亮

645 □□□
ひ　ひ
火／灯 ▸ ひ ▸
名 火；燈
類 ガス／ gas　瓦斯；マッチ／ match
火柴
對 水　水

646 □□□
ピアノ
【piano】 ▸ ピアノ ▸
名 鋼琴
類 ギター／ guitar　吉他

647 □□□
ひ
冷える ▸ ひえる ▸
自下一 感覺冷；變冷；變冷淡
類 寒い　寒冷
對 暖まる　暖和

648 □□□
ひかり
光 ▸ ひかり ▸
名 光亮，光線；（喻）光明，希望；
威力，光榮
類 火　火，火焰

Check 2 必考詞組	**Check 3** 必考例句
□ お金を払う。 付錢。	▶ 旅行のお金をカードで旅行会社に払いました。 刷信用卡支付旅行社的旅遊費用。
□ 番組の中で伝える。 在節目中告知觀眾。	テレビでスポーツ番組を見るのが好きです。 我喜歡看電視上的運動節目。
□ 彼の意見に反対する。 反對他的意見。	▶ 今になって規則を変えるのは反対です。 我反對到了現在才要更改規則。
□ ハンバーグを食べる。 吃漢堡。	▶ 今日の昼ご飯はハンバーグにしましょう。 今天的午餐就吃漢堡吧。
□ 雨の日は外に出ない。 雨天不出門。	太陽の日が窓から入って、とても明るいです。 太陽光從窗口灑入，室內非常明亮。
□ 火が消える。 火熄滅；寂寞，冷清。	▶ 地震の時は、すぐ火を消してください。 地震發生時請立刻關閉火源。
□ ピアノを弾く。 彈鋼琴。	▶ 姉とピアノのコンサートに行きました。 我和姐姐去聽了鋼琴演奏會。
□ 料理が冷えています。 飯菜涼了。	冷蔵庫にビールが冷えています。 冰箱裡冰著啤酒。
□ 光が強くて目が見えない。 光線太強，什麼都看不見。	▶ 月の光がとてもきれいです。 月光格外皎潔。

Check 1 必考單字	高低重音	詞性、類義詞與對義詞
649 □□□ ひか 光る	▶ ひかる ▶	自五 發光，發亮；出眾 類 差す　照射
650 □□□ ひ だ 引き出し	▶ ひきだし ▶	名 抽屜 類 机　書桌
651 □□□ ひげ 髭	▶ ひげ ▶	名 鬍鬚 類 髪　頭髪
652 □□□ ◉T1／59 ひ こうじょう 飛行場	▶ ひこうじょう ▶	名 飛機場 類 空港　機場
653 □□□ ひさ 久しぶり	▶ ひさしぶり ▶	名 好久不見，許久，隔了好久 類 しばらく　許久
654 □□□ び じゅつかん 美術館	▶ びじゅつかん ▶	名 美術館 類 図書館　圖書館
655 □□□ ひ じょう 非常に	▶ ひじょうに ▶	副 非常，很 類 非常　非常；あまり　太，過度
656 □□□ びっくり 吃驚	▶ びっくり ▶	名・副・自サ 驚嚇，吃驚 類 驚く　吃驚
657 □□□ ひ こ 引っ越す	▶ ひっこす ▶	自五 搬家 類 運ぶ　搬運

Check 2 / 必考詞組	Check 3 / 必考例句
□ 星が光る。 星光閃耀。	▶ 夜空に星が光っています。 夜空裡星光閃爍。
□ 引き出しを開ける。 拉開抽屜。	引き出しに靴下をしまいます。 把襪子收進抽屜裡。
□ 髭が長い。 鬍子很長。	▶ 父は毎朝髭をそっています。 爸爸每天早上都會刮鬍子。
□ 飛行場へ迎えに行く。 去接機。	友だちを飛行場へ迎えに行きます。 我去機場迎接朋友回來。
□ 久しぶりに会う。 久違重逢。	▶ 久しぶりに田舎の祖母に会いました。 回到鄉下見到了久違的奶奶。
□ 美術館を作る。 建美術館。	美術館で絵を見るのが好きです。 我喜歡在美術館欣賞畫作。
□ 非常に疲れている。 累極了。	▶ 昼ご飯を食べていないので、非常にお腹がすきました。 我沒吃午餐，現在餓到極點了。
□ びっくりして逃げてしまった。 受到驚嚇而逃走了。	絵で賞をもらって、びっくりしました。 沒想到我的畫竟得獎了，十分驚訝。
□ 京都へ引っ越す。 搬去京都。	▶ 来週、新しいマンションへ引っ越します。 下星期要搬去新大廈。

Check 1	必考單字	高低重音	詞性、類義詞與對義詞

658 □□□
必要
ひつよう

▶ ひつよう ▶

名・形動 必要，必需
類 いる 需要；欲しい 想要
對 いらない 不需要

659 □□□
酷い
ひどい

▶ ひどい ▶

形 殘酷，無情；過分；非常
類 怖い 可怕的；残念 遺憾

660 □□□
開く
ひらく

▶ ひらく ▶

他五・自五 打開；開著
類 咲く （花）開
對 閉まる 被關閉

661 □□□
昼間
ひるま

▶ ひるま ▶

名 白天
類 昼 白天
對 夜 晚上

662 □□□
昼休み
ひるやすみ

▶ ひるやすみ ▶

名 午休；午睡
類 昼寝 午睡

663 □□□
拾う
ひろう

▶ ひろう ▶

他五 撿拾；叫車
類 呼ぶ 叫來
對 捨てる 丟棄

664 □□□ T1 60
ファイル
【file】

▶ ファイル ▶

名・他サ 文件夾；合訂本，卷宗；（電腦）檔案；將檔案歸檔
類 道具 工具

665 □□□
増える
ふえる

▶ ふえる ▶

自下一 増加
類 多い 多的
對 減る 減少

666 □□□
深い
ふかい

▶ ふかい ▶

形 深的；晚的；茂密；濃的
類 厚い 深厚的
對 浅い 淺的

Check 2 必考詞組	**Check 3** 必考例句
□ 必要がある。 有必要。	▶ 留学に必要な書類は、全部揃いましたか。 留學必備的文件全部備妥了。
□ ひどい目に遭う。 倒大楣。	▶ 2時間も歩いたので、ひどく疲れました。 整整走了兩個鐘頭，非常疲憊。
□ 内側へ開く。 往裡開。	▶ 電車のドアが開いて、乗客が降りました。 電車門打開，乗客走出了車廂。
□ 昼間働いている。 白天都在工作。	▶ 昼間、この部屋は日が差してとても暖かいです。 白天的陽光會照進這個房間，非常暖和。
□ 昼休みを取る。 午休。	▶ 昼休みに公園で散歩をします。 午休時會去公園散步。
□ 財布を拾う。 撿到錢包。	▶ 家に帰る途中、財布を拾いました。 在回家途中撿到了錢包。
□ ファイルをコピーする。 影印文件；備份檔案。	▶ 大事な資料をまとめてファイルします。 把重要的資料蒐集起來歸檔。
□ 外国人が増えている。 外國人日漸增加。	▶ この町の人口はだんだん増えています。 這個城鎮的人口逐漸增加。
□ 深い川を渡る。 渡過一道深河。	▶ 深い森の中にはたくさんの動物がいます。 森林深處有許多動物。

Check 1	必考單字	高低重音	詞性、類義詞與對義詞

667 □□□
ふくざつ
複雑 ▸ ふくざつ ▸
名・形動 複雑
類 難しい 困難
對 簡単 容易

668 □□□
ふくしゅう
復習 ▸ ふくしゅう ▸
名・他サ 復習
類 練習 練習
對 予習 預習

669 □□□
ぶ ちょう
部長 ▸ ぶちょう ▸
名 經理，部長
類 課長 課長

670 □□□
ふ つう
普通 ▸ ふつう ▸
名・形動・副 普通，平凡；通常，往常
類 いつも 經常
對 偶に 偶爾；ときどき 時常

671 □□□
ぶ どう
葡萄 ▸ ぶどう ▸
名 葡萄
類 果物 水果

672 □□□
ふと
太る ▸ ふとる ▸
自五 胖，肥胖；增加
類 太い 肥胖的
對 痩せる 瘦的

673 □□□
ふ とん
布団 ▸ ふとん ▸
名 被子，棉被
類 敷き布団 被褥，下被

674 □□□
ふね ふね
船／舟 ▸ ふね ▸
名 舟，船；槽，盆
類 飛行機 飛機

675 □□□
ふ べん
不便 ▸ ふべん ▸
名 不方便
類 困る 不好處理
對 便利 方便

Check 2 / 必考詞組	Check 3 / 必考例句

□ 複雑になる。
變得複雑。

▶ 東京の地下鉄の路線はとても複雑です。
東京地下鐵的路線非常複雑。

□ 復習が足りない。
複習做得不夠。

▶ 家に帰ったら、必ず復習してください。
各位回家以後請務必複習。

□ 部長になる。
成為部長。

▶ 部長は私にコピーを頼みました。
經理請我幫忙影印。

□ 普通の日は暇です。
平常日很閒。

▶ 私は普通、電車で通勤しています。
我通常搭電車通勤。

□ 葡萄でワインを作る。
用葡萄釀造紅酒。

▶ 日本の葡萄からワインが作られています。
這是使用日本的葡萄釀成的紅酒。

□ 10キロも太ってしまった。
居然胖了十公斤。

▶ 毎日ケーキを食べていたので、太りました。
每天都吃蛋糕，結果變胖了。

□ 布団をかける。
蓋被子。

▶ 天気が良い日は、布団を干します。
我會在天氣晴朗的日子曬棉被。

□ 船に乗る。
乘船。

▶ 船に乗ってゆっくり旅行がしたいです。
我想搭船悠閒旅行。

□ この辺は不便だ。
這一帶的生活機能不佳。

▶ コンビニが無いと、とても不便です。
假如沒有便利商店會很不方便。

Check 1 　必考單字	高低重音	詞性、類義詞與對義詞

676 □□□

踏む（ふ）
▶ ふむ ▶ 他五 踩住，踩到；走上，踏上；實踐；經歷
類 蹴る（け） 踢

677 □□□ 〇T1／61

プレゼント
【present】
▶ プレゼント ▶ 名・他サ 禮物；送禮
類 お土産（みやげ）　特産；禮物

678 □□□

ブログ
【blog】
▶ ブログ ▶ 名 部落格
類 ネット／net　網路

679 □□□

文化（ぶん か）
▶ ぶんか ▶ 名 文化；文明
類 文学（ぶんがく）　文學

680 □□□

文学（ぶんがく）
▶ ぶんがく ▶ 名 文學；文藝
類 歴史（れき し）　歷史

681 □□□

文法（ぶんぽう）
▶ ぶんぽう ▶ 名 文法
類 文章（ぶんしょう）　文章

682 □□□

別（べっ）
▶ べつ ▶ 名・形動・接尾 區別另外；除外，例外；特別；按…區分
類 別々（べつべつ）　分別
對 一緒（いっしょ）　一起

683 □□□

別に（べっ）
▶ べつに ▶ 副 分開；額外；除外；（後接否定）（不）特別，（不）特殊
類 別（べつ）　特別

684 □□□

ベル【bell】
▶ ベル ▶ 名 鈴聲
類 声（こえ）　聲音

□ 人の足を踏む。
踩到別人的腳。

▶ 車のブレーキとアクセルを間違えて踏むと大変です。
萬一弄錯車子的煞車和油門而誤踩了，後果將不堪設想。

□ プレゼントをもらう。
收到禮物。

▶ 彼に誕生日のプレゼントを渡しました。
我把生日禮物送給了他。

□ ブログに写真を載せる。
在部落格裡貼照片。

▶ ブログに愛犬の写真を載せました。
上傳了愛犬的照片到部落格。

□ 文化が高い。
文化水準高。

▶ 日本の文化、特に、歌舞伎に興味があります。
我對日本文化，尤其是歌舞伎，特別感興趣。

□ 文学を楽しむ。
欣賞文學。

▶ 大学で西洋文学を研究しています。
目前在大學研究西洋文學。

□ 文法に合う。
合乎語法。

▶ 明日、日本語の文法の試験があります。
明天有日語文法測驗。

□ 別にする。
…除外。

▶ 友だちと別のメニューを注文しました。
我和朋友叫了不同的餐點。

□ 別に予定は無い。
沒甚麼特別的行程。

▶ 今は別に、欲しいものはありません。
目前沒什麼想要的東西。

□ ベルを押す。
按鈴。

▶ 朝6時に時計のベルが鳴りました。
早晨六點鬧鐘響了。

Check 1 / 必考單字	高低重音	詞性、類義詞與對義詞

685 ☐☐☐

ヘルパー
【helper】 ▸ ヘルパー ▸ 名 幫傭；看護
類 看護師 護士

686 ☐☐☐

変
へん ▸ へん ▸ 名・形動 反常；奇怪，怪異；變化，改變；意外
類 おかしい 奇怪

687 ☐☐☐

返事
へんじ ▸ へんじ ▸ 自サ 回答，回覆，答應
類 答え 答覆

688 ☐☐☐

返信・する
へんしん ▸ へんしんする ▸ 自サ 回信，回電
類 返事 回信；手紙 書信

689 ☐☐☐

～方
ほう ▸ ～ほう ▸ 名 …方，邊；方面
類 より～も 比…還

690 ☐☐☐ ●T1 / 62

貿易
ぼうえき ▸ ぼうえき ▸ 名・自サ 貿易
類 輸出 出口

691 ☐☐☐

放送
ほうそう ▸ ほうそう ▸ 名・他サ 廣播；播映，播放；傳播
類 ニュース／news 新聞

692 ☐☐☐

法律
ほうりつ ▸ ほうりつ ▸ 名 法律
類 政治 政治

693 ☐☐☐

僕
ぼく ▸ ぼく ▸ 代 我（男性用）
類 私 我
對 君 你

Check 2 / 必考詞組	Check 3 / 必考例句
□ ヘルパーさんは忙しい。 看護很忙碌。	週に1度、ヘルパーさんが部屋の掃除をしてくれます。 家務助理每週一次來打掃房間。
□ 変な音がする。 發出異樣的聲音。	今日は変な服を着ていますね。 你今天穿的衣服真奇特呀！
□ 返事を待つ。 等待回音。	「はい」と元気に返事をしました。 充滿朝氣地答了一聲「好！」。
□ 欠席の返信を書く。 寫信回覆恕不出席。	仕事のメールに返信しました。 回覆了工作事務的電子郵件。
□ こっちの方が早い。 這邊比較快。	どちらか、好きな方を選んでください。 請挑選您喜歡的那一種。
□ 貿易を行う。 進行貿易。	オーストラリアと貿易をします。 我方與澳洲進行貿易。
□ 野球の放送を見る。 觀看棒球賽事轉播。	テレビの放送で、毎日ニュースを見ます。 收看電視播放的每日新聞。
□ 法律を作る。 制定法律。	教育に関する新しい法律ができました。 通過了有關教育的法律新條文。
□ 僕は二十歳だ。 我二十歲了。	これは、僕の自転車です。 這是我的自行車。

Check 1 必考單字	高低重音	詞性、類義詞與對義詞

694 □□□

ほし
星 ▸ ほし ▸ 名 星星，星形；星標；小點；靶心
類 月　月亮

695 □□□

ほぞん
保存・する ▸ ほぞんする ▸ 名・他サ 保存；儲存（電腦檔案）
のこ
類 残す　存留

696 □□□

ほど
程 ▸ ほど ▸ 副助 …的程度；越…越…
ていど
類 程度　程度；ぐらい　大約

697 □□□

ほとん
殆ど ▸ ほとんど ▸ 名・副 大部份；幾乎
だいたい
類 大体　大致

698 □□□

ほ
褒める ▸ ほめる ▸ 他下一 稱讚，誇獎
みごと
類 見事　卓越
しか
對 叱る　責備

699 □□□

ほんやく
翻訳 ▸ ほんやく ▸ 名・他サ 翻譯
つうやく
類 通訳　口譯

700 □□□

まい
参る ▸ まいる ▸ 自五 來，去（「行く、来る」的謙讓
い　く
語）；認輸；參拜；受不了
い　　　く
類 行く　去；来る　來

701 □□□

ま
曲がる ▸ まがる ▸ 自五 彎曲；轉彎；傾斜；乖僻
ま
類 曲げる　折彎

702 □□□ 🔊 T1 / 63

ま
負ける ▸ まける ▸ 自下一 輸；屈服
しっぱい
類 失敗　失敗
か
對 勝つ　勝利

□ 星がきれいに見える。
可以清楚地看到星空。

冬の空に星が輝いています。
冬天的夜空星光閃耀。

□ 冷蔵庫に入れて保存
する。
放入冰箱裡冷藏。

料理を冷蔵庫に保存しておきます。
把菜餚放進冰箱保存。

□ 見えない程暗い。
暗得幾乎看不到。

▶ ビルはあと半年程で、完成します。
再過半年左右，大樓即將竣工。

□ ほとんど意味がない。
幾乎沒有意義。

▶ 店のお弁当はほとんど売れました。
店裡的便當幾乎銷售一空了。

□ 勇気ある行為を褒め
る。
讚揚勇敢的行為。

▶ 妹が描いた絵を褒めました。
我稱讚了妹妹畫的圖。

□ 翻訳が出る。
出譯本。

▶ 「源氏物語」を中国語に翻訳します。
將《源氏物語》翻譯成中文。

□ すぐ参ります。
我立刻就去。

▶ 明日、朝早く資料を持って参ります。
明天一早就帶資料前往。

□ 角を曲がる。
在轉角處拐彎。

▶ 左に曲がったら、富士山が左後ろに見えます。
向左轉後，在左後方可以看到富士山。

□ 戦争に負ける。
戰敗。

▶ 野球の試合に負けてしまいました。
棒球比賽輸了。

Check 1 必考單字	高低重音	詞性、類義詞與對義詞

703 ☐☐☐
真面目（まじめ）
▸ まじめ ▸
名・形動 認真；老實；嚴肅；誠實；正經
類 一生懸命（いっしょうけんめい）　拼命地
對 不真面目（ふまじめ）　不認真

704 ☐☐☐
先ず（ま）
▸ まず ▸
副 首先；總之；大概
類 初め（はじ）　最初

705 ☐☐☐
又は（また）
▸ または ▸
接續 或是，或者
類 又（また）　另外

706 ☐☐☐
間違える（まちが）
▸ まちがえる ▸
他下一 錯；弄錯
類 違う（ちが）　錯誤
對 正す（ただ）　訂正

707 ☐☐☐
間に合う（ま・あ）
▸ まにあう ▸
自五 來得及，趕得上；夠用；能起作用
類 十分（じゅうぶん）　足夠
對 遅れる（おく）　沒趕上

708 ☐☐☐
〜まま
▸ まま ▸
名 如實，照舊；隨意
類 続く（つづ）　連續
對 変わる（か）　改變

709 ☐☐☐
回る（まわ）
▸ まわる ▸
自五 巡視；迴轉；繞彎；轉移；營利
類 通る（とお）　通過

710 ☐☐☐
漫画（まんが）
▸ まんが ▸
名 漫畫
類 雑誌（ざっし）　雜誌

711 ☐☐☐
真ん中（ま・なか）
▸ まんなか ▸
名 正中央，中間
類 間（あいだ）　中間

Check 2 必考詞組	Check 3 必考例句
□ 真面目に働く。 認真工作。	▶ 父は銀行で真面目に働いています。 家父在銀行非常認真工作。
□ まずビールを飲む。 先喝杯啤酒。	まず初めにお名前をおっしゃってください。 首先請告知大名。
□ 鉛筆またはボールペンを使う。 使用鉛筆或原子筆。	▶ 病院へは、バスまたは地下鉄で行きます。 去醫院可以搭巴士或地鐵。
□ 時間を間違えた。 弄錯時間。	▶ 自分の傘と間違えて、持って帰ってしまいました。 我誤以為是自己的傘，把它帶回來了。
□ 飛行機に間に合う。 趕上飛機。	タクシーで行けば、急行電車に間に合います。 只要搭計程車去，就能趕上那班快速電車。
□ 思ったままを書く。 照心中所想寫出。	▶ 靴下を履いたまま、寝てしまいました。 腳上還穿著襪子就睡著了。
□ あちこちを回る。 四處巡視。	▶ 市役所に回って用を済ませてから会社に戻ります。 我先繞去市公所辦完事後再回公司。
□ 漫画を読む。 看漫畫。	▶ 日本の漫画が大好きです。 我超愛日本漫畫！
□ 真ん中に立つ。 站在正中央。	▶ 写真の真ん中の人が私の姉です。 照片正中央的人是我姐姐。

175

Check 1 必考單字	高低重音	詞性、類義詞與對義詞

712 □□□
み
見える ▶ みえる ▶ 自下一 看見；看得見；看起來
類 見る 觀看
對 聞こえる 聽得見
き

713 □□□
みずうみ
湖 ▶ みずうみ ▶ 名 湖，湖泊
類 池 池塘
いけ

714 □□□ ● T1 / 64
み そ
味噌 ▶ みそ ▶ 名 味噌
類 スープ／ soup 湯

715 □□□
み つ
見付かる ▶ みつかる ▶ 自五 被看到；發現了；找到
類 見付ける 找到
對 無くなる 遺失
な

716 □□□
み つ
見付ける ▶ みつける ▶ 他下一 發現，找到；目睹
類 見付かる 被看到，找到
み つ
對 無くす 丟失
な

717 □□□
みどり
緑 ▶ みどり ▶ 名 綠色；嫩芽
類 色 顏色；青い 綠，藍
いろ あお

718 □□□
みなと
港 ▶ みなと ▶ 名 港口，碼頭
類 駅 電車站；飛行場 機場
えき ひ こうじょう

719 □□□
みんな
皆 ▶ みんな ▶ 名·代·副 全部；大家；所有的，全都，完全
類 全部 全部
ぜん ぶ
對 半分 一半
はんぶん

720 □□□
む
向かう ▶ むかう ▶ 自五 面向
類 向ける 使…向；向く 朝向
む む

Check 2　必考詞組	Check 3　必考例句
□ 星が見える。 看得見星星。	▶ 私の部屋の窓から公園が見えます。 從我房間的窗戶可以看到公園。
□ 池は湖より小さい。 池塘比湖泊小。	湖で彼とボートに乗りました。 在湖上和他一起搭了小船。
□ 味噌汁を飲む。 喝味噌湯。	▶ 味噌で味を付けた料理はおいしくて、とても好きです。 我非常喜歡用味噌調味的料理。
□ 結論が見付かる。 找出結論。	無くした定期券が見付かりました。 找到了遺失的定期車票。
□ 答えを見付ける。 找出答案。	▶ 探していた帽子を見付けました。 發現了搜尋已久的帽子。
□ 緑が少ない。 綠葉稀少。	▶ 美香ちゃん、洗濯するからその緑色のシャツを脱いでください。 小美香，我要洗衣服了，把那件綠色的襯衫脱下來。
□ 港に寄る。 停靠碼頭。	港に外国船が入ってきました。 外籍船隻駛進了碼頭。
□ 皆で 500 元だ。 全部共是五百元。	▶ 皆がボランティアに参加しました。 大家都來參加了義工活動。
□ 鏡に向かう。 對著鏡子。	▶ 私は今、駅に向かって歩いています。 我現在正走向車站。

Check 1 必考單字	高低重音	詞性、類義詞與對義詞

721 □□□
むか
迎える ▶ むかえる ▶
他下一 迎接；迎合；聘請
類 向ける 使…向
對 送る 送行

722 □□□
むかし
昔 ▶ むかし ▶
名 以前
類 以前 以前
對 最近 最近

723 □□□
むし
虫 ▶ むし ▶
名 昆蟲
類 蟻 螞蟻

724 □□□
むすこ
息子 ▶ むすこ ▶
名 兒子，令郎；男孩
類 娘 女兒
對 息子さん 令郎

725 □□□
むすめ
娘 ▶ むすめ ▶
名 女兒，令嬡，令千金；少女
類 息子 兒子
對 娘さん 令嬡

726 □□□ ◉ T1 / 65
むら
村 ▶ むら ▶
名 村莊，村落，鄉村
類 田舎 農村，鄉村
對 町 城市

727 □□□
むり
無理 ▶ むり ▶
名・自サ・形動 不可能，不合理；勉強；
逞強；強求
類 駄目 不行，不可能
對 大丈夫 沒問題

728 □□□
め
〜目 ▶ め ▶
接尾 第…；…一些的；正當…的時候
類 〜回 …次

729 □□□
メール
【mail】 ▶ メール ▶
名 郵政，郵件；郵船，郵車
類 手紙 書信

Check 2 必考詞組	**Check 3** 必考例句
□ 客を迎える。 迎接客人。	▶ 外国から来たお客様を玄関で迎えます。 在玄關迎接從外國來訪的客人。
□ 昔も今もきれいだ。 一如往昔的美麗。	▶ 駅前は、昔、畑だったそうです。 聽說車站前面這一帶以前是農田。
□ 虫が刺す。 蟲子叮咬。	▶ もう秋だなあ、庭で虫が鳴き始めた。 已經入秋了呢，院子裡的昆蟲開始鳴叫了。
□ 息子の姿が見えない。 不見兒子的身影。	息子さんは、今、どちらにお勤めですか。 令郎目前在哪裡高就呢？
□ 娘の結婚に反対する。 反對女兒的婚事。	娘さんは、とても優しくて可愛い方ですね。 令嬡非常溫柔又可愛呢。
□ 村の人は皆優しい。 村裡的人們大家都很善良。	▶ 村には、今でも不思議な話が残っています。 村子裡如今依然流傳著不可思議的故事。
□ 無理もない。 怪不得。	▶ 明日までに宿題をやるのは無理です。 想在明天之前做完習題是不可能的。
□ 2行目を見る。 看第二行。	▶ 右から3つ目の席に座ってください。 請坐在從右邊數來第三個座位。
□ メールアドレスを教える。 告訴對方郵件地址。	▶ 注文はメールでお願いします。 請透過電子郵件下單。

Check 1 必考單字	高低重音	詞性、類義詞與對義詞

730 □□□

メールアドレス
【mail address】 ▶ メールアドレス ▶ 名 電子信箱地址，電子郵件地址
類 住所　住址

731 □□□

召し上がる ▶ めしあがる ▶ 他五（敬）吃，喝
類 食べる　吃

732 □□□

珍しい ▶ めずらしい ▶ 形 罕見的，少見，稀奇
類 少ない　少的

733 □□□

申し上げる ▶ もうしあげる ▶ 他下一 說（「言う」的謙讓語），講，提及
類 言う　說

734 □□□

申す ▶ もうす ▶ 自五（謙讓語）叫做，說，叫
類 言う　叫做，說

735 □□□

もう直ぐ ▶ もうすぐ ▶ 副 不久，馬上
類 そろそろ　快要；すぐに　馬上

736 □□□

もう一つ ▶ もうひとつ ▶ 連語 更；再一個
類 もう一度　再一次

737 □□□

燃えるごみ ▶ もえるごみ ▶ 名 可燃垃圾
類 ごみ　垃圾

738 □□□ T1/66

若し ▶ もし ▶ 副 如果，假如
類 例えば　例如

□ メールアドレスを交換する。
互換電子郵件地址。

▶ これが私のメールアドレスです。登録しておいてね。
這是我的電子郵件信箱，記得儲存喔！

□ コーヒーを召し上がる。
喝咖啡。

▶ 夕食は何を召し上がりますか。
晚餐想吃什麼呢？

□ 珍しい話を聞く。
聆聽稀奇的見聞。

▶ この美術館には珍しい絵があります。
這座美術館典藏了珍貴的畫作。

□ お礼を申し上げます。
向您致謝。

私の考えを申し上げます。
請容我報告自己的想法。

□ 嘘は申しません。
不會對您說謊。

▶ 昨日も申しましたように、あの人とはもう別れました。
如同昨天報告過的，我和他已經分手了。

□ もうすぐ春が来る。
馬上春天就要來了。

▶ もうすぐ、桜が咲くでしょう。
再過不久，櫻花就會開了吧。

□ もう一つ足す。
追加一個。

▶ あなたの意見は、説得力がもう一つです。
你的建議，還差了那麼一點點說服力。

□ 燃えるごみを集める。
收集可燃垃圾。

▶ 燃えるごみは金曜日に出してください。
可燃垃圾請於每週五丟棄。

□ もし雨が降ったら。
如果下雨的話。

▶ もし道に迷ったら、電話してください。
假如迷路了，請打電話給我。

Check 1 必考單字	高低重音	詞性、類義詞與對義詞

739 □□□
もちろん
勿論 ▸ もちろん ▸ 副 當然；不用說
類 必ず　一定，必然

740 □□□
も
持てる ▸ もてる ▸ 自下一 能拿，能保持；受歡迎，吃香
類 人気　受歡迎

741 □□□
もど
戻る ▸ もどる ▸ 自五 返回，回到；回到手頭；折回
類 帰る　回歸
對 進む　前進

742 □□□
もめん
木綿 ▸ もめん ▸ 名 棉花；棉，棉質
類 綿　棉花

743 □□□
もら
貰う ▸ もらう ▸ 他五 接受，收到，拿到；受到；承擔；傳上
類 いただく　拜領；取る　取得
對 やる　給予

744 □□□
もり
森 ▸ もり ▸ 名 樹林
類 林　樹林

745 □□□
や
焼く ▸ やく ▸ 他五 焚燒；烤；曬黑；燒製；沖印
類 料理する　烹飪

746 □□□
やくそく
約束 ▸ やくそく ▸ 名・他サ 約定，商訂；規定，規則；（有）指望，前途
類 デート／date　約會
對 中止　取消

747 □□□
やく た
役に立つ ▸ やくにたつ ▸ 慣 有益處，有幫助，有用
類 使える　能用
對 役に立たない　沒用

Check 2 必考詞組	**Check 3** 必考例句
□ もちろん嫌です。 當然不願意！	▶ 送料はもちろん無料です。 運費當然免收。
□ 学生に持てる先生 廣受學生歡迎的老師。	▶ あの先生はハンサムなので、学生たちにとても持てます。 那位教授非常瀟灑，因此很受學生歡迎。
□ 家に戻る。 回到家。	▶ 忘れ物をしたので、急いで家に戻ります。 我忘了帶東西，只好趕快跑回家拿。
□ 木綿のシャツ。 棉質襯衫。	▶ 木綿のシャツは気持ちがいいです。 棉質襯衫穿起來很舒服。
□ ハガキをもらう。 收到明信片。	▶ 姉に電子辞書をもらいました。 我收下了姐姐給的電子辭典。
□ 森に入る。 走進森林。	▶ 森の中は、とても暗くて静かです。 森林裡一片漆黑靜謐。
□ 魚を焼く。 烤魚。	▶ パンを焼いて、バターを塗りました。 把麵包烤熱，抹了奶油。
□ 約束を守る。 守約。	▶ 友だちと映画に行く約束をしました。 我和朋友約好了去看電影。
□ 仕事で役に立つ。 對工作有幫助。	▶ 英語の勉強は、将来きっと役に立ちます。 學習英文對將來一定有所助益。

Check 1 / 必考單字	高低重音	詞性、類義詞與對義詞

748 ☐☐☐

焼ける   ▶   やける   ▶

自下一 著火，烤熟；（被）烤熟；變黑
類 焼く 焚燒，烤

749 ☐☐☐

優しい   ▶   やさしい   ▶

形 優美的，溫柔的，體貼的，親切的
類 親切 好意的
對 厳しい 嚴厲

750 ☐☐☐

～やすい   ▶   やすい   ▶

形 容易…
類 簡単 簡單
對 にくい 難以…

751 ☐☐☐ T1／67

痩せる   ▶   やせる   ▶

自下一 痩；貧瘠
類 ダイエット／diet 減重
對 太る 胖

752 ☐☐☐

やっと   ▶   やっと   ▶

副 終於，好不容易
類 とうとう 終於
對 直ぐに 馬上

753 ☐☐☐

やはり   ▶   やはり   ▶

副 依然，仍然；果然；依然
類 やっぱり 仍然

754 ☐☐☐

止む   ▶   やむ   ▶

自五 停止；結束
類 止める 停止

755 ☐☐☐

止める   ▶   やめる   ▶

他下一 停止
類 止む 停止
對 続ける 持續

756 ☐☐☐

遣る   ▶   やる   ▶

他五 給，給與；派去
類 あげる 給予

□ 肉が焼ける。
肉烤熟。

▶ 火事でアパートが焼けてしまいました。
公寓失火燒毀了。

□ 人に優しくする。
殷切待人。

▶ 私の恋人は、とても優しい人です。
我的男朋友/女朋友非常體貼/溫柔。

□ わかりやすい。
易懂。

▶ このボールペンは書きやすいです。
這支原子筆寫起來很順手。

□ 病気で痩せる。
因生病所以消瘦。

▶ 病気で３キロ痩せました。
生病後瘦了三公斤。

□ 答えはやっと分かった。
終於知道答案了。

▶ やっと会議の資料ができました。
會議資料終於做好了。

□ 子供はやはり子供だ。
小孩終究是小孩。

▶ 富士山は、やはり美しかったです。
富士山風光果然美不勝收。

□ 雨が止む。
雨停。

▶ 雪が止んだので、出かけましょう。
雪已經停了，我們出門吧！

□ 煙草を止める。
戒菸。

▶ 兄は、１ヶ月前に煙草を止めました。
哥哥在一個月前戒菸了。

□ 手紙をやる。
寄信。

▶ 池の魚に餌をやらないでください。
請不要餵食池塘裡的魚。

Check 1 必考單字	高低重音	詞性、類義詞與對義詞

757 ☐☐☐
やわ
柔らかい ▸ や<u>わらかい</u> ▸
形 柔軟的，柔和的；溫柔；靈活
類 ソフト／ soft　柔軟
かた
對 硬い　硬的

758 ☐☐☐
湯 ▸ <u>ゆ</u> ▸
名 開水，熱水；浴池；溫泉；洗澡水
類 スープ／ soup　湯
みず
對 水　水

759 ☐☐☐
ゆうはん
夕飯 ▸ ゆ<u>うはん</u> ▸
名 晚飯
ゆう　はん
類 夕ご飯　晚餐
あさめし
對 朝飯　早餐

760 ☐☐☐
ゆう
夕べ ▸ ゆ<u>うべ</u> ▸
名 昨晚；傍晚
さく　や
類 昨夜　昨晚
あさ
對 朝　早晨

761 ☐☐☐
ユーモア
【humor】 ▸ ユ<u>ーモ</u>ア ▸
名 幽默，滑稽，詼諧
おもしろ
類 面白い　有趣
對 つまらない　無聊

762 ☐☐☐
ゆ しゅつ
輸出 ▸ ゆ<u>しゅつ</u> ▸
名・他サ 輸出，出口
おく
類 送る　寄送
ゆ にゅう
對 輸入　進口

763 ☐☐☐
ゆ にゅう
輸入 ▸ ゆ<u>にゅう</u> ▸
名・他サ 進口
ゆ しゅつ
對 輸出　出口

764 ☐☐☐ ⏺T1/68
ゆび
指 ▸ ゆ<u>び</u> ▸
名 手指；趾頭
て　　　　　あし
類 手　手掌；足　腳

765 ☐☐☐
ゆび わ
指輪 ▸ ゆ<u>びわ</u> ▸
名 戒指
類 アクセサリー／ accessory　裝飾
用品

□ 柔らかい光。
柔和的光線。

▶ ジャムを塗った柔らかいパンが好きです。
我喜歡吃抹了果醬的軟麵包。

□ お湯に入る。
入浴・洗澡。

▶ お湯を沸かして、おいしいコーヒーをいれる。
燒開水後沖泡香醇的咖啡。

□ 夕飯を食べる。
吃晚飯。

▶ 夕飯は、いつも家族揃って頂きます。
晚飯總是全家人一起享用。

□ 夕べ遅く家に帰った。
昨夜很晚才回到家。

▶ 夕べはなかなか眠れませんでした。
昨天晚上翻來覆去睡不著。

□ ユーモアの分かる人。
懂幽默的人。

▶ 私の国語の先生は、ユーモアのある人です。
我的國文老師幽默感十足。

□ 海外への輸出が多い。
許多都出口海外。

▶ 台湾から日本へバナナを輸出します。
從台灣外銷香蕉到日本。

□ 車を輸入する。
進口汽車。

▶ フランスからいろんな種類のワインが輸入された。
從法國進口了許多種類的紅酒。

□ 指で指す。
用手指。

▶ 怪我をした指に薬を塗りました。
在受傷的手指上抹了藥。

□ 指輪をはめる。
戴上戒指。

▶ 恋人からダイヤの指輪をもらいました。
我收到了男朋友/女朋友送的鑽石戒指了。

Check 1 必考單字	高低重音	詞性、類義詞與對義詞

766 □□□

<ruby>夢<rt>ゆめ</rt></ruby> ▶ ゆめ ▶

名 夢；夢想
類 <ruby>願<rt>ねが</rt></ruby>い　心願

767 □□□

<ruby>揺<rt>ゆ</rt></ruby>れる ▶ ゆれる ▶

自下一 搖動，搖晃；動搖
類 動く　<ruby>搖<rt>うご</rt></ruby>動

768 □□□

<ruby>用<rt>よう</rt></ruby> ▶ よう ▶

名 事情；用途；用處
類 <ruby>用<rt>よう</rt></ruby><ruby>事<rt>じ</rt></ruby>　事情

769 □□□

<ruby>用意<rt>ようい</rt></ruby> ▶ ようい ▶

名・自サ 準備；注意
類 <ruby>準<rt>じゅん</rt></ruby><ruby>備<rt>び</rt></ruby>　預備

770 □□□

<ruby>用事<rt>ようじ</rt></ruby> ▶ ようじ ▶

名 工作，有事（有必須辦的事）
類 <ruby>仕<rt>し</rt></ruby><ruby>事<rt>ごと</rt></ruby>　工作
對 無事　平安無事

771 □□□

よくいらっしゃ
いました ▶ よくいらっしゃいました ▶

寒暄 歡迎光臨
類 いらっしゃいませ　歡迎光臨

772 □□□

<ruby>汚<rt>よご</rt></ruby>れる ▶ よごれる ▶

自下一 弄髒，髒污；齷齪
類 <ruby>汚<rt>きたな</rt></ruby>い　骯髒的
對 <ruby>綺<rt>き</rt></ruby><ruby>麗<rt>れい</rt></ruby>　乾淨的

773 □□□

<ruby>予習<rt>よしゅう</rt></ruby> ▶ よしゅう ▶

名・他サ 預習
類 <ruby>練<rt>れん</rt></ruby><ruby>習<rt>しゅう</rt></ruby>　練習
對 <ruby>復<rt>ふく</rt></ruby><ruby>習<rt>しゅう</rt></ruby>　複習

774 □□□

<ruby>予定<rt>よてい</rt></ruby> ▶ よてい ▶

名・他サ 預定
類 <ruby>予<rt>よ</rt></ruby><ruby>約<rt>やく</rt></ruby>　預約

Check 2 / 必考詞組	Check 3 / 必考例句
□ 夢を見る。 做夢。	▶ 昨夜、とても怖い夢を見ました。 昨天晚上做了一個非常可怕的夢。
□ 心が揺れる。 心神不定。	▶ 地震で本棚が大きく揺れて倒れました。 書櫃在地震中大幅搖晃後倒下來了。
□ 用が無くなる。 沒了用處。	▶ 用があるので、今日は早く帰らせてください。 因為有要事待辦，今天請讓我早點下班。
□ 飲み物を用意します。 準備飲料。	▶ 海外旅行の用意をします。 準備出國旅行。
□ 用事がある。 有事。	▶ 急な用事で、行けなくなりました。 突然有急事，不能去了。
□ 日本によくいらっしゃいました。 歡迎來到日本。	▶ 遠い所、よくいらっしゃいました。 歡迎您遠道而來。
□ 空気が汚れた。 空氣被汙染。	▶ 床の掃除をしたので、手が汚れました。 打掃了地板，手都髒了。
□ 明日の数学の予習をする。 預習明天的數學。	▶ 明日の授業の予習をします。 預習明天上課的內容。
□ 予定が変わる。 預定發生變化。	▶ 明日の午後、会議の予定があります。 明天下午預定開會。

Check 1 / 必考單字	高低重音	詞性、類義詞與對義詞
775 □□□ 予約 よ やく	よやく	名·他サ 預約；預定 類 取る 訂下 と
776 □□□ 寄る よ	よる	自五 順路，順道去…；接近；偏；傾 向於；聚集，集中 類 近づく 靠近 ちか
777 □□□ ● T1 / 69 因る／依る／ 拠る よ よ	よる	自五 因為，由於，根據 類 による 根據
778 □□□ 喜ぶ よろこ	よろこぶ	自五 喜悅，高興；欣然接受；值得慶祝 類 楽しい 快樂的，愉快的 たの 對 悲しい 悲傷的 かな
779 □□□ 宜しい よろ	よろしい	形 好；恰好；適當 類 けっこう 相當 對 悪い 不好，不佳 わる
780 □□□ 弱い よわ	よわい	形 虛弱；不高明；軟弱的 類 病気 疾病 びょう き 對 強い 強壯 つよ
781 □□□ ラップ【rap】	ラップ	名 饒舌樂，饒舌歌；一圈【lap】；往返時 間（ラップタイム之略）；保鮮膜【wrap】 類 歌 歌曲；包む 包裹 うた つつ
782 □□□ ラブラブ 【love】	ラブラブ	名·形動（情侶，愛人等）甜蜜、如膠 似漆 類 恋愛 戀愛 れんあい
783 □□□ 理由 り ゆう	りゆう	名 理由，原因 類 訳 理由 わけ

Check 2 必考詞組	Check 3 必考例句
□ 予約を取る。 預約。	▶ レストランの予約をしました。 預約了餐廳。
□ 近くに寄って見る。 靠近看。	家に帰る途中、郵便局に寄って切手を買いました。 在回家的路上繞去郵局買了郵票。
□ 彼の話によると。 根據他的描述。	聞いた話によると、この辺は昔海だったそうです。 聽說這一帶以前是海。
□ 成功を喜ぶ。 為成功而喜悅。	▶ 母は私の大学合格をとても喜んでいます。 媽媽得知我考上大學非常高興。
□ どちらでもよろしい。 哪一個都好，怎樣都行。	▶ これができたら、帰ってもよろしい。 只要把這個做完，就可以回去了。
□ 酒が弱い。 酒量差。	▶ 私は体が弱いので、海外旅行は無理です。 我身體虛弱，沒辦法出國旅行。
□ ラップを聴く。 聽饒舌音樂。	▶ ラップを聴くと思わず体が動いてしまいます。 聽饒舌音樂時身體總是不由自主隨之舞動。
□ 彼氏とラブラブ。 與男朋友甜甜密密。	結婚したばかりですから、彼と彼女はラブラブです。 他和女朋友才剛結婚，現在是最濃情蜜意的時候。
□ 理由を聞く。 詢問原因。	この商品が売れる理由は何ですか。 這件商品暢銷的理由是什麼？

Check 1 必考單字	高低重音	詞性、類義詞與對義詞

784 □□□
利用
り よう

▶ りよう ▶

名・他サ 利用
類 使う　使用

---

785 □□□
両方
りょうほう

▶ りょうほう ▶

名 兩方，兩種，雙方
類 二つ　両個
ふた
対 片方　一邊，兩個中的一個
かたほう

---

786 □□□
旅館
りょかん

▶ りょかん ▶

名 旅館
類 ホテル／ hotel　飯店

---

787 □□□
留守
る す

▶ るす ▶

名 不在家；看家
類 外出　外出
がいしゅつ
対 出かける　出門
で

---

788 □□□
冷房
れいぼう

▶ れいぼう ▶

名・他サ 冷氣
類 クーラー／ cooler　冷氣
対 暖房　暖氣
だんぼう

---

789 □□□　● T1／70
歴史
れき し

▶ れきし ▶

名 歷史；來歷
類 地理　地理
ち り

---

790 □□□
レジ
【register】

▶ レジ ▶

名 收銀台；收款員
類 お会計　結帳
かいけい

---

791 □□□
レポート
【report】

▶ レポート ▶

名 報告
類 報告　報告
ほうこく

---

792 □□□
連絡
れんらく

▶ れんらく ▶

名・自サ 聯繫，聯絡；通知；聯運
類 知らせる　通知
し

□ 機会を利用する。 利用機會。	▶ 私はよくコンビニを利用します。 我經常上便利商店。
□ 両方の意見を聞く。 聽取雙方意見。	▶ 私は勉強もスポーツも両方好きです。 讀書和運動我兩種都喜歡。
□ 旅館に泊まる。 住旅館。	▶ 日本の旅館はサービスがいいです。 日本旅館的服務非常周到。
□ 家を留守にする。 看家。	▶ 父の留守に、父に電話がありました。 爸爸不在家時，有人打了電話來找爸爸。
□ 冷房を点ける。 開冷氣。	▶ 暑いので、冷房を点けましょう。 好熱，我們開冷氣吧！
□ 歴史を作る。 創造歷史。	▶ この地方の寺の歴史を研究しています。 正在研究這個地方的寺院歷史。
□ レジを打つ。 收銀。	▶ レジに並んで、お金を払います。 在結帳櫃臺前排隊付款。
□ レポートにまとめる。 整理成報告。	▶ 宿題のレポートを書きます。 寫報告作業。
□ 連絡を取る。 取得連繫。	▶ 出席か欠席か、メールで連絡してください。 請以電子郵件告知是否出席。

Check 1 / 必考單字	高低重音	詞性、類義詞與對義詞

793 ☐☐☐
沸かす　▶　わかす　▶
他五 使…沸騰，煮沸；使沸騰
類 沸く　沸騰

794 ☐☐☐
別れる　▶　わかれる　▶
自下一 分別，離別，分開
類 分れる　分開
對 会う　見面，碰面

795 ☐☐☐
沸く　▶　わく　▶
自五 煮沸騰，沸，煮開；興奮；熔化；吵嚷
類 沸かす　使…沸騰

796 ☐☐☐
訳　▶　わけ　▶
名 道理，原因，理由；意思；當然；麻煩
類 理由　原因

797 ☐☐☐
忘れ物　▶　わすれもの　▶
名 遺忘物品，遺失物
類 落とし物　遺失物品

798 ☐☐☐
笑う　▶　わらう　▶
他五・自五 笑；譏笑
類 楽しい　快樂的，愉快的
對 泣く　哭泣

799 ☐☐☐
割合　▶　わりあい　▶
名・副 比率
類 割合に　比較地

800 ☐☐☐
割合に　▶　わりあいに　▶
副 比較；雖然…但是
類 割に　比較

801 ☐☐☐
割れる　▶　われる　▶
自下一 破掉，破裂；裂開；暴露；整除
類 割る　打破，破碎

□ お湯を沸かす。
把水煮沸。

▶ お湯を沸かして、日本茶をいれます。
燒開水後沏日本茶。

□ 彼と会社の前で別れた。
和他在公司前道別了。

▶ 空港で友だちと別れました。
在機場和朋友道別了。

□ 会場が沸く。
會場熱血沸騰。

▶ お風呂が沸きましたので、どうぞお入りください。
浴室的熱水已經放好，您可以進去洗澡了。

□ 訳が分かる。
知道意思；知道原因；明白事理。

▶ 遅刻の訳をきちんと言ってください。
請把遲到的理由說清楚。

□ 忘れ物を取りに行く。
去取回遺失的物品。

▶ 電車の中に忘れ物をしてしまいました。
把隨身物品遺忘在電車裡了。

□ 赤ちゃんを笑わせた。
逗嬰兒笑了。

▶ 妹は漫画を読んで笑っています。
妹妹一邊看漫畫一邊笑。

□ 割合が増える。
比率增加。

▶ 60歳以上の割合が増えています。
超過六十歲的比例逐漸增加。

□ 割合によく働く。
比較能幹。

▶ このバナナは割合に甘いです。
這根香蕉比想像來得甜。

□ 窓ガラスが割れる。
窗玻璃破裂。

▶ 台風で、窓ガラスが割れました。
颱風吹破了窗玻璃。

Topic 1 地理、場所

1 場所、空間與範圍

T2 / 01

<ruby>裏<rt>うら</rt></ruby>	背面；裡面，背後；內部；內幕	<ruby>裏<rt>うら</rt></ruby>から<ruby>入<rt>はい</rt></ruby>る。	從背面進入。
<ruby>表<rt>おもて</rt></ruby>	表面；正面；前面；正門；外邊	<ruby>表<rt>おもて</rt></ruby>から<ruby>出<rt>で</rt></ruby>る。	從正門出來。
<ruby>以外<rt>いがい</rt></ruby>	除…之外，以外	<ruby>英語<rt>えいご</rt></ruby><ruby>以外<rt>いがい</rt></ruby><ruby>全部<rt>ぜんぶ</rt></ruby>ひどかった。	除了英文以外，全都很糟。
<ruby>真<rt>ま</rt></ruby>ん<ruby>中<rt>なか</rt></ruby>	正中央，中間	<ruby>真<rt>ま</rt></ruby>ん<ruby>中<rt>なか</rt></ruby>に<ruby>立<rt>た</rt></ruby>つ。	站在正中央。
<ruby>間<rt>あいだ</rt></ruby>	間隔；中間；期間；之間；關係；空隙	<ruby>長<rt>なが</rt></ruby>い<ruby>間<rt>あいだ</rt></ruby><ruby>休<rt>やす</rt></ruby>みました。	休息了很長一段時間。
<ruby>隅<rt>すみ</rt></ruby>／<ruby>角<rt>すみ</rt></ruby>	角落	<ruby>隅<rt>すみ</rt></ruby>から<ruby>隅<rt>すみ</rt></ruby>まで<ruby>探<rt>さが</rt></ruby>す。	找遍了各個角落。
<ruby>手前<rt>てまえ</rt></ruby>	眼前；靠近自己這一邊；（當著…的）面前；（謙）我，（蔑）你	<ruby>手前<rt>てまえ</rt></ruby>にある<ruby>箸<rt>はし</rt></ruby>を<ruby>取<rt>と</rt></ruby>る。	拿起自己面前的筷子。
<ruby>手元<rt>てもと</rt></ruby>	身邊，手頭；膝下；生活，生計	<ruby>手元<rt>てもと</rt></ruby>にない。	手邊沒有。
<ruby>此方<rt>こっち</rt></ruby>	這裡，這邊；我，我們	<ruby>此方<rt>こっち</rt></ruby>へ<ruby>来<rt>く</rt></ruby>る。	到這裡來。
<ruby>何方<rt>どっち</rt></ruby>	哪一個	お<ruby>宅<rt>たく</rt></ruby>は<ruby>何方<rt>どっち</rt></ruby>ですか。	請問您家在哪？
<ruby>遠<rt>とお</rt></ruby>く	遠處；很遠；差距很大	<ruby>遠<rt>とお</rt></ruby>くから<ruby>人<rt>ひと</rt></ruby>が<ruby>来<rt>く</rt></ruby>る。	有人從遠處來。
～<ruby>方<rt>ほう</rt></ruby>	…方，邊；方面	こっちの<ruby>方<rt>ほう</rt></ruby>が<ruby>早<rt>はや</rt></ruby>い。	這邊比較快。
<ruby>空<rt>あ</rt></ruby>く	空著；閒著；有空；空隙；空缺	3<ruby>階<rt>がい</rt></ruby>の<ruby>部屋<rt>へや</rt></ruby>が<ruby>空<rt>あ</rt></ruby>いている。	三樓的房間是空著的。

2 地點

T2 02

地理 ちり	地理	地理を研究する。 ちり けんきゅう	研究地理。
社会 しゃかい	社會；領域	社会に出る。 しゃかい で	出社會。
西洋 せいよう	西洋，西方，歐美	西洋に旅行する。 せいよう りょこう	去西方國家旅行。
世界 せかい	世界；天地；世上	世界に知られている。 せかい し	聞名世界。
国内 こくない	該國內部，國內	国内旅行。 こくないりょこう	國內旅遊。
村 むら	村莊，村落	村の人は皆優しい。 むら ひと みんなやさ	村民都很善良。
田舎 いなか	鄉下，農村；故鄉	田舎に帰る。 いなか かえ	回家鄉。
郊外 こうがい	郊外；市郊	郊外に住む。 こうがい す	住在城外。
島 しま	島嶼	島へ渡る。 しま わた	遠渡島上。
海岸 かいがん	海岸，海濱，海邊	海岸で遊ぶ。 かいがん あそ	在海邊玩。
湖 みずうみ	湖，湖泊	池は湖より小さい。 いけ みずうみ ちい	池塘比湖泊小。
アジア	亞洲	アジアに広がる。 ひろ	擴散至亞州。
アフリカ	非洲	アフリカに遊びに行く。 あそ い	去非洲玩。
アメリカ	美國；美洲	アメリカへ行く。 い	去美國。

県 けん	縣	神奈川県へ行く。 か な がわけん い	去神奈川縣。
市 し	…市；城市，都市	台北市 タイペイ し	台北市
町 ちょう	鎮	町長になる。 ちょうちょう	當鎮長。
坂 さか	斜坡；坡道；陡坡	坂を下りる。 さか お	下坡。

Topic 2　時間

1　過去、現在、未來

T2 / 03

さっき	剛才，先前	さっきから待っている。	從剛才就在等著你；已經等你一會兒了。
夕べ	昨晚；傍晚	夕べ遅く家に帰った。	昨夜很晚才回到家。
この間	最近；前幾天	この間の試験はどうだった。	前陣子的考試結果如何？
最近	最近	最近、雨が多い。	最近時常下雨。
最後	最後，最終；一旦…就沒辦法了	最後までやりましょう。	一起堅持到最後吧。
最初	最初，首先；開頭；第一次	最初に会った人。	一開始見到的人。
昔	以前	昔も今もきれいだ。	一如往昔的美麗。
唯今／只今	馬上，剛才；我回來了	ただいま電話中です。	目前正在通話中。
今夜	今夜，今天晚上	今夜は早く休みたい。	今晚想早點休息。
明日	明天；將來	明日の朝。	明天早上。
今度	下次；這次	今度アメリカに行く。	下次要去美國。
再来週	下下星期	再来週まで待つ。	將等候到下下週為止。
再来月	下下個月	再来月また会う。	下下個月再見。
将来	未來；將來	近い将来。	最近的將來。

2 時間、時刻、時段

時 (とき)	…時，時候；時期	時 (とき) が来る。	時機到來；時候到來。
日 (ひ)	天數；天，日子；太陽；天氣	雨 (あめ) の日 (ひ) は外 (そと) に出 (で) ない。	雨天不出門。
年 (とし)	年齡；一年；歲月；年代	年 (とし) を取 (と) る。	長歲數；上年紀。
始 (はじ) める	開始；開創	授業 (じゅぎょう) を始 (はじ) める。	開始上課。
終 (お) わり	終了，結束，最後，終點，盡頭；末期	夏休 (なつやす) みもそろそろ終 (お) わりだ。	暑假也差不多要結束了。
急 (いそ) ぐ	急忙，快走，加快，趕緊，著急	急 (いそ) いで帰 (かえ) りましょう。	趕緊回家吧！
直 (す) ぐに	馬上	すぐに帰 (かえ) る。	馬上回來。
間 (ま) に合 (あ) う	來得及，趕得上；夠用；能起作用	飛行機 (ひこうき) に間 (ま) に合 (あ) う。	趕上飛機。
朝寝坊 (あさねぼう)	睡懶覺；賴床；愛賴床的人	今日 (きょう) は朝寝坊 (あさねぼう) をした。	今天早上賴床了。
起 (お) こす	喚醒，叫醒；扶起；發生；引起	問題 (もんだい) を起 (お) こす。	鬧出問題。
昼間 (ひるま)	白天	昼間 (ひるま) 働 (はたら) いている。	白天都在工作。
暮 (く) れる	天黑；日暮；年終；長時間處於…中	秋 (あき) が暮 (く) れる。	秋天結束。
時代 (じだい)	時代；潮流；朝代；歷史	時代 (じだい) が違 (ちが) う。	時代不同。

1 寒暄用語

行って参ります	我走了	A社に行って参ります。	我這就去 A 公司。
行ってらっしゃい	慢走，好走，路上小心	旅行、お気をつけて行ってらっしゃい。	敬祝旅途一路順風。
よくいらっしゃいました	歡迎光臨	日本によくいらっしゃいました。	歡迎來到日本。
お蔭	多虧	あなたのおかげです。	承蒙您相助。
お蔭様で	託福，多虧	おかげさまで元気で働いています。	託您的福，才能精神飽滿地工作。
お大事に	珍重，請多保重	じゃ、お大事に。	那麼，請多保重。
畏まりました	知道，了解（「わかる」謙讓語）	2名様ですね。かしこまりました。	是兩位嗎？我了解了。
お待たせしました	讓您久等了	すみません、お待たせしました。	不好意思，讓您久等了。
お目出度うございます	恭喜	お誕生日おめでとうございます。	生日快樂！
それはいけませんね	那可不行	風邪ですか。それはいけませんね。	感冒了嗎？那真糟糕呀。

T2 / 06

お子さん	令郎；您孩子	お子さんはおいくつですか。	您的孩子幾歲了呢？
息子	兒子，令郎；男孩	息子の姿が見えない。	看不到兒子的蹤影。
娘	女兒，令嬡，令千金；少女	娘の結婚に反対する。	反對女兒的婚事。
お嬢さん	令嬡；您女兒；小姐；千金小姐	田中さんのお嬢さん。	田中先生的千金。
高校生	高中生	彼は高校生だ。	他是高中生。
大学生	大學生	大学生になる。	成為大學生。
先輩	前輩；學姐，學長；老前輩	高校の先輩。	高中時代的學長姐。
客	客人；顧客	客を迎える。	迎接客人。
店員	店員	店員を呼ぶ。	叫喚店員。
社長	總經理；社長；董事長	社長になる。	當上社長。
お金持ち	有錢人	お金持ちになる。	變成有錢人。
市民	市民，公民	市民の生活を守る。	捍衛公民生活。
君	您；你（男性對同輩以下的親密稱呼）	君にあげる。	給你。
～員	人員；成員	店員に値段を聞きます。	向店員詢問價錢。

3 男女

男性 （だんせい）	男性	大人の男性を紹介する。 （おとな　だんせい　しょうかい）	介紹（妳認識）穩 重的男士。
女性 （じょせい）	女性	女性は強くなった。 （じょせい　つよ）	女性變堅強了。
彼女 （かのじょ）	她；女朋友	彼女ができる。 （かのじょ）	交到女友。
彼 （かれ）	他；男朋友	彼と喧嘩した。 （かれ　けんか）	和他吵架了。
彼氏 （かれし）	男朋友；他	彼氏を待っている。 （かれし　ま）	等著男友。
彼等 （かれら）	他們，那些人	彼らは兄弟だ。 （かれ　きょうだい）	他們是兄弟。
人口 （じんこう）	人口	人口が多い。 （じんこう　おお）	人口很多。
皆 （みんな）	全部；大家；所有的，全都，完全	皆で 500 元だ。 （みんな　げん）	全部共是 500 元。
集まる （あつ）	集合；聚集	駅の前に集まる。 （えき　まえ　あつ）	在車站前集合。
集める （あつ）	收集，集合，集中	切手を集める。 （きって　あつ）	收集郵票。
連れる （つ）	帶領，帶著	連れて行く。 （つ　い）	帶去。
欠ける （か）	缺損；缺少	お皿が欠ける。 （さら　か）	盤子缺角。

<ruby>祖<rt>そ</rt>父<rt>ふ</rt></ruby>	祖父，外祖父	<ruby>祖<rt>そ</rt>父<rt>ふ</rt></ruby>に<ruby>会<rt>あ</rt></ruby>う。	和祖父見面。
<ruby>祖<rt>そ</rt>母<rt>ぼ</rt></ruby>	祖母，奶奶，外婆	<ruby>祖<rt>そ</rt>母<rt>ぼ</rt></ruby>が<ruby>亡<rt>な</rt></ruby>くなる。	祖母過世。
<ruby>親<rt>おや</rt></ruby>	父母，雙親	<ruby>親<rt>おや</rt></ruby>を<ruby>失<rt>うしな</rt></ruby>う。	失去雙親。
<ruby>夫<rt>おっと</rt></ruby>	丈夫	<ruby>夫<rt>おっと</rt></ruby>と<ruby>別<rt>わか</rt></ruby>れる。	和丈夫離婚。
<ruby>主<rt>しゅ</rt>人<rt>じん</rt></ruby>	一家之主；老公，（我）丈夫，先生；老闆	<ruby>主<rt>しゅ</rt>人<rt>じん</rt></ruby>の<ruby>帰<rt>かえ</rt></ruby>りを<ruby>待<rt>ま</rt></ruby>つ。	等待丈夫回家。
<ruby>妻<rt>つま</rt></ruby>	妻子，太太（自稱）	<ruby>妻<rt>つま</rt></ruby>も<ruby>働<rt>はたら</rt></ruby>いている。	妻子也在工作。
<ruby>家<rt>か</rt>内<rt>ない</rt></ruby>	妻子	<ruby>家<rt>か</rt>内<rt>ない</rt></ruby>に<ruby>相<rt>そう</rt>談<rt>だん</rt></ruby>する。	和妻子討論。
<ruby>子<rt>こ</rt></ruby>	小孩；孩子	<ruby>子<rt>こ</rt></ruby>を<ruby>生<rt>う</rt></ruby>む。	生小孩。
<ruby>赤<rt>あか</rt></ruby>ちゃん	嬰兒	うちの<ruby>赤<rt>あか</rt></ruby>ちゃん。	我們家的小嬰娃。
<ruby>赤<rt>あか</rt></ruby>ん<ruby>坊<rt>ぼう</rt></ruby>	嬰兒；不諳人情世故的人	<ruby>赤<rt>あか</rt></ruby>ん<ruby>坊<rt>ぼう</rt></ruby>を<ruby>風<rt>ふ</rt>呂<rt>ろ</rt></ruby>に<ruby>入<rt>い</rt></ruby>れた。	幫嬰兒洗了澡。
<ruby>育<rt>そだ</rt></ruby>てる	養育；撫育，培植；培養	<ruby>庭<rt>にわ</rt></ruby>でトマトを<ruby>育<rt>そだ</rt></ruby>てる。	在庭院裡栽種番茄。
<ruby>子<rt>こ</rt>育<rt>そだ</rt></ruby>て	養育小孩，育兒	<ruby>子<rt>こ</rt>育<rt>そだ</rt></ruby>てで<ruby>忙<rt>いそが</rt></ruby>しい。	忙著育兒。
<ruby>似<rt>に</rt></ruby>る	相似；相像，類似	<ruby>答<rt>こた</rt></ruby>えが<ruby>似<rt>に</rt></ruby>ている。	答案相近。
<ruby>僕<rt>ぼく</rt></ruby>	我（男性用）	<ruby>僕<rt>ぼく</rt></ruby>は<ruby>二<rt>は</rt>十<rt>た</rt>歳<rt>ち</rt></ruby>だ。	我二十歲了！

5 態度、性格

しんせつ 親切	親切，客氣	しんせつ おし 親切に教える。	親切地教導。
ていねい 丁寧	對事物的禮貌用法；客氣；仔細	ていねい よ 丁寧に読む。	仔細閱讀。
ねっしん 熱心	專注，熱衷	しごと ねっしん 仕事に熱心だ。	熱衷於工作。
まじめ 真面目	認真；老實；嚴肅；誠實；正經	まじめ はたら 真面目に働く。	認真工作。
いっしょうけんめい 一生懸命	拼命，努力，一心，專心	いっしょうけんめい はたら 一生懸命に働く。	拼命地工作。
やさ 優しい	優美的，溫柔的，體貼的，親切 的	ひと やさ 人に優しくする。	殷切待人。
てきとう 適当	適當；適度；隨便	てきとう うんどう 適当に運動する。	適度地運動。
おか 可笑しい	奇怪的，可笑的；不正常	い ちょうし 胃の調子がおかしい。	胃不太舒服。
こま 細かい	細小；詳細；精密；仔細；精打 細算	こま せつめい 細かく説明する。	詳細說明。
さわ 騒ぐ	吵鬧，騷動，喧囂；慌張；激 動；吹捧	こども さわ 子供が騒ぐ。	孩子在吵鬧。
ひど 酷い	殘酷，無情；過分；非常	め あ ひどい目に遭う。	倒大楣。

<ruby>関係<rt>かんけい</rt></ruby>	關係；影響；牽連；涉及	<ruby>関係<rt>かんけい</rt></ruby>がある。	有關係；有影響；發生關係。
<ruby>紹介<rt>しょうかい</rt></ruby>	介紹	<ruby>家族<rt>かぞく</rt></ruby>に<ruby>紹介<rt>しょうかい</rt></ruby>する。	介紹給家人認識。
<ruby>世話<rt>せわ</rt></ruby>	照顧，照料，照應	<ruby>世話<rt>せわ</rt></ruby>になる。	受到照顧。
<ruby>別<rt>わか</rt></ruby>れる	分別，離別，分開	<ruby>彼<rt>かれ</rt></ruby>と<ruby>会社<rt>かいしゃ</rt></ruby>の<ruby>前<rt>まえ</rt></ruby>で<ruby>別<rt>わか</rt></ruby>れた。	和他在公司前道別了。
<ruby>挨拶<rt>あいさつ</rt></ruby>	寒暄；致詞；拜訪	<ruby>挨拶<rt>あいさつ</rt></ruby>に<ruby>立<rt>た</rt></ruby>つ。	起身致詞。
<ruby>喧嘩<rt>けんか</rt></ruby>	吵架，口角	<ruby>喧嘩<rt>けんか</rt></ruby>が<ruby>始<rt>はじ</rt></ruby>まる。	開始吵架。
<ruby>遠慮<rt>えんりょ</rt></ruby>	客氣；謝絕；深謀遠慮	<ruby>遠慮<rt>えんりょ</rt></ruby>が<ruby>無<rt>な</rt></ruby>い。	不客氣，不拘束。
<ruby>失礼<rt>しつれい</rt></ruby>	失禮，沒禮貌；失陪	<ruby>失礼<rt>しつれい</rt></ruby>なことを<ruby>言<rt>い</rt></ruby>う。	說失禮的話。
<ruby>褒<rt>ほ</rt></ruby>める	稱讚，誇獎	<ruby>勇気<rt>ゆうき</rt></ruby>ある<ruby>行為<rt>こうい</rt></ruby>を<ruby>褒<rt>ほ</rt></ruby>める。	讚揚勇敢的行為。
<ruby>役<rt>やく</rt></ruby>に<ruby>立<rt>た</rt></ruby>つ	有益處，有幫助，有用	<ruby>仕事<rt>しごと</rt></ruby>に<ruby>役<rt>やく</rt></ruby>に<ruby>立<rt>た</rt></ruby>つ。	對工作有幫助。
<ruby>自由<rt>じゆう</rt></ruby>	自由；隨意；隨便；任意	<ruby>自由<rt>じゆう</rt></ruby>が<ruby>無<rt>な</rt></ruby>い。	沒有自由。
<ruby>習慣<rt>しゅうかん</rt></ruby>	習慣	<ruby>習慣<rt>しゅうかん</rt></ruby>が<ruby>変<rt>か</rt></ruby>わる。	習慣改變；習俗特別。

1 人體

格好／恰好 _{かっこう／かっこう}	樣子，適合；外表，裝扮；情況	格好をかまう。_{かっこう}	講究外表。
髪 _{かみ}	頭髮；髮型	髪の毛を切る。_{かみ け き}	剪頭髮。
毛 _け	毛髮，頭髮；毛線，毛織物	毛の長い猫。_{け なが ねこ}	長毛的貓。
髭 _{ひげ}	鬍鬚	髭が長い。_{ひげ なが}	鬍子很長。
首 _{くび}	脖子；頸部；職位；解僱	首が痛い。_{くび いた}	脖子痛。
喉 _{のど}	喉嚨；嗓音	のどが痛い。_{いた}	喉嚨痛。
背中 _{せ なか}	背脊；背部	背中が痛い。_{せ なか いた}	背部疼痛。
腕 _{うで}	胳臂；腕力；本領；支架	細い腕。_{ほそ うで}	很細的胳臂。
指 _{ゆび}	手指；趾頭	指で指す。_{ゆび さ}	用手指。
爪 _{つめ}	指甲；爪	爪を切る。_{つめ き}	剪指甲。
血 _ち	血液，血；血緣	赤い血。_{あか ち}	鮮紅的血
おなら	屁	おならをする。	放屁。

生きる	活著，生存；謀生；獻身於；有效；有影響	生きて帰る。	生還。
亡くなる	死去，去世，死亡	先生が亡くなる。	老師過世。
動く	動，移動；擺動；改變；行動；動搖	手が痛くて動かない。	手痛得不能動。
触る	碰觸，觸摸；接觸；觸怒；有關聯	顔に触った。	觸摸臉。
眠い	睏，想睡覺	眠くなる。	想睡覺。
眠る	睡覺	暑くて眠れない。	太熱睡不著。
太る	胖，肥胖；增加	10 キロも太ってしまった。	居然胖了十公斤。
痩せる	瘦；貧瘠	病気で痩せる。	因生病所以消瘦。
弱い	虛弱；不高明；軟弱的	酒が弱い。	酒量差。
折る	折，折疊，折斷，中斷	紙を折る。	摺紙。

3 疾病與治療

T2 / 13

熱 ねつ	高溫；熱；發燒；熱情	熱がある。 ねつ	發燒。
インフルエ ンザ	流行性感冒	インフルエンザに かかる。	得了流感。
怪我 け が	受傷；傷害；過失	怪我が無い。 け が な	沒有受傷。
花粉症 か ふんしょう	花粉症，因花粉而引起的過敏鼻 炎	花粉症にかかる。 か ふんしょう	患上花粉症。
倒れる たお	倒塌，倒下；垮台；死亡	家が倒れる。 いえ たお	房屋倒塌。
入院 にゅういん	住院	入院することになった。 にゅういん	結果要住院了。
注射 ちゅうしゃ	注射，打針	注射を打つ。 ちゅうしゃ う	打針。
塗る ぬ	塗抹，塗上	色を塗る。 いろ ぬ	上色。
お見舞い み ま	慰問品；探望	お見舞いに行く。 み ま い	去探望。
具合 ぐ あい	情況；（健康等）狀況，方法	具合がよくなる。 ぐ あい	情況好轉。
治る なお	變好；改正；治癒	傷が治る。 きず なお	傷口復原。
退院 たいいん	出院	三日で退院できます。 みっか たいいん	三天後即可出院。
ヘルパー	幫傭；看護	ヘルパーさんは忙しい。 いそが	看護很忙碌。
歯医者 は いしゃ	牙科，牙醫	歯医者に行く。 は いしゃ い	看牙醫。
～てしまう	了…（強調某一狀態或動作徹底 完了；懊悔）	食べてしまう。 た	吃完。

4 體育與競賽

運動	運動；活動；宣傳活動	運動が好きだ。	我喜歡運動。
テニス	網球	テニスをやる。	打網球。
テニスコート	網球場	テニスコートでテニスをやる。	在網球場打網球。
力	力量，力氣；能力；壓力；勢力	力になる。	幫助；有依靠。
柔道	柔道	柔道をやる。	練柔道。
水泳	游泳	水泳が上手だ。	擅長游泳。
駆ける／駈ける	奔跑，快跑	急いで駆ける。	快跑。
打つ	打擊，打	メールを打ちます。	打簡訊。
滑る	滑（倒）；滑動；（手）滑；跌落	道が滑る。	路滑。
投げる	拋擲，丟，拋；放棄	ボールを投げる。	擲球。
試合	比賽	試合が終わる。	比賽結束。
競争	競爭	競争に負ける。	競爭失敗。
勝つ	贏，勝利；克服	試合に勝つ。	贏得比賽。
失敗	失敗	試験に失敗した。	落榜了。
負ける	輸；屈服	戦争に負ける。	戰敗。

1　自然與氣象

T2 15

枝 えだ	樹枝；分枝	枝を切る。 えだ　き	修剪樹枝。
草 くさ	草，雜草	庭の草を取る。 にわ　くさ　と	清除庭院裡的雜草。
葉 は	葉子，樹葉	葉が落ちる。 は　お	葉落。
開く ひら	打開；開著	内側へ開く。 うちがわ　ひら	往裡開。
植える う	栽種，種植；培養；嵌入	木を植える。 き　う	種樹。
折れる お	折彎；折斷；轉彎；屈服；操勞	いすの足が折れた。 あし　お	椅腳斷了。
雲 くも	雲朵	雲は白い。 くも　しろ	雲朵亮白。
月 つき	月亮	月が見える。 つき　み	可以看到月亮。
星 ほし	星星，星形；星標；小點；靶心	星がきれいに見える。 ほし　み	可以清楚地看到星空。
地震 じ　しん	地震	地震が起きる。 じ　しん　お	發生地震。
台風 たいふう	颱風	台風に遭う。 たいふう　あ	遭遇颱風。
季節 き　せつ	季節	季節が変わる。 き　せつ　か	季節嬗遞。
冷える ひ	感覺冷；變冷；變冷淡	料理が冷えてます。 りょう　り　ひ	飯菜涼了。
止む や	停止；結束	雨が止む。 あめ　や	雨停。

下^さがる	下降；下垂；降低；降溫；退步	熱^{ねっ}が下^さがる。	漸漸退燒。
林^{はやし}	樹林；林立	林^{はやし}の中^{なか}を散歩^{さんぽ}する。	在林間散步。
森^{もり}	樹林	森^{もり}に入^{はい}る。	走進森林。
光^{ひかり}	光亮，光線；（喻）光明，希望；威力，光榮	光^{ひかり}が強^{つよ}くて目^めが見^みえない。	光線太強，什麼都看不見。
光^{ひか}る	發光，發亮；出眾	星^{ほし}が光^{ひか}る。	星光閃耀。
映^{うつ}る	映照，反射；相稱；看，覺得	水^{みず}に映^{うつ}る。	倒映水面。
どんどん	連續不斷，接二連三；（炮鼓等連續不斷的聲音）咚咚；（進展）順利；（氣勢）旺盛	どんどん忘^われてしまう。	漸漸遺忘。

2 各種物質

空気 （くうき）	空氣；氣氛	空気が汚れる。 （くうき）（よご）	空氣很髒。
火／灯 （ひ）（ひ）	火；燈	火が消える。 （ひ）（き）	火熄滅；寂寞，冷清。
石 （いし）	石頭；岩石；（猜拳）石頭；石板；鑽石；結石；堅硬	石で作る。 （いし）（つく）	用石頭做的。
砂 （すな）	沙子	砂が目に入る。 （すな）（め）（はい）	沙子掉進眼睛裡。
ガソリン	汽油	ガソリンが切れる。 （き）	汽油耗盡。
ガラス	玻璃	ガラスを割る。 （わ）	打破玻璃。
絹 （きぬ）	絲織品；絲	絹の服を着る。 （きぬ）（ふく）（き）	穿著絲織服裝。
ナイロン	尼龍	ナイロンの財布を買う。 （さい ふ）（か）	購買尼龍材質的錢包。
木綿 （も めん）	棉花；棉，棉質	木綿のシャツ。 （も めん）	棉質襯衫。
塵／芥 （ごみ）（ごみ）	垃圾；廢物	燃えるごみを出す。 （も）（だ）	把可燃垃圾拿去丟。
捨てる （す）	丟掉，拋棄；放棄；置之不理	ごみを捨てる。 （す）	丟垃圾。
固い／硬い （かた）（かた） ／堅い （かた）	堅硬；凝固；結實；可靠；嚴厲	硬い石。 （かた）（いし）	堅硬的石頭。

1 烹調與食物味道

漬ける	浸泡；醃	梅を漬ける。	醃梅子。
包む	包圍，包住，包起來；隱藏；束起	体をタオルで包む。	用浴巾包住身體。
焼く	焚燒；烤；曬黑；燒製；沖印	魚を焼く。	烤魚。
焼ける	著火，烤熟；（被）烤熟；變黑	肉が焼ける。	肉烤熟。
沸かす	使…沸騰，煮沸；使沸騰	お湯を沸かす。	把水煮沸。
沸く	煮沸騰，沸，煮開；興奮；熔化；吵嚷	会場が沸く。	會場熱血沸騰。
味	味道；滋味；趣味；甜頭	味がいい。	好吃，美味；富有情趣。
味見	試吃，嚐味道	スープの味見をする。	嚐嚐湯的味道。
匂い	氣味；味道；風貌；氣息	匂いがする。	發出味道。
苦い	苦；痛苦，苦楚的；不愉快的	苦くて食べられない。	苦得難以下嚥。
柔らかい	柔軟的，柔和的；溫柔；靈活	柔らかい光。	柔和的光線。
大匙	大匙，湯匙	大匙2杯の塩。	兩大匙的鹽。
小匙	小匙，茶匙	小匙1杯の砂糖。	一小匙的砂糖。

2 用餐與食物

夕飯（ゆうはん）	晚飯	夕飯（ゆうはん）を食（た）べる。	吃晚飯。
空（す）く	有縫隙；（內部的人或物）變少，稀疏；飢餓；有空閒；（心情）舒暢	バスは空（す）いていた。	公車上沒什麼人。
支度（したく）	準備，預備	支度（したく）ができる。	準備好。
準備（じゅんび）	籌備；準備	準備（じゅんび）が足（た）りない。	準備不夠。
用意（ようい）	準備；注意	飲（の）み物（もの）を用意（ようい）します。	準備飲料。
食事（しょくじ）	用餐，吃飯；飯，餐	食事（しょくじ）が終（お）わる。	吃完飯。
咬（か）む／噛（か）む	咬	ガムを噛（か）む。	嚼口香糖。
残（のこ）る	留下，剩餘，剩下；殘存，殘留	お金（かね）が残（のこ）る。	錢剩下來。
食料品（しょくりょうひん）	食品	そこで食料品（しょくりょうひん）を買（か）う。	在那邊購買食材。
米（こめ）	米	お米（こめ）がもう無（な）い。	米缸已經見底。
味噌（みそ）	味噌	味噌汁（みそしる）を飲（の）む。	喝味噌湯。
ジャム	果醬	パンにジャムを付（つ）ける。	在麵包上塗果醬。
湯（ゆ）	開水，熱水；浴池；溫泉；洗澡水	お湯（ゆ）に入（はい）る。	入浴，洗澡。
葡萄（ぶどう）	葡萄	葡萄（ぶどう）でワインを作（つく）る。	用葡萄釀造紅酒。

外食（がいしょく）	外食，在外用餐	外食（がいしょく）をする。	吃外食。
ご馳走（ちそう）	盛宴；請客，款待；豐盛佳餚	ご馳走（ちそう）になる。	被請吃飯。
喫煙席（きつえんせき）	吸煙席，吸煙區	喫煙席（きつえんせき）を選（えら）ぶ。	選擇吸菸區。
禁煙席（きんえんせき）	禁煙席，禁煙區	禁煙席（きんえんせき）に座（すわ）る。	坐在禁菸區。
宴会（えんかい）	宴會，酒宴	宴会（えんかい）に出席（しゅっせき）する。	出席宴會。
合コン（ごう）	聯誼	テニス部（ぶ）と合コン（ごう）しましょう。	我們和網球社舉辦聯誼吧。
歓迎会（かんげいかい）	歡迎會，迎新會	歓迎会（かんげいかい）を開（ひら）く。	開歡迎會。
送別会（そうべつかい）	送別會	送別会（そうべつかい）に参加（さんか）する。	參加歡送會。
食べ放題（たほうだい）	吃到飽，盡量吃，隨意吃	このレストランは食（た）べ放題（ほうだい）だ。	這是間吃到飽的餐廳。
飲み放題（のほうだい）	喝到飽，無限暢飲	ビールが飲（の）み放題（ほうだい）だ。	啤酒無限暢飲。
おつまみ	下酒菜，小菜	おつまみを作（つく）る。	作下酒菜。
サンドイッチ	三明治	ハムサンドイッチを食（た）べる。	吃火腿三明治。
ケーキ	蛋糕	ケーキを作（つく）る。	做蛋糕。
サラダ	沙拉	サラダを作（つく）る。	做沙拉。

ステーキ	牛排	ステーキを食べる。	吃牛排。
代わりに	代替・替代	人の代わりに行く。	代理他人去。
レジ	收銀台	レジを打つ。	收銀。

1 服裝、配件與素材

着物（きもの）	衣服；和服	着物（きもの）を脱（ぬ）ぐ。	脫衣服。
下着（したぎ）	內衣，貼身衣物	下着（したぎ）を替（か）える。	換貼身衣物。
手袋（てぶくろ）	手套	手袋（てぶくろ）を取（と）る。	摘下手套。
イヤリング	耳環	イヤリングを付（つ）ける。	戴耳環。
財布（さいふ）	錢包	財布（さいふ）を落（お）とした。	掉了錢包。
濡（ぬ）れる	濡溼，淋濕	雨（あめ）に濡（ぬ）れる。	被雨淋濕。
汚（よご）れる	弄髒，髒污；齷齪	空気（くうき）が汚（よご）れた。	空氣被汙染。
サンダル	拖鞋，涼鞋	サンダルを履（は）く。	穿涼鞋。
履（は）く	穿（鞋、襪）	靴（くつ）を履（は）く。	穿鞋。
指輪（ゆびわ）	戒指	指輪（ゆびわ）をはめる。	戴上戒指。
糸（いと）	線；紗線；（三弦琴的）弦；魚線	一本（いっぽん）の糸（いと）。	一條線。
毛（け）	毛髮，頭髮；毛線，毛織物	毛（け）の長（なが）い猫（ねこ）。	長毛的貓。
線（せん）	線；線路	線（せん）を引（ひ）く。	畫條線。
アクセサリー	飾品，裝飾品；零件；配件	アクセサリーを付（つ）ける。	戴上飾品。

スーツ	套裝	スーツを着る。	穿套裝。
ソフト	軟的；不含酒精的飲料；壘球（ソフトボール之略）；軟件（ソフトウェア之略）	ソフトに問題がある。	軟體故障。
付ける	加上，安裝；寫上；察覺到	日記を付ける。	寫日記。
玩具	玩具；玩物	おもちゃを買う。	買玩具。

Part 2

1 內部格局與居家裝潢

T2 / 21

おくじょう 屋上	屋頂	おくじょう あ 屋上に上がる。	爬上屋頂。
かべ 壁	牆壁；障礙；峭壁	かべ え かざ 壁に絵を飾ります。	用畫作裝飾壁面。
すいどう 水道	自來水；自來水管	すいどう ひ 水道を引く。	安裝自來水。
おうせつ ま 応接間	客廳；會客室；接待室	おうせつ ま はい 応接間に入る。	進入會客室。
たたみ 畳	榻榻米	たたみ か 畳を換える。	換新榻榻米。
おし い 押入れ	壁櫥	おし い い 押入れに入れる。	收進壁櫥裡。
ひ だ 引き出し	抽屜	ひ だ あ 引き出しを開ける。	拉開抽屜。
ふ とん 布団	被子，棉被	ふ とん か 布団を掛ける。	蓋被子。
カーテン	窗簾，簾子；幕；屏障	あ カーテンを開ける。	拉開窗簾。
か 掛ける	掛上；把動作加到某人身上（如給人添麻煩）；使固定；放在火上；稱；乘法	かべ とけい か 壁に時計を掛ける。	將時鐘掛到牆上。
かざ 飾る	擺飾，裝飾；粉飾；排列；潤色	へ や かざ 部屋を飾る。	裝飾房間。
む か 向う	面向	かがみ む 鏡に向かう。	對著鏡子。

2 居住

建てる	建立，建造	家を建てる。	蓋房子。
エスカレーター	電扶梯，自動手扶梯；自動晉級的機制	エスカレーターに乗る。	搭乘手扶梯。
お宅	府上；您府上，貴宅；宅男（女）	お宅はどちらですか。	請問您家在哪？
住所	地址	住所がわからない。	不知道住址。
近所	附近；鄰居；鄰里	この近所に住んでいる。	住在這附近。
留守	不在家；看家	家を留守にする。	不在家。
移る	遷移，移動；變心；推移；染上；感染；時光流逝	1階から2階へ移った。	從一樓移動到二樓。
引っ越す	搬家	京都へ引っ越す。	搬去京都。
下宿	公寓；寄宿，住宿	下宿を探す。	尋找公寓。
生活	生活；謀生	生活に困る。	不能維持生活。
生ごみ	廚餘，有機垃圾，有水分的垃圾	生ごみを集める。	將廚餘集中回收。
燃えるごみ	可燃垃圾	燃えるごみを集める。	收集可燃垃圾。
不便	不方便	この辺は不便だ。	這一帶的生活機能不佳。

3 家具、電器與道具

漢字	中文	例句	翻譯
かがみ 鏡	鏡子；榜樣	かがみ み 鏡を見る。	照鏡子。
たな 棚	架子，棚架	たな にんぎょう かざ 棚に人形を飾る。	在架子上擺飾人偶。
スーツケース	行李箱；手提旅行箱	も スーツケースを持つ。	拿著行李箱。
れいぼう 冷房	冷氣	れいぼう つ 冷房を点ける。	開冷氣。
だんぼう 暖房	暖氣；供暖	だんぼう つ 暖房を点ける。	開暖氣。
でんとう 電灯	電燈	でんとう つ 電灯が点く。	點亮電燈。
ガスコンロ	瓦斯爐，煤氣爐	つか ガスコンロを使う。	使用瓦斯爐。
ステレオ	音響；立體聲	つ ステレオを点ける。	打開音響。
けいたいでん わ 携帯電話	手機，行動電話	けいたいでん わ つか 携帯電話を使う。	使用手機。
ベル	鈴聲	お ベルを押す。	按鈴。
な 鳴る	響，叫	でん わ な 電話が鳴る。	電話響了起來。
どう ぐ 道具	道具；工具；手段	どう ぐ つか 道具を使う。	使用道具。
き かい 機械	機械，機器	き かい うご 機械を動かす。	啟動機器。
タイプ	款式；類型；打字	す 好きなタイプ。	喜歡的類型。

4 使用道具

点ける	打開（家電類）；點燃	火を点ける。	點火。
点く	點亮，點上，（火）點著	電灯が点いた。	電燈亮了。
回る	巡視；迴轉；繞彎；轉移；營利	あちこちを回る。	四處巡視。
運ぶ	運送，搬運；進行	荷物を運ぶ。	搬運行李。
止める	停止	車を止める。	把車停下。
故障	故障；障礙；毛病；異議	機械が故障した。	機器故障。
壊れる	壞掉，損壞；故障；破裂	電話が壊れている。	電話壞了。
割れる	破掉，破裂；裂開；暴露；整除	窓ガラスが割れる。	窗戶玻璃破裂。
無くなる	不見，遺失；用光了	痛みが無くなった。	疼痛消失了。
取り替える	交換；更換	大きい帽子と取り替える。	換成一頂大帽子。
直す	修理；改正；改變；整理	平仮名を漢字に直す。	把平假名置換為漢字。
直る	復原；修理；治好	ご機嫌が直る。	（對方）心情轉佳。

Topic 9 設施、機構與交通

1 各種機關與設施

床屋 とこや	理髮店；理髮師	床屋へ行く。	去理髮廳。
講堂 こうどう	大禮堂；禮堂	講堂を使う。	使用禮堂。
会場 かいじょう	會場；會議地點	会場が沸く。	會場熱血沸騰。
事務所 じ む しょ	辦事處；辦公室	事務所を持つ。	設有辦事處。
教会 きょうかい	教會，教堂	教会へ行く。	到教堂去。
神社 じんじゃ	神社	神社に参る。	參拜神社。
寺 てら	寺院	お寺はたくさんある。	有許多寺院。
動物園 どうぶつえん	動物園	動物園に行く。	去動物園。
美術館 び じゅつかん	美術館	美術館を作る。	建美術館。
駐車場 ちゅうしゃじょう	停車場	駐車場を探す。	找停車場。
空港 くうこう	機場	空港に着く。	抵達機場。
飛行場 ひ こうじょう	飛機場	飛行場へ迎えに行く。	去接機。
港 みなと	港口，碼頭	港に寄る。	停靠碼頭。
工場 こうじょう	工廠	工場を見学する。	參觀工廠。
スーパー	超級市場	スーパーへ買い物に行く。	去超市買東西。

2 交通工具與交通

T2 / 26

乗り物	交通工具	乗り物に乗る。	乘坐交通工具。
オートバイ	摩托車	オートバイに乗る。	騎摩托車。
汽車	火車	汽車に乗る。	搭火車。
普通	普通，平凡	普通の日は暇です。	平常日很閒。
急行	急行，急往；快車	急行電車に乗る。	搭乘快車。
特急	火速；特急列車；特快	特急で東京へたつ。	坐特快車到東京。
船／舟	舟，船；槽，盆	船に乗る。	乘船。
ガソリンスタンド	加油站	ガソリンスタンドに寄る。	順路到加油站。
交通	交通；通信，往來	交通の便はいい。	交通十分便捷。
通り	（接名詞後）一樣，照…樣；表示程度；表示街名	いつもの通り	一如往常
事故	意外，事故；事由	事故が起こる。	發生事故。
工事中	施工中；（網頁）建製中	工事中となる。	施工中。
忘れ物	遺忘物品，遺失物	忘れ物を取りに行く。	去取回遺失的物品。
帰り	回家；回家途中	帰りを急ぐ。	急著回去。

225

いっぽうつうこう **一方通行**	單行道；單向傳達	みち いっぽうつうこう この道は一方通行だ。	這條路是單行道呀！
うちがわ **内側**	內部，內側，裡面	きいろ せん うちがわ た 黄色い線の内側に立つ。	站在黃線後方。
そとがわ **外側**	外部，外面，外側	そとがわ かみ は 外側に紙を貼る。	在外面貼上紙張。
ちかみち **近道**	捷徑，近路	ちかみち 近道をする。	抄近路。
おうだん ほ どう **横断歩道**	斑馬線，人行道	おうだん ほ どう わた 横断歩道を渡る。	跨越斑馬線。
せき **席**	席位；座位；職位	せき た 席を立つ。	起立。
うんてんせき **運転席**	駕駛座	うんてんせき せっち 運転席を設置する。	設置駕駛艙。
し ていせき **指定席**	劃位座，對號入座	し ていせき よ やく 指定席を予約する。	預約對號座位。
じ ゆうせき **自由席**	自由座	じ ゆうせき と 自由席を取る。	預購自由座車廂的座位。
つうこう ど **通行止め**	禁止通行，無路可走	つうこう ど 通行止めになっている。	規定禁止通行。
しゅうでん **終電**	最後一班電車，末班車	しゅうでん の 終電に乗る。	搭乘末班車。
しんごう む し **信号無視**	違反交通號誌，闖紅（黃）燈	しんごう む し 信号無視をする。	違反交通號誌。
ちゅうしゃ い はん **駐車違反**	違規停車	ちゅうしゃ い はん 駐車違反になる。	違規停車。

4 使用交通工具等

T2 28

うんてん 運転	開車，駕駛；周轉；運轉	うんてん なら 運転を習う。	學開車。
とお 通る	經過；通過；合格；暢通；滲 透；響亮	ひだりがわ とお 左側を通る。	靠左邊走。
の か 乗り換える	轉乘，換車；倒換；改變，改行	べつ の か 別のバスに乗り換える。	轉乘別的公車。
ふ 踏む	踩住，踩到；走上，踏上；實 踐；經歷	ひと あし ふ 人の足を踏む。	踩到別人的腳。
と 止まる	停止；止住；堵塞；落在	と けい と 時計が止まる。	鐘停了。
ひろ 拾う	撿拾；叫車	さい ふ ひろ 財布を拾う。	撿到錢包。
お 下りる／ お 降りる	降；下來；下車；卸下；退位； 退出	やま お 山を下りる。	下山。
ちゅうい 注意	注意，小心，仔細，謹慎；給建 議，忠告	くるま ちゅうい 車に注意しましょう。	要小心車輛。
かよ 通う	來往，往來，通勤；相通，流通	びょういん かよ 病院に通う。	跑醫院。
もど 戻る	返回，回到；回到手頭；折回	いえ もど 家に戻る。	回到家。
よ 寄る	順路，順道去…；接近；偏；傾 向於；聚集，集中	ちか よ み 近くに寄って見る。	靠近看。
ゆ 揺れる	搖動，搖晃；動搖	こころ ゆ 心が揺れる。	心神不定。

1 休閒、旅遊

T2 / 29

遊び （あそ）	遊戲；遊玩；放蕩；間隙；閒 遊；餘裕	遊びがある。 （あそ）	有餘力；有間隙。
小鳥 （こ とり）	小鳥	小鳥が鳴く。 （こ とり　な）	小鳥啁啾。
珍しい （めずら）	罕見的，少見，稀奇	珍しい話を聞く。 （めずら　はなし　き）	聆聽稀奇的見聞。
釣る （つ）	釣，釣魚；引誘	甘い言葉で釣る。 （あま　こと ば　つ）	用動聽的話語引誘。
予約 （よ やく）	預約；預定	予約を取る。 （よ やく　と）	預約。
出発 （しゅっぱつ）	出發；起步；開頭	出発が遅れる。 （しゅっぱつ　おく）	出發延遲。
案内 （あんない）	引導；陪同遊覽，帶路；傳達； 通知；了解；邀請	案内を頼む。 （あんない　たの）	請人帶路。
見物 （けんぶつ）	觀光，參觀	見物に出かける。 （けんぶつ　で）	外出遊覽。
楽しむ （たの）	享受，欣賞，快樂；以…為消 遣；期待，盼望	音楽を楽しむ。 （おんがく　たの）	欣賞音樂。
景色 （け しき）	景色，風景	景色がよい。 （け しき）	景色宜人。
見える （み）	看見；看得見；看起來	星が見える。 （ほし　み）	看得見星星。
旅館 （りょかん）	旅館	旅館に泊まる。 （りょかん　と）	住旅館。
泊まる （と）	住宿，過夜；（船）停泊	ホテルに泊まる。 （と）	住飯店。
お土産 （み やげ）	當地名產；禮物	お土産を買う。 （み やげ　か）	買當地名產。

2 藝文活動

T2 30

趣味 しゅみ	興趣；嗜好	趣味が多い。 しゅみ おお	興趣廣泛。
興味 きょうみ	興趣；興頭	興味が無い。 きょうみ な	沒興趣。
番組 ばんぐみ	節目	番組の中で伝える。 ばんぐみ なか つた	在節目中告知觀眾。
展覧会 てんらんかい	展覽會	展覧会を開く。 てんらんかい ひら	舉辦展覽會。
花見 はな み	賞花	花見に出かける。 はな み で	外出賞花。
人形 にんぎょう	洋娃娃，人偶	人形を飾る。 にんぎょう かざ	擺飾人偶。
ピアノ	鋼琴	ピアノを弾く。 ひ	彈鋼琴。
コンサート	音樂會，演奏會	コンサートを開く。 ひら	開演唱會。
ラップ	饒舌樂，饒舌歌；一圈【lap】； 往返時間（ラップタイム之 略）；保鮮膜【wrap】	ラップを聞く。 き	聽饒舌音樂。
音 おと	聲音；（物體發出的）聲音	音が消える。 おと き	聲音消失。
聞こえる き	聽得見；聽起來覺得…；聞名	聞こえなくなる。 き	（變得）聽不見了。
写す うつ	抄；照相；描寫，描繪	ノートを写す。 うつ	抄筆記。
踊り おど	舞蹈，跳舞	踊りがうまい。 おど	舞跳得好。
踊る おど	跳舞，舞蹈；不平穩；活躍	タンゴを踊る。 おど	跳探戈舞。
美味い／上手い うま うま	好吃；拿手，高明	字がうまい。 じ	字寫得漂亮。

正月（しょうがつ）	正月，新年	正月を迎える。	迎新年。
お祭り（まつ）	廟會；慶典，祭典；祭日；節日	お祭りが始まる。	慶典即將展開。
行なう（おこ）	舉行，舉辦；發動	試験を行う。	舉行考試。
お祝い（いわ）	慶祝，祝福；祝賀的禮品	お祝いの挨拶をする。	敬致賀詞。
祈る（いの）	祈禱；祝福	子供の安全を祈る。	祈求孩子的平安。
プレゼント	禮物；送禮	プレゼントをもらう。	收到禮物。
贈り物（おく もの）	贈品，禮物	贈り物をする。	贈禮。
美しい（うつく）	美麗的，好看的；美好的，善良的	星空が美しい。	星空很美。
あげる	給；送；舉；抬；改善；加速；增加，提高；請到；供養；完成	子供に本をあげる。	給孩子書。
招待（しょうたい）	邀請	招待を受ける。	接受邀請。
お礼（れい）	謝詞，謝意；謝禮	お礼を言う。	道謝。

1 學校與科目

きょういく 教育	教育；教養；文化程度	きょういく う 教育を受ける。	受教育。
しょうがっこう 小学校	小學	しょうがっこう あ 小学校に上がる。	上小學。
ちゅうがっこう 中学校	國中	ちゅうがっこう はい 中学校に入る。	上中學。
こうこう／ 高校／ こうとうがっこう 高等学校	高中	こうこう ねんせい 高校 1 年生。	高中一年級生。
がくぶ 〜学部	…系，…科系；…院系	ぶんがくぶ さが 文学部を探している。	正在找文學系。
せんもん 専門	專業；攻讀科系	れきしがく せんもん 歴史学を専門にする。	專攻歷史學。
げんごがく 言語学	語言學	げんごがく す 言語学が好きだ。	我喜歡語言學喔。
けいざいがく 経済学	經濟學	だいがく けいざいがく まな 大学で経済学を学ぶ。	在大學研讀經濟學。
いがく 医学	醫學	いがく まな 医学を学ぶ。	研習醫學。
けんきゅうしつ 研究室	研究室	エムきょうじゅけんきゅうしつ M 教授研究室。	M 教授的研究室。
かがく 科学	科學	れきし かがく 歴史と科学についての ほん か 本を書く。	撰寫有關歷史與科學的書籍。
すうがく 数学	數學	すうがく きょうし 数学の教師。	數學老師。
れきし 歴史	歷史；來歷	れきし つく 歴史を作る。	創造歷史。
けんきゅう 研究	研究；鑽研	ぶんがく けんきゅう 文学を研究する。	研究文學。

T2 33

入学 にゅうがく	入學	大学に入学する。 だいがく　にゅうがく	進入大學。
予習 よしゅう	預習	明日の数学の予習を あした　すうがく　よしゅう する。	預習明天的數學。
消しゴム け	橡皮擦	消しゴムで消す。 け　　　　け	用橡皮擦擦掉。
講義 こうぎ	講義；大學課程	講義に出る。 こうぎ　で	課堂出席。
辞典 じてん	辭典；字典	辞典を引く。 じてん　ひ	查字典。
昼休み ひるやす	午休；午睡	昼休みを取る。 ひるやす　と	午休。
試験 しけん	考試；試驗	試験がうまくいく。 しけん	考試順利，考得好。
レポート	報告	レポートにまとめる。	整理成報告。
後期 こうき	後期，下半期，後半期	江戸後期の文学 えどこうき　ぶんがく	江戶後期的文學
卒業 そつぎょう	畢業	大学を卒業する。 だいがく　そつぎょう	大學畢業。
卒業式 そつぎょうしき	畢業典禮	卒業式に出る。 そつぎょうしき　で	出席畢業典禮。

3 學生生活（二）

えいかい わ 英会話	英語會話	えいかい わ がっこう かよ 英会話学校に通う。	去英語學校上課。
しょしんしゃ 初心者	初學者	テニスの初心者。	網球初學者。
にゅうもんこう ざ 入門講座	入門課程，初級課程	にゅうもんこう ざ お 入門講座を終える。	結束入門課程。
かんたん 簡単	簡單，容易，輕易，簡便	かんたん つく 簡単に作る。	容易製作。
こた 答え	回答；答覆；答案	こた あ 答えが合う。	答案正確。
ま ちが 間違える	錯；弄錯	じ かん ま ちが 時間を間違えた。	弄錯時間了。
てん 点	分數；點；方面；觀點；（得） 分，件	てん と 点を取る。	得分。
お 落ちる	落下；掉落；降低，下降；落 選，落後	かい お 2階から落ちる。	從二樓摔下來。
ふくしゅう 復習	復習	ふくしゅう た 復習が足りない。	複習做得不夠。
りょう 利用	利用	き かい りょう 機会を利用する。	利用機會。
いじ 苛める	欺負，虐待；捉弄；折磨	どうぶつ いじ 動物を苛めないで。	不要虐待動物。
ねむ 眠たい	昏昏欲睡，睏倦	にちじゅうねむ 1日中眠たい。	一整天都昏昏欲睡。

Part 2

1 職業、事業

受付 うけつけ	接受；詢問處；受理	受付期間。 うけつけ き かん	受理期間。
運転手 うんてんしゅ	駕駛員；司機	トラックの運転手。 うんてんしゅ	卡車司機。
看護師 かん ご し	護士	看護師になる。 かん ご し	成為護士。
警官 けいかん	警察；巡警	警官が走って行く。 けいかん はし い	警察奔跑過去。
警察 けいさつ	警察；警察局的略稱	警察を呼ぶ。 けいさつ よ	叫警察。
校長 こうちょう	校長	校長先生に会う。 こうちょうせんせい あ	會見校長。
公務員 こう む いん	公務員	公務員になりたい。 こう む いん	想成為公務員。
歯医者 は い しゃ	牙科，牙醫	歯医者に行く。 は い しゃ い	看牙醫。
アルバイト	打工	本屋でアルバイトする。 ほん や	在書店打工。
新聞社 しんぶんしゃ	報社	新聞社に勤める。 しんぶんしゃ つと	在報社上班。
工業 こうぎょう	工業	工業を興す。 こうぎょう おこ	開工。
見付ける み つ	發現，找到；目睹	答えを見付ける。 こた み つ	找出答案。
探す／捜す さが さが	尋找，找尋；搜尋	読みたい本を探す。 よ ほん さが	尋找想看的書。

2 職場工作

計画 けいかく	計畫，規劃	計画を立てる。 けいかく た	制訂計畫。
予定 よ てい	預定	予定が変わる。 よ てい か	預定發生變化。
途中 と ちゅう	半路上，中途；半途	途中で帰る。 と ちゅう かえ	中途返回。
片付ける かた づ	整理；收拾，打掃；解決；除掉	本を片付ける。 ほん かた づ	整理書籍。
訪ねる たず	拜訪，訪問	大学の先生を訪ねる。 だいがく せんせい たず	拜訪大學教授。
用 よう	事情；用途；用處	用が無くなる。 よう な	沒了用處。
用事 よう じ	工作，有事	用事がある。 よう じ	有事。
両方 りょうほう	兩方，兩種，雙方	両方の意見を聞く。 りょうほう い けん き	聽取雙方意見。
都合 つ ごう	情況，方便度；準備，安排；設法；湊巧	都合が悪い。 つ ごう わる	不方便。
手伝い て つだ	幫助；幫手；幫傭	手伝いを頼む。 て つだ たの	請求幫忙。
会議 かい ぎ	會議；評定某事項機關	会議が始まる。 かい ぎ はじ	會議開始。
技術 ぎ じゅつ	技術；工藝	技術が入る。 ぎ じゅつ はい	傳入技術。
売り場 う ば	售票處；賣場	売り場へ行く。 う ば い	去賣場。

オフ	（開關）關；休假；休賽；折扣；脫離	暖房をオフにする。	關掉暖氣。
遅れる	耽誤；遲到；緩慢	学校に遅れる。	上學遲到。
頑張る	努力，加油；堅持	もう一度頑張る。	再努力一次。
厳しい	嚴峻的；嚴格；嚴重；嚴酷，毫不留情	厳しい冬が来た。	嚴冬已經來臨。
慣れる	習慣；熟悉	新しい仕事に慣れる。	習慣新的工作。
出来る	完成；能夠	食事ができた。	飯做好了。
叱る	責備，責罵	先生に叱られた。	被老師罵了。
謝る	道歉；謝罪；認輸；謝絕，辭退	君に謝る。	向你道歉。
機会	機會	機会が来た。	機會來了。
一度	一次，一回；一旦	もう一度言いましょうか。	不如我再講一次吧。
続く	繼續；接連；跟著；堅持	いいお天気が続く。	連續是好天氣。
続ける	持續，繼續；接著	話を続ける。	繼續講。
夢	夢；夢想	夢を見る。	做夢。
パート	打工；部分，篇，章；職責，（扮演的）角色；分得的一份	パートで働く。	打零工。

<ruby>手伝<rt>て つだ</rt></ruby>い	幫助；幫手；幫傭	<ruby>手伝<rt>て つだ</rt></ruby>いを<ruby>頼<rt>たの</rt></ruby>む。	請求幫忙。
<ruby>会議室<rt>かい ぎ しつ</rt></ruby>	會議室	<ruby>会議室<rt>かい ぎ しつ</rt></ruby>に<ruby>入<rt>はい</rt></ruby>る。	進入會議室。
<ruby>部長<rt>ぶ ちょう</rt></ruby>	經理，部長	<ruby>部長<rt>ぶ ちょう</rt></ruby>になる。	成為部長。
<ruby>課長<rt>か ちょう</rt></ruby>	課長，股長	<ruby>課長<rt>か ちょう</rt></ruby>になる。	成為課長。
<ruby>進<rt>すす</rt></ruby>む	進展；前進；上升	<ruby>仕事<rt>し ごと</rt></ruby>が<ruby>進<rt>すす</rt></ruby>む。	工作進展下去。
チェック	檢查；核對；對照；支票；花格；將軍（西洋棋）	チェックが<ruby>厳<rt>きび</rt></ruby>しい。	檢驗嚴格。
<ruby>別<rt>べつ</rt></ruby>	區別另外；除外，例外；特別；按…區分	<ruby>別<rt>べつ</rt></ruby>にする。	…除外。
<ruby>迎<rt>むか</rt></ruby>える	迎接；迎合；聘請	<ruby>客<rt>きゃく</rt></ruby>を<ruby>迎<rt>むか</rt></ruby>える。	迎接客人。
<ruby>済<rt>す</rt></ruby>む	（事情）完結，結束；過得去，沒問題；（問題）解決，（事情）了結	<ruby>宿題<rt>しゅくだい</rt></ruby>が<ruby>済<rt>す</rt></ruby>んだ。	作業寫完了。
<ruby>寝坊<rt>ね ぼう</rt></ruby>	睡懶覺，貪睡晚起的人	<ruby>今朝<rt>け さ</rt></ruby>は<ruby>寝坊<rt>ね ぼう</rt></ruby>してしまった。	今天早上睡過頭了。
<ruby>止<rt>や</rt></ruby>める	關掉，停止；戒掉	<ruby>煙草<rt>た ばこ</rt></ruby>を<ruby>止<rt>や</rt></ruby>める。	戒菸。
<ruby>一般<rt>いっぱん</rt></ruby>	一般；普遍；相似，相同	<ruby>一般<rt>いっぱん</rt></ruby>の<ruby>人<rt>ひと</rt></ruby>。	普通人。

ノートパソコン	筆記型電腦	ノートパソコンを取り替える。	更換筆電。
デスクトップ	桌上型電腦	デスクトップを買う。	購買桌上型電腦。
スタートボタン	（微軟作業系統的）開機鈕	スタートボタンを押す。	按開機鈕。
クリック・する	喀嚓聲；點擊；按下（按鍵）	クリック音を消す。	消除按鍵喀嚓聲。
入力・する	輸入（功率）；輸入數據	暗証番号を入力する。	輸入密碼。
（インター）ネット	網際網路	インターネットを始める。	開始上網。
ブログ	部落格	ブログに写真を載せる。	在部落格裡貼照片。
インストール・する	安裝（電腦軟體）	ソフトをインストールする。	安裝軟體。
受信	（郵件、電報等）接收：收聽	メールを受信する。	收簡訊。
新規作成・する	新作，從頭做起；（電腦檔案）開新檔案	ファイルを新規作成する。	開新檔案。
登録・する	登記；（法）登記，註冊；記錄	お客様の名前を登録する。	登記貴賓的大名。

5 電腦相關（二）

メール	郵政，郵件；郵船，郵車	メールアドレスを教え<ruby>教<rt>おし</rt></ruby>える。	告訴對方郵件地址。
（メール）アドレス	電子信箱地址，電子郵件地址	メールアドレスを<ruby>交換<rt>こうかん</rt></ruby>する。	互換電子郵件地址。
アドレス	住址，地址；（電子信箱）地址；（高爾夫）擊球前姿勢	アドレスをカタカナで<ruby>書<rt>か</rt></ruby>く。	用片假名寫地址。
<ruby>宛先<rt>あてさき</rt></ruby>	收件人姓名地址，送件地址	<ruby>宛先<rt>あてさき</rt></ruby>を<ruby>書<rt>か</rt></ruby>く。	寫上收件人的姓名地址。
<ruby>件名<rt>けんめい</rt></ruby>	項目名稱；類別；（電腦）郵件主旨	<ruby>件名<rt>けんめい</rt></ruby>が<ruby>間違<rt>まちが</rt></ruby>っていた。	弄錯項目名稱了。
<ruby>挿入<rt>そうにゅう</rt></ruby>・する	插入，裝入	<ruby>地図<rt>ちず</rt></ruby>を<ruby>挿入<rt>そうにゅう</rt></ruby>する。	插入地圖。
<ruby>差出人<rt>さしだしにん</rt></ruby>	發信人，寄件人	<ruby>差出人<rt>さしだしにん</rt></ruby>の<ruby>住所<rt>じゅうしょ</rt></ruby>。	寄件人地址。
<ruby>添付<rt>てんぷ</rt></ruby>・する	添上，附上；（電子郵件）附加檔案	<ruby>写真<rt>しゃしん</rt></ruby>を<ruby>添付<rt>てんぷ</rt></ruby>する。	附上照片。
<ruby>送信<rt>そうしん</rt></ruby>・する	（電）發報，播送，發射；發送（電子郵件）	ファックスで<ruby>送信<rt>そうしん</rt></ruby>する。	以傳真方式發送。
ファイル	文件夾；合訂本，卷宗；（電腦）檔案；將檔案歸檔	ファイルをコピーする。	影印文件；備份檔案。
<ruby>保存<rt>ほぞん</rt></ruby>・する	保存；儲存（電腦檔案）	<ruby>冷蔵庫<rt>れいぞうこ</rt></ruby>に<ruby>入<rt>い</rt></ruby>れて<ruby>保存<rt>ほぞん</rt></ruby>する。	放入冰箱裡冷藏。
<ruby>返信<rt>へんしん</rt></ruby>・する	回信，回電	<ruby>欠席<rt>けっせき</rt></ruby>の<ruby>返信<rt>へんしん</rt></ruby>を<ruby>書<rt>か</rt></ruby>く。	寫信回覆恕不出席。
コンピューター	電腦	コンピューターがおかしい。	電腦的狀況不太對勁。
スクリーン	螢幕	<ruby>大<rt>おお</rt></ruby>きなスクリーン。	很大的銀幕。
パソコン	個人電腦	パソコンが<ruby>欲<rt>ほ</rt></ruby>しい。	想要一台電腦。

Topic 13 經濟、政治與法律

1 經濟與交易

けいざい 経済	經濟	けいざいざっし よ 経済雑誌を読む。	閱讀財經雜誌。
ぼうえき 貿易	貿易	ぼうえき おこな 貿易を行う。	進行貿易。
さか 盛ん	興盛；繁榮；熱心	けんきゅう さか 研究が盛んになる。	許多人投入（該領域的）研究。
ゆ しゅつ 輸出	輸出，出口	かいがい ゆ しゅつ おお 海外への輸出が多い。	許多都出口海外。
しなもの 品物	物品，東西；貨品	しなもの たな なら 品物を棚に並べた。	將商品陳列在架上了。
とくばいひん 特売品	特賣商品，特價商品	とくばいひん か 特売品を買う。	買特價商品。
ね だん 値段	價格	ね だん あ 値段を上げる。	提高價格。
さ 下げる	降下；降低，向下；掛；躲遠；收拾	あたま さ 頭を下げる。	低下頭。
あ 上がる	上漲；上昇，昇高	ね だん あ 値段が上がる。	漲價。
く 呉れる	給我	あに ほん 兄が本をくれる。	哥哥給我書。
もら 貰う	接受，收到，拿到；受到；承擔；傳上	ハガキをもらう。	收到明信片。
や 遣る	給，給與；派去	て がみ 手紙をやる。	寄信。
ちゅう し 中止	中止	ちゅう し 中止になる。	活動暫停。

2 金融

T2 41

つうちょう き にゅう **通帳記入**	補登錄存摺	つうちょう き にゅう 通帳記入をする。	補登錄存摺。
あんしょうばんごう **暗証番号**	密碼	あんしょうばんごう まちが 暗証番号を間違えた。	記錯密碼。
（クレジット） カード	信用卡	つか クレジットカードを使 う。	使用信用卡。
こう きょうりょうきん **公共料金**	公共費用	こうきょうりょうきん はら 公共料金を払う。	支付公共事業費用。
し おく **仕送りする**	匯寄生活費或學費	いえ し おく 家に仕送りする。	給家裡寄生活補貼。
せいきゅうしょ **請求書**	帳單，繳費單	せいきゅうしょ とど 請求書が届く。	收到繳費通知單。
おく **億**	（單位）億；數目眾多	おく かぞ 億を数える。	數以億計。
はら **払う**	支付；除去；達到；付出	かね はら お金を払う。	付錢。
つ **お釣り**	找零	つ くだ お釣りを下さい。	請找我錢。
せいさん **生産**	生產	くるま せいさん 車を生産している。	正在生產汽車。
さんぎょう **産業**	產業，工業	けんこうさんぎょう そだ 健康産業を育てる。	培植保健產業。
わりあい **割合**	比率	わりあい ふ 割合が増える。	比率增加。

3 政治、法律

こくさい 国際	國際	こくさいくうこう つ 国際空港に着く。	抵達國際機場。
せいじ 政治	政治	せいじ かんけい 政治に関係する。	參與政治。
えら 選ぶ	選擇；與其…不如…；選舉	しごと えら 仕事を選ぶ。	選擇工作。
しゅっせき 出席	參加；出席	しゅっせき と 出席を取る。	點名。
せんそう 戦争	戰爭	せんそう 戦争になる。	開戰。
きそく 規則	規則，規定	きそく つく 規則を作る。	訂立規則。
ほうりつ 法律	法律	ほうりつ つく 法律を作る。	制定法律。
やくそく 約束	約定，商訂；規定，規則； (有)指望，前途	やくそく まも 約束を守る。	守約。
き 決める	決定；規定；認定；指定	い き 行くことに決めた。	決定要去了。
た 立てる	直立，立起，訂立；揚起；掀 起；安置；保持	けいかく た 計画を立てる。	設立計畫。
あさ 浅い	淺的；小的，微少的；淺色的； 淺薄的，膚淺的	あさ かわ 浅い川。	淺淺的河。
ひと もう一つ	更；再一個	ひと た もう一つ足す。	追加一個。

4 犯罪

🔊 T2 / 43

痴漢 （ちかん）	流氓，色情狂	男性は痴漢をしていた。（だんせい ちかん）	這個男人曾經對人做過性騷擾的舉動。
ストーカー	跟蹤狂	ストーカー事件が起こる。（じけん お）	發生跟蹤事件。
掏摸 （すり）	扒手，小偷	掏摸に金を取られた。（すり かね と）	錢被扒手偷了。
泥棒 （どろぼう）	偷竊；小偷，竊賊	泥棒を捕まえた。（どろぼう つか）	捉住了小偷。
無くす （なくす）	弄丟，搞丟；喪失，失去；去掉	お金を無くす。（かね な）	弄丟錢。
落とす （おとす）	使…落下；掉下；弄掉；攻陷；貶低；失去	財布を落とす。（さいふ お）	掉了錢包。
盗む （ぬすむ）	偷盜，盜竊；背著…；偷閒	お金を盗む。（かね ぬす）	偷錢。
壊す （こわす）	毀壞；弄碎；破壞；損壞	茶碗を壊す。（ちゃわん こわ）	把碗打碎。
逃げる （にげる）	逃走，逃跑；逃避；領先	問題から逃げる。（もんだい に）	迴避問題。
捕まえる （つかまえる）	逮捕，抓；握住	犯人を捕まえる。（はんにん つか）	捉犯人。
見付かる （みつかる）	被看到；發現了；找到	結論が見付かる。（けつろん みつ）	找出結論。
火事 （かじ）	火災	火事に遭う。（かじ あ）	遭受火災。
危険 （きけん）	危險性；危險的	あの道は危険だ。（みち きけん）	那條路很危險啊！
安全 （あんぜん）	安全，平安	安全な場所に行く。（あんぜん ばしょ い）	去安全的地方。

1 數量、次數、形狀與大小

T2／44

以下 （いか）	以下；在…以下；之後	3歳以下のお子さん。	三歲以下的兒童。
以内 （いない）	以內；不超過…	1時間以内で行ける。	一小時內可以走到。
以上 （いじょう）	…以上，不止，超過；上述	3時間以上勉強した。	用功了超過三小時。
足す （たす）	添，補足，增加	1万円を足す。	加上一萬日圓。
足りる （たりる）	足夠；可湊合；值得	お金が足りない。	錢不夠。
多い （おおい）	多的	人が多い。	人很多。
少ない （すくない）	少，不多的	お金が少ない。	錢很少。
増える （ふえる）	增加	外国人が増えている。	外國人日漸增加。
形 （かたち）	形狀；形；樣子；姿態；形式上 的；使成形	形が変わる。	變樣。
大きな （おおきな）	大，大的；重大；偉大；深刻	大きな声で話す。	大聲說話。
小さな （ちいさな）	小，小的；年齡幼小	小さな声で話す。	小聲說話。
緑 （みどり）	綠色；嫩芽	緑が少ない。	綠葉稀少。
深い （ふかい）	深的；晚的；茂密；濃的	深い川を渡る。	渡過一道深河。

1 心理及感情

心（こころ）	心；內心；心情；心胸；心靈	心の優しい人。	溫柔的人。
気（き）	氣；氣息；心思；香氣；節氣；氣氛	気が変わる。	改變心意。
気分（きぶん）	心情；情緒；身體狀況；氣氛；性格	気分を変える。	轉換心情。
気持ち（きもち）	心情；（身體）狀態	気持ちが悪い。	感到噁心。
安心（あんしん）	安心，放心，無憂無慮	彼がいると安心です。	有他在就放心了。
すごい	厲害的，出色的；可怕的	すごく暑い。	非常熱。
素晴らしい（すばらしい）	了不起；出色，極好的	素晴らしい映画を楽しむ。	欣賞一部出色的電影。
怖い（こわい）	可怕的，令人害怕的	地震が多くて怖い。	地震頻傳，令人害怕。
邪魔（じゃま）	妨礙，阻擾，打擾；拜訪	邪魔になる。	阻礙，添麻煩
心配（しんぱい）	擔心；操心，掛念，憂慮	娘が心配だ。	女兒真讓我擔心！
恥ずかしい（はずかしい）	羞恥的，丟臉的，害羞的；難為情的	恥ずかしくなる。	感到害羞。
複雑（ふくざつ）	複雜	複雑になる。	變得複雜。
持てる（もてる）	能拿，能保持；受歡迎，吃香	学生に持てる先生。	廣受學生歡迎的老師。
ラブラブ	（情侶，愛人等）甜蜜、如膠似漆	彼氏とラブラブ。	與男朋友甜甜密密。

嬉しい うれ	歡喜的，高興，喜悅	プレゼントをもらって 嬉しかった。 うれ	收到禮物後非常開心。
楽しみ たの	期待；快樂	釣りをするのが楽しみ つ　　　　　　たの です。	很期待去釣魚。
喜ぶ よろこ	喜悅，高興；欣然接受；值得慶祝	成功を喜ぶ。 せいこう　よろこ	為成功而喜悅。
笑う わら	笑；譏笑	赤ちゃんを笑わせた。 あか　　　　わら	逗嬰兒笑了。
ユーモア	幽默，滑稽，詼諧	ユーモアの分かる人。 わ　　ひと	懂幽默的人。
煩い うるさ	吵鬧的；煩人的；囉唆的；挑惕的；厭惡的	ピアノの音がうるさい。 おと	鋼琴聲很煩人。
怒る おこ	生氣；斥責，罵	遅刻して先生に怒られ ちこく　　せんせい　おこ た。	由於遲到而挨了老師責罵。
驚く おどろ	吃驚，驚奇；驚訝；感到意外	彼女の変わりに驚いた。 かのじょ　か　　　おどろ	對她的變化感到驚訝。
悲しい かな	悲傷的，悲哀的，傷心的，可悲的	悲しい思いをする。 かな　　おも	感到悲傷。
寂しい さび	孤單；寂寞；荒涼；空虛	一人で寂しい。 ひとり　さび	一個人很寂寞。
残念 ざんねん	遺憾，可惜；懊悔	残念に思う。 ざんねん　おも	感到遺憾。
泣く な	哭泣	大声で泣く。 おおごえ　な	大聲哭泣。
吃驚 びっくり	驚嚇，吃驚	びっくりして逃げてし に まった。	受到驚嚇而逃走了。

3 傳達、通知與報導

電報 でんぽう	電報	電報が来る。 でんぽう く	來電報。
届ける とど	送達；送交，遞送；提交文件	花を届けてもらう。 はな とど	請人代送花束。
送る おく	傳送，寄送；送行；度過；派	写真を送ります。 しゃしん おく	傳送照片。
知らせる し	通知，讓對方知道	警察に知らせる。 けいさつ し	報警。
伝える つた	傳達，轉告；傳導	気持ちを伝える。 き も つた	將感受表達出來。
連絡 れんらく	聯繫，聯絡；通知；聯運	連絡を取る。 れんらく と	取得連繫。
尋ねる たず	問，打聽；尋問	道を尋ねる。 みち たず	問路。
調べる しら	查閱，調查；審訊；搜查	辞書で調べる。 じしょ しら	查字典。
返事 へん じ	回答，回覆，答應	返事を待つ。 へん じ ま	等待回音。
天気予報 てん き よ ほう	天氣預報	ラジオの天気予報 てん き よ ほう を聞く。 き	聽收音機的氣象預報。
放送 ほうそう	廣播；播映，播放；傳播	野球の放送を見る。 や きゅう ほうそう み	觀看棒球賽事轉播。

247

思い出す	想起來，回想，回憶起	何をしたか思い出せない。	想不起來自己做了什麼事。
思う	想，思索，認為；覺得，感覺；相信；希望	私もそう思う。	我也這麼想。
考える	思考，考慮；想辦法；研究	深く考える。	深思，思索。
筈	應該；會；確實	明日きっと来るはずだ。	明天一定會來。
意見	意見；勸告	意見が合う。	意見一致。
仕方	方法，做法	コピーの仕方が分かりません。	不懂影印機的操作。
～まま	如實，照舊；隨意	思ったままを書く。	照心中所想寫出。
比べる	比較；對照；較量	兄と弟を比べる。	拿哥哥和弟弟做比較。
場合	場合，時候；狀況，情形	場合による。	根據場合。
変	反常；奇怪，怪異，變化，改變；意外	変な音がする。	發出異樣的聲音。
特別	特別，特殊	特別な読み方。	特別的唸法。
大事	重要的，保重，重要；小心，謹慎；大問題	大事になる。	成為大問題。
相談	商量；協商；請教；建議	相談で決める。	通過商討決定。
～に拠ると	根據，依據	彼の話によると。	根據他的描述。
あんな	那樣的	あんなことになる。	變成那種結果。
そんな	那樣的；哪裡	そんなことはない。	不會，哪裡。

5 理由與決定

ため 為	為了…由於；（表目的）為了； （表原因）因為	びょうき 病気のために休む。	因為有病而休息。
なぜ 何故	為什麼；如何	な なぜ泣いているのか。	你為什麼哭呀？
げんいん 原因	原因	げんいん しら 原因を調べる。	調查原因。
りゆう 理由	理由，原因	りゆう き 理由を聞く。	詢問原因。
わけ 訳	道理，原因，理由；意思；當 然；麻煩	わけ わ 訳が分かる。	知道意思；知道原 因；明白事理。
ただ 正しい	正確；端正；合情合理	ただ こた 正しい答え。	正確的答案。
あ 合う	合適；符合；一致；正確；相配	いけん あ 意見が合う。	意見一致。
ひつよう 必要	必要，必需	ひつよう 必要がある。	有必要。
よろ 宜しい	好；恰好；適當	どちらでもよろしい。	哪一個都好，怎樣 都行。
むり 無理	不可能，不合理；勉強；逞強； 強求	むり 無理もない。	怪不得。
だめ 駄目	不行；沒用；無用	やきゅう じょうず 野球は上手だがゴル だめ フは駄目だ。	棒球很拿手，但是 高爾夫球就不行了。
つ 積もり	打算，企圖；估計，預計；（前 接動詞過去形）（本不是那樣） 就當作…	でんしゃ い 電車で行くつもりだ。	打算搭電車去。
き 決まる	決定；規定；符合要求；一定是	かんが き 考えが決まる。	想法確定了。
はんたい 反対	相反；反對；反	かれ いけん はんたい 彼の意見に反対する。	反對他的意見。

経験 けいけん	經驗	経験から学ぶ。 けいけん まな	從經驗中學習。
事 こと	事情；事務；變故	ことが起きる。 お	發生事情。
説明 せつめい	說明；解釋	説明が足りない。 せつめい た	解釋不夠充分。
承知 しょうち	知道，了解，同意；許可	時間のお話、承知しました。 じかん はなし しょうち	關於時間上的問題，已經明白了。
受ける う	承接；接受；承蒙；遭受；答應	試験を受ける。 しけん う	參加考試。
構う かま	介意；在意，理會；逗弄	言わなくてもかまいません。 い	不說出來也無所謂。
嘘 うそ	謊言，說謊；不正確；不恰當	嘘をつく。 うそ	說謊。
成る程 な ほど	原來如此	なるほど、つまらない本だ。 ほん	果然是本無聊的書。
変える か	改變；變更；變動	授業の時間を変える。 じゅぎょう じかん か	上課時間有所異動。
変わる か	變化，改變；不同；奇怪；遷居	顔色が変わった。 かおいろ か	臉色變了。
あ（っ）	啊（突然想起、吃驚的樣子）哎呀；（打招呼）喂	あっ、右じゃない。 みぎ	啊！不是右邊！
うん	嗯；對，是；喔	うんと返事する。 へんじ	嗯了一聲。
そう	那樣，那樣的	私もそう考える。 わたし かんが	我也是那樣想的。
～（に）就いて つ	關於	日本の歴史について研究する。 にほん れきし けん きゅう	研究日本的歷史。

7 語言與出版物

かいわ 会話	對話；會話	かいわ へた 会話が下手だ。	不擅長口語會話。
発音 はつおん	發音	はつおん 発音がはっきりする。	發音清楚。
じ 字	文字；字體	じ み 字が見にくい。	字看不清楚；字寫得難看。
ぶんぽう 文法	文法	ぶんぽう あ 文法に合う。	合乎語法。
にっき 日記	日記	にっき か 日記に書く。	寫入日記。
ぶんか 文化	文化；文明	ぶんか たか 文化が高い。	文化水準高。
ぶんがく 文学	文學；文藝	ぶんがく たの 文学を楽しむ。	欣賞文學。
しょうせつ 小説	小說	しょうせつ か 小説を書く。	寫小說。
テキスト	課本，教科書	えいご 英語のテキスト。	英文教科書。
まんが 漫画	漫畫	まんが よ 漫画を読む。	看漫畫。
ほんやく 翻訳	翻譯	ほんやく で 翻訳が出る。	出譯本。

Part 2

1 時間副詞

T2 / 52

急に _{きゅう}	急迫；突然	急に仕事が入った。 _{きゅう　しごと　はい}	臨時有工作。
これから	從今以後；從此	これからどうしようか。	接下來該怎麼辦呢？
暫く _{しばら}	暫時，一會兒；好久	しばらくお待ちください。 _ま	請稍候。
ずっと	遠比…更；一直	ずっと家にいる。 _{いえ}	一直待在家。
そろそろ	漸漸地；快要，不久；緩慢	そろそろ始める時間だ。 _{はじ　　じかん}	差不多要開始了。
偶に _{たま}	偶然，偶爾，有時	偶にテニスをする。 _{たま}	偶爾打網球。
到頭 _{とうとう}	終於，到底，終究	とうとう彼は来なかった。 _{かれ　こ}	他終究沒來。
久しぶり _{ひさ}	好久不見，許久，隔了好久	久しぶりに会う。 _{ひさ　　あ}	久違重逢。
先ず _ま	首先；總之；大概	まずビールを飲む。 _の	先喝杯啤酒。
もう直ぐ _す	不久，馬上	もうすぐ春が来る。 _{はる　く}	馬上春天就要來了。
やっと	終於，好不容易	答えはやっと分かった。 _{こた　　　　わ}	終於知道答案了。

2 程度副詞

いくら～ても	即使…也	いくら話<ruby>話<rt>はな</rt></ruby>してもわからない。	再怎麼解釋還是聽不懂。
一杯<ruby><rt>いっぱい</rt></ruby>	全部；滿滿地；很多；一杯	駐車場<ruby><rt>ちゅうしゃじょう</rt></ruby>がいっぱいです。	停車場已經滿了。
随分<ruby><rt>ずいぶん</rt></ruby>	相當地，比想像的更多	随分<ruby><rt>ずいぶん</rt></ruby>たくさんある。	非常多。
すっかり	完全，全部；已經；都	すっかり変<ruby>変<rt>か</rt></ruby>わった。	徹底改變了。
全然<ruby><rt>ぜんぜん</rt></ruby>	（接否定）完全不…，一點也不…；根本；簡直	全然<ruby><rt>ぜんぜん</rt></ruby>知<ruby><rt>し</rt></ruby>らなかった。	那時完全不知道（有這麼回事）。
そんなに	那麼，那樣	そんなに暑<ruby>暑<rt>あつ</rt></ruby>くない。	沒有那麼熱。
それ程<ruby>程<rt>ほど</rt></ruby>	那種程度，那麼地	それ程<ruby>程<rt>ほど</rt></ruby>寒<ruby>寒<rt>さむ</rt></ruby>くはない。	沒有那麼冷。
大体<ruby><rt>だいたい</rt></ruby>	大部分；大致，大概；本來；根本	大体<ruby><rt>だいたい</rt></ruby>60 人<ruby>人<rt>にん</rt></ruby>ぐらい。	大致上六十個人左右。
大分<ruby><rt>だいぶ</rt></ruby>	大約，相當地	大分<ruby><rt>だいぶ</rt></ruby>暖<ruby>暖<rt>あたた</rt></ruby>かくなった。	相當暖和了。
些とも<ruby>些<rt>ちっ</rt></ruby>	一點也不…	ちっとも疲<ruby>疲<rt>つか</rt></ruby>れていない。	一點也不累。
出来るだけ<ruby>出来<rt>でき</rt></ruby>	盡可能	出来<ruby><rt>でき</rt></ruby>るだけ日本語<ruby><rt>にほんご</rt></ruby>を使<ruby>使<rt>つか</rt></ruby>う。	盡量使用日文。
中々<ruby><rt>なかなか</rt></ruby>	相當；（後接否定）總是無法；形容超出想像	なかなか勉強<ruby><rt>べんきょう</rt></ruby>になる。	很有參考價值。
なるべく	盡可能，盡量	なるべく日本語<ruby><rt>にほんご</rt></ruby>を話<ruby>話<rt>はな</rt></ruby>しましょう。	我們盡量以日語交談吧。
～ばかり	（接數量詞後，表大約份量）左右；（排除其他事情）僅，只；僅少，微小；（表排除其他原因）只因，只要…就	遊<ruby>遊<rt>あそ</rt></ruby>んでばかりいる。	光只是在玩。

非常に ひ じょう	非常，很	非常に疲れている。 ひ じょう　 つか	累極了。
別に べっ	分開；額外；除外；（後接否定）（不）特別，（不）特殊	別に予定はない。 べっ　 　 よ てい	沒甚麼特別的行程。
程 ほど	…的程度；越…越…	見えない程暗い。 み 　　　　　 ほどくら	暗得幾乎看不到。
殆ど ほ とん	大部份；幾乎	ほとんど意味が無い。 い み 　 な	幾乎沒有意義。
割合に わりあい	比較；雖然…但是	割合によく働く。 わりあい 　　　 はたら	比較能幹。
十分 じゅうぶん	十分；充分，足夠	十分に休む。 じゅうぶん 　 やす	充分休息。
勿論 も ちろん	當然；不用說	もちろん嫌です。 いや	當然不願意！
やはり	依然，仍然；果然；依然	子供はやはり子供だ。 こ ども 　　　　　 こ ども	小孩終究是小孩。

3 思考、狀態副詞

ああ	那樣，那種，那麼；啊；是	ああ言えばこう言う。	強詞奪理。
確か	的確，確實；清楚，明瞭；似乎，大概	確かな返事をする。	確切的回答。
必ず	必定；一定，務必，必須；總是	必ず来る。	一定會來。
代わり	代替，替代；代理；補償；再來一碗	君の代わりはいない。	沒有人可以取代你。
屹度	一定，必定，務必	きっと来てください。	請務必前來。
決して	決定；（後接否定）絕對（不）	決して学校に遅刻しない。	上學絕不遲到。
こう	如此；這樣，這麼	こうなるとは思わなかった。	沒想到會變成這樣。
しっかり	結實，牢固；（身體）健壯；用力的，好好的；可靠	しっかり覚える。	牢牢地記住。
是非	務必；一定；無論如何；是非；好與壞	ぜひおいでください。	請一定要來。
例えば	例如	これは例えばの話だ。	這只是打個比方。
特に	特地，特別	特に用事はない。	沒有特別的事。
はっきり	清楚；清爽；痛快	はっきり（と）見える。	清晰可見。
若し	如果，假如	もし雨が降ったら。	如果下雨的話。

4 接續詞、接助詞與接尾詞、接頭詞

すると	於是；這樣一來，結果；那麼	すると急に暗くなった。	結果突然暗了下來。
それで	後來，那麼；因此	それでどうした。	然後呢？
それに	而且，再者；可是，但是	晴れだし、それに風も無い。	晴朗而且無風。
だから	所以，因此	日曜日だから家にいる。	因為是星期天所以在家。
又は	或是，或者	鉛筆またはボールペンを使う。	使用鉛筆或原子筆。
けれども	然而；但是	読めるけれども書けません。	可以讀但是不會寫。
～置き	每隔…	1ヶ月置きに。	每隔一個月。
～月	…個月；月份	月に一度集まる。	一個月集會一次。
～会	…會；會議；集會	音楽会へ行く。	去聽音樂會。
～倍	倍，加倍	3倍になる	成為三倍。
～軒	…棟，…間，…家；房屋	右から3軒目。	右邊數來第三間。
～ちゃん	（表親暱稱謂）小…，表示親愛（「さん」的轉音）	健ちゃん、ここに来て。	小健，過來這邊。
～君	（接於同輩或晚輩姓名下，略表敬意）…先生，…君	山田君が来る。	山田君來了。
～様	先生，小姐；姿勢；樣子	こちらが木村様です。	這位是木村先生。

～目 め	第…；…一些的；正當…的時候	2行目を見る。 ぎょうめ　み	看第二行。
～家 か	…家；家；做…的（人）；很有 …的人；愛…的人	音楽家になる。 おんがくか	我要成為音樂家
～式 しき	儀式；典禮；方式；樣式；公式	卒業式に出る。 そつぎょうしき　で	去參加畢業典禮。
～製 せい	製品；…製	台湾製の靴を買う。 タイワンせい　くつ　か	買台灣製的鞋子。
～代 だい	年代，（年齡範圍）…多歲；時 代；代，任	20代前半の若い女性。 だいぜんはん　わか　じょせい	二十至二十五歲的 年輕女性。
～出す だ	拿出；發生；開始…；…起來	泣き出す。 な　だ	開始哭起來。
～難い にく	難以，不容易	言いにくい。 い	難以開口。
～やすい	容易…	わかりやすい。	易懂。
～過ぎる す	超過；過於，過度；經過	冗談が過ぎる。 じょうだん　す	玩笑開得過火。
～方 かた	…方法；手段；方向；地方；時 期	作り方を学ぶ。 つく　かた　まな	學習做法。

いらっしゃる	來，去，在（尊敬語）	先生_{せんせい}がいらっしゃった。	老師來了。

いらっしゃる	來，去，在（尊敬語）	先生がいらっしゃった。	老師來了。
ご存知	你知道；您知道（尊敬語）	ご存知でしたか。	您已經知道這件事了嗎？
ご覧になる	（尊敬語）看，觀覽，閱讀	こちらをご覧になってください。	請看這邊。
為さる	做	研究をなさる。	作研究。
召し上がる	（敬）吃，喝	コーヒーを召し上がる。	喝咖啡。
致す	（「する」的謙恭說法）做，辦；致…；引起；造成；致力	私が致します。	請容我來做。
頂く／戴く	接收，領取；吃，喝；戴；擁戴；請讓（我）	お隣からみかんを頂きました。	從隔壁鄰居那裡收到了橘子。
伺う	拜訪，訪問	お宅に伺う。	拜訪您的家。
おっしゃる	說，講，叫；稱為…叫做…	お名前はなんとおっしゃいますか。	怎麼稱呼您呢？
下さる	給我；給，給予	先生がくださった本。	老師給我的書。
差し上げる	奉送；給您（「あげる」謙讓語）；舉	これをあなたに差し上げます。	這個奉送給您。
拝見	（謙讓語）看，拜讀，拜見	お手紙拝見しました。	已拜讀貴函。
参る	來，去（「行く、来る」的謙讓語）；認輸；參拜；受不了	すぐ参ります。	我立刻就去。
申し上げる	說（「言う」的謙讓語），講，提及	お礼を申し上げます。	向您致謝。

<ruby>申<rt>もう</rt></ruby>す	（謙讓語）叫作，說，叫	<ruby>嘘<rt>うそ</rt></ruby>は<ruby>申<rt>もう</rt></ruby>しません。	不會對您說謊。
～ご<ruby>座<rt>ざ</rt></ruby>います	在，有；（「ございります」的音變）表示尊敬	おめでとうございます。	恭喜恭喜。
～でございます	「だ」、「です」、「である」的鄭重說法	こちらがビールでございます。	為您送上啤酒。
<ruby>居<rt>お</rt></ruby>る	（謙讓語）有；居住，停留；生存；正在…	<ruby>今日<rt>きょう</rt></ruby>は<ruby>家<rt>いえ</rt></ruby>におります。	今天在家。

第1回 新制日檢模擬考題 語言知識─文字・語彙

もんだい1 ＿＿＿＿＿の ことばは どう よみますか。1・2・3・4か
ら いちばんいい ものを ひとつ えらんで ください。

1 がっこうへ いく バスの 運転手さんは おんなの ひとです。
1 しゃしょう 　　　　　　　　　　　2 こうちょう
3 けんきゅうしゃ 　　　　　　　　　4 うんてんしゅ

2 きんじょで おもしろい おまつりが ありますから 見物して いきませ
んか。
1 にもつ 　　　　2 けんぶつ 　　　　3 さんか 　　　　4 けんがく

3 むかしに くらべて さいきん 公務員の しごとは たいへんだそうで
す。
1 こうむいん 　　　　　　　　　　　2 かいいん
3 しょくいん 　　　　　　　　　　　4 かいしゃいん

4 醤油を いれすぎましたので、 けっこう しおからいです。
1 しょうゆ 　　　　2 さとう 　　　　3 しお 　　　　4 だし

5 台所から とても いい においが してきます。
1 ばしょ 　　　　2 げんかん 　　　　3 だいどころ 　　　　4 へや

6 あたらしく ならった 文法を つかって、 ぶんを いつつ つくってみましょう。
1 ぶんしょう 　　　　2 ぶんがく 　　　　3 ことば 　　　　4 ぶんぽう

7 その だいがくに いきたい 理由は なんですか。
1 つごう 　　　　2 りゆう 　　　　3 わけ 　　　　4 せつめい

8 あにに　あかちゃんが　うまれましたので、<u>人形を</u>　おくりました。
　1　ぬいぐるみ　　　　　2　おかし　　　　　　3　にんぎょう　　　　4　おもちゃ

9 あの　<u>旅館は</u>　ゆうごはんが　ごうかなことで　ゆうめいです。
　1　かいかん　　　　　　2　りょかん　　　　　3　きょうしつ　　　　4　びじゅつ
　かん

もんだい2　＿＿＿＿＿の　ことばは　どう　かきますか。1・2・3・4か
　　　　　　ら　いちばんいい　ものを　ひとつ　えらんで　ください。

1 おおきな　じしんが　きて、　たなも　テレビも　<u>ゆれました</u>。
　1　打れました　　　　　　　　　　　　2　抑れました
　3　押れました　　　　　　　　　　　　4　揺れました

2 きょうは　8じから　おもしろい　<u>ばんぐみが</u>　あるので、はやく　家に
かえります。
　1　蕃約　　　　　　　2　番組　　　　　　3　番約　　　　　　4　藩組

3 この　じきは　たくさんの　ふねが　<u>みなとに</u>　とまっています。
　1　港　　　　　　　　2　湾　　　　　　　3　海　　　　　　　4　湖

4 おおさかまでは　<u>とっきゅうで</u>　行って、そのあと　しんかんせんに　のる
つもりです。
　1　得救　　　　　　　2　得急　　　　　　3　特急　　　　　　4　特緊

5 なまえは　ていねいに　かきなさいと　せんせいに　<u>ちゅういされました</u>。
　1　注意　　　　　　　2　註意　　　　　　3　駐意　　　　　　4　仲意

6 それでは　みなさん、<u>てきすとの</u>　52ページを　ひらいて　ください。
　1　ラキスト　　　　　2　テキクト　　　　3　テキヌト　　　　4　テキスト

もんだい3　（　　　　）に　なにを　いれますか。1・2・3・4から
　　　　　　いちばん　いい　ものを　ひとつ　えらんで　ください。

1　へんですね。この　（　　　　）は　ちずに　のっていません。
　　1　こと　　　　　　　　2　じだい　　　　　　3　じゅうしょ　　　4　せかい

2　すうがくに　（　　　　）が　ありますから、けんきゅうを　つづけたいです。
　　1　しゅみ　　　　　　　2　きょうみ　　　　　3　たのしみ　　　　4　だいじ

3　あめに　（　　　　）　かぜを　ひいて　しまった　みたいです。
　　1　ぬって　　　　　　　2　ふって　　　　　　3　つもって　　　　4　ぬれて

4　つかい　おわったら、　はさみは　（　　　　）のなかに　いれてください。
　　1　ひきだし　　　　　　2　テーブル　　　　　3　たたみ　　　　　4　ドア

5　かばん（　　　　）は　2かいの　おくに　ございます。
　　1　かいもの　　　　　　2　レジ　　　　　　　3　うりば　　　　　4　おみせ

6　あぶないですから、　てで　（　　　　）ガラスを　さわらないで　ください。
　　1　にげた　　　　　　　2　われた　　　　　　3　むかった　　　　4　ねむった

7　ともだちに　チケットを　もらったので、　これから　（　　　　）に　行
　　きます。
　　1　コンサート　　　　　　　　　　　　2　カーテン
　　3　コンピュータ　　　　　　　　　　　4　スーツケース

8　たいふうが　ちかづいていますので、　うんどうかいは　（　　　　）します。
　　1　ちゅうしゃ　　　　　2　ちゅうもん　　　　3　りょうり　　　　4　ちゅうし

9　10さいのときから、毎日　（　　　　）を　かいています。
　　1　にっき　　　　　　　2　ざっし　　　　　　3　しゅくだい　　　　4　どくしょ

10 ことし、いちばん いきたいと おもっていた だいがくに （　　　　）す
ることに なりました。

　1　にゅういん　　　　　　2　にゅうがく　　　　3　たいいん　　　　　4　そつぎょう

もんだい4　＿＿＿＿の　ぶんと　だいたい　おなじ　いみの　ぶんが　あ
　　　　　ります。1・2・3・4から　いちばんいい　ものを　ひとつ
　　　　　えらんで　ください。

1　むずかしい　ことばばかりで、　なにを　いっているか　ぜんぜん　わかりま
せんでした。

　1　むずかしい　ことばが　いっぱいでしたが、　いっていることは　だいたい
わかりました。

　2　むずかしい　ことばは　あまり　ありませんでしたが、いっていることは　ぜ
んぜん　わかりませんでした。

　3　むずかしい　ことばが　いっぱいでしたが、　いっていることは　ほとんど
わかりました。

　4　むずかしい　ことばが　いっぱいで、いっていることが　まったく　わかりま
せんでした。

2　おとうさんの　しごとの　かんけいで、　ひっこしをすることに　なりました。

　1　おとうさんは　しごとの　ために、べつの　かいしゃへ　いくことに　なりま
した。

　2　おとうさんの　しごとの　ために、べつの　まちへ　いくことに　なりました。

　3　おとうさんは　ひっこしを　するので、あたらしい　しごとを　はじめること
に　なりました。

　4　おとうさんは　ひっこしを　するので、　しごとを　かえることに　なりました。

3 おきゃくさまから おみやげを いただきました。 ひとつ めしあがりませんか。

1 おきゃくさまから おみやげを いただきました。 ひとつ まいりませんか。

2 おきゃくさまから おみやげを いただきました。 ひとつ もうしあげませんか。

3 おきゃくさまから おみやげを いただきました。 ひとつ いかがですか。

4 おきゃくさまから おみやげを いただきました。 ひとつ はいけんしませんか。

4 どうぐが ちいさいですから、おおきい さかなは つりにくいです。

1 どうぐが ちいさいですから、おおきい さかなを つるのは むずかしいです。

2 どうぐが ちいさくても、おおきい さかなを つることが できます。

3 どうぐが ちいさくても、おおきい さかなを つるのは かんたんです。

4 どうぐが ちいさいですから、おおきい さかなは すぐに つれます。

5 この かっこうで パーティーに いくのは はずかしいです。

1 この ようふくで パーティーに いきたくないです。

2 この ようふくで パーティーに いけると うれしいです。

3 こんな たいちょうで パーティーに いくのは よくないです。

4 こんな ようすで パーティーに いくのは むずかしいです。

もんだい５ つぎの ことばの つかいかたで いちばん いい ものを
　　　　　 １・２・３・４から ひとつ えらんで ください。

1 せなか

1 クラスの せなかで はなしを しているのが さいとう君です。

2 あの ふたりは ちいさいときから とても せなかが いいです。

3 コートは タンスの せなかに しまっています。

4 30ぷんかん はしったので、せなかに たくさん あせを かきました。

2 のりもの
1 あたたかい のりものを よういしましたので、 もってこなくて いいですよ。
2 おおきな こうえんに いくと、 いろんな のりものに のって あそべます。
3 くうこうで ちいさい のりものを ひとつ わすれてしまいました。
4 どんな のりものを たべることが できませんか。

3 しらせる
1 せんせいから なまえを しらせた ひとは きょうしつに はいってください。
2 すいえい たいかいが ちゅうしに なった ことを みんなに しらせないと いけません。
3 わたしが ひっこすことに ついては もう みんな しらせて います。
4 たろうくんの ことは しょうがっこうの ころから しらせて います。

4 むこう
1 みちの むこうで てを ふっている ひとは わたしの おじいちゃんです。
2 わたしが 家を かりている むこうは えきから すこし はなれています。
3 くわしい ことは この ほんに かいてありますので、 むこうを ごらんください。
4 わたしが いつも れんらくしている むこうは すずきさんです。

5 りっぱ
1 からだが あまり りっぱなので、 よく かぜで びょういんへ 行きます。
2 ちちが なくなってから、 毎日 ははは とても りっぱそうです。
3 りっぱな かびんを いただきましたが、 かざる ところが ありません。
4 いくら やさいが りっぱでも、 からだの ために たべたほうが いいですよ。

265

第2回 新制日檢模擬考題 語言知識—文字・語彙

もんだい1 ＿＿＿＿の ことばは どう よみますか。1・2・3・4から
いちばんいい ものを ひとつ えらんで ください。

1 どのように つかうのが 安全か ごせつめい いただけませんか。
　1 あんない　　　　2 あんしん　　　　3 あんぜん　　　　4 かんぜん

2 たいかいで かてるように、一生けんめい がんばります。
　1 いっしょう　　　2 いっせい　　　　3 いっしょ　　　　4 いっぱん

3 むしに かまれて 腕が あかく なって しまいました。
　1 くび　　　　　　2 うで　　　　　　3 むね　　　　　　4 あし

4 しょうがっこうの 屋上から はなびが きれいに みえますよ。
　1 おくじょう　　　2 しつない　　　　3 かいじょう　　　4 やね

5 すみません、そこの お皿を とって ください。
　1 おわん　　　　　　　　　　　　　2 おはし
　3 おさら　　　　　　　　　　　　　4 おちゃわん

6 さいきんは だいたい どの 家庭にも テレビが あります。
　1 かぞく　　　　　　2 いえ　　　　　　3 かてい　　　　　4 おにわ

7 えきに 行かなくても しんかんせんの 切符を よやくすることが できます。
　1 きって　　　　　　2 きっぷ　　　　　3 はがき　　　　　4 けん

8 ひろった さいふを 交番に とどけた ことが あります。
　1 けいさつ　　　　　2 じゅんばん　　　3 けいかん　　　　4 こうばん

9 いとうせんせいの 講義は おもしろいことで ゆうめいです。
　1 しゅくだい　　　　2 かもく　　　　　3 こうぎ　　　　　4 じゅぎょう

もんだい2 ＿＿＿＿＿の　ことばは　どう　かきますか。1・2・3・4か
　　　　　ら　いちばんいい　ものを　ひとつ　えらんで　ください。

1 おてんきが　いいので　ふとんを　そとに　ほしましょう。
　1 不団　　　　　　　2 布団　　　　　　　3 布因　　　　　　　4 布旦

2 よるは　じかんが　ありませんが、　ひるまは　あいていますよ。
　1 早朝　　　　　　　2 日中　　　　　　　3 昼真　　　　　　　4 昼間

3 ちちは　なつでも　せびろを　きて　会社へ　いきます。
　1 背広　　　　　　　2 洋服　　　　　　　3 正装　　　　　　　4 着物

4 たばこは　はたちから　すうことが　できると　ほうりつで　きめられています。
　1 御酒　　　　　　　2 煙草　　　　　　　3 将棋　　　　　　　4 趣味

5 もうすこし　やさいを　たべなさい。
　1 果物　　　　　　　2 海鮮　　　　　　　3 野草　　　　　　　4 野菜

6 まいばん　ねるまえに　ほんを　よむことに　しています。
　1 毎朝　　　　　　　2 毎夜　　　　　　　3 毎日　　　　　　　4 毎晩

もんだい3 （　　　　）に　なにを　いれますか。1・2・3・4から
　　　　　いちばん　いい　ものを　ひとつ　えらんで　ください。

1 がいこくから　きて　にほんで　べんきょうしている　ひとを　（　　　　）
　と　いいます。
　1 せんせい　　　　　　　　　　　2 けんきゅうしゃ
　3 りゅうがくせい　　　　　　　　4 かいしゃいん

2 （　　　　）に　のって　うみに　でて、　さかなを　つりに　いきました。
　1 ふね　　　　　　　2 ひこうき　　　　　3 じどうしゃ　　　　4 くるま

3 きのうの　よる　2じまで　おきていたので、きょうは　とても（　　　　）で
す。

　1　あぶない　　　　　　2　ねむたい　　　　　3　つめたい　　　　　4　きたない

4 ドアを　しめる　ときは　この　ぼたんを　（　　　　）ください。

　1　おして　　　　　　　2　あけて　　　　　　3　さして　　　　　　4　ついて

5 大きい　こえで　はっきりと　（　　　　）しながら　よみましょう。

　1　けっこん　　　　　　2　せんたく　　　　　3　はつおん　　　　　4　けんがく

6 買うか、かわないかは　（　　　　）を　聞いてから　きめます。

　1　たかい　　　　　　　2　おかね　　　　　　3　ねだん　　　　　　4　やすい

7 ながい　あいだ　（　　　　）に　なりました。

　1　おむかえ　　　　　　2　おみやげ　　　　　3　おかげ　　　　　　4　おせわ

8 そこに　おいてある　ほんを　ちょっと　（　　　　）しても　いいです
か。

　1　ごちそう　　　　　　2　せわ　　　　　　　3　けんぶつ　　　　　4　はいけん

9 てがみを　だしましたが、まだ（　　　　）が　ありません。

　1　よやく　　　　　　　2　へんじ　　　　　　3　はがき　　　　　　4　ゆうびん

10 あついので、　すこし　（　　　　）を　つけましょうか。

　1　じゅうでん　　　　　2　でんき　　　　　　3　だんぼう　　　　　4　れいぼう

もんだい4 ＿＿＿＿＿の ぶんと だいたい おなじ いみの ぶんが あります。1・2・3・4から いちばんいい ものを ひとつ えらんで ください。

1 おじょうさんが だいがくに ごうかくしたと うかがいました。おめでとう ございます。

1 おじょうさんが だいがくを そつぎょうした そうですね。おめでとうございます。

2 おじょうさんが だいがくに ごうかくしたと ききました。おめでとうございます。

3 おじょうさんが だいがくに ごうかくしたと いっていました。おめでとうございます。

4 おじょうさんが だいがくに ごうかくする ところを みました。おめでとうございます。

2 ホテルに とまる ひとは、ただで コンピュータを りようすることが できます。

1 ホテルに とまる ひとは、ただで コンピュータを つかうことが できます。

2 ホテルに とまる ひとは、ただで コンピュータを みせることが できます。

3 ホテルに とまる ひとは、ただで コンピュータを もらうことが できます。

4 ホテルに とまる ひとは、ただで コンピュータを わたすことが できます。

3 すずきせんせいの　せつめいは　とても　ふくざつで　わかりにくいです。

 1　すずきせんせいの　せつめいは　とても　かんたんに　せつめいして　くれ
  ます。

 2　すずきせんせいの　せつめいは　とても　むずかしいです。

 3　すずきせんせいの　せつめいは　むずかしくないです。

 4　すずきせんせいの　せつめいは　やさしいです。

4 はたちの　たんじょうびに　さいふを　あげるつもりです。

 1　はたちの　たんじょうびに　さいふを　もらうつもりです。

 2　はたちの　たんじょうびに　さいふを　いただいたことが　あります。

 3　はたちの　たんじょうびに　さいふを　ちょうだいします。

 4　はたちの　たんじょうびに　さいふを　プレゼントする　つもりです。

5 これ　いじょう　おはなしすることは　ありません。

 1　まだ　はなすことが　あると　おもいます。

 2　もう　はなすことは　ありません。

 3　なにも　はなすことは　ありません。

 4　だれも　はなすひとは　いません。

もんだい5　つぎの　ことばの　つかいかたで　いちばん　いい　ものを
     1・2・3・4から　ひとつ　えらんで　ください。

1 ボタン

 1　つよい　かぜが　ふいているので、ボタンを　かぶった　ほうが　いいですよ。

 2　ボタンが　たりないので、くだものを　たくさん　たべています。

 3　いそいで　ふくを　ぬいだところ、ボタンが　とれました。

 4　うみに　いくときは　みじかい　ボタンを　はきます。

2 まっすぐ

1 うんどうしたあと、 おふろに はいると まっすぐします。

2 それでは、ぶちょうに まっすぐ そうだんして みましょうか。

3 あそこの こうさてんを みぎに まっすぐすると、 えきに つきます。

4 ひとと はなしを するときは まっすぐに めを 見たほうが いいですよ。

3 おいわい

1 ゆきちゃんが おしえてくれた おいわいで、おくれないで 行けました。

2 ざんねんですが、しかたないです。げんきを だすために おいわい しましょうか。

3 おじいちゃんが 100さいに なりますので、みんなで おいわい します。

4 みんなが てつだってくれたので はやく おわりました。おれいに 何か おいわいしたいです。

4 おもいだす

1 この えいがを 見ると、しょうがっこうの ころを おもいだします。

2 きのう あたらしく おもいだした えいごの ことばを もう わすれました。

3 なつに よく たべた あの アイスクリームを おもいだしていますか。

4 あの コートは デパートで 買ったほうが よかったと おもいだします。

5 おりる

1 だんだん きおんが おりてきて、あさや よるは とても さむいです。

2 びじゅつかんに 行くなら やおやの まえから バスに おりると いいですよ。

3 あの はいゆうは とても にんきが ありましたが、さいきんは おりてきました。

4 りょかんの ひとが むかえに きて いますので、つぎの えきで でんしゃを おりて ください。

第3回 新制日檢模擬考題 語言知識─文字・語彙

もんだい1 ＿＿＿＿＿の ことばは どう よみますか。1・2・3・4
から いちばんいい ものを ひとつ えらんで ください。

1 こねこは からだが 弱って じぶんで ごはんを たべることも できま
せん。

1 かわって 　　　2 ちって 　　　3 よわって 　　　4 さわって

2 ほっかいどうへ りょこうに いった お土産です。 どうぞ。

1 おかえし 　　　2 おれい 　　　3 おいわい 　　　4 おみやげ

3 クラスの みんなが ぜんいん 集まったら、 しゅっぱつします。

1 つまったら 　　　2 あつまったら 　　　3 こまったら 　　　4 しまったら

4 おじいちゃんは よく 海へ さかなを つりに いきます。

1 うみ 　　　2 いけ 　　　3 やま 　　　4 かわ

5 あの ビルは 何階まで あるんですか。

1 なんさつ 　　　2 なんけん 　　　3 なんまい 　　　4 なんかい

6 そこの たなに はいっている くすりを 取って ください。

1 とって 　　　2 きって 　　　3 たって 　　　4 もって

7 こうえんの となりに ある 工場では 車を つくっています。

1 ばしょ 　　　2 うんどうじょう 　　　3 こうじょう 　　　4 かいじょう

8 でんわで ホテルを 予約 しました。

1 けいかく 　　　2 よやく 　　　3 やくそく 　　　4 よてい

9 たばこを 吸いたいのですが、 よろしいですか。

1 ぬいたい 　　　2 さいたい 　　　3 おいたい 　　　4 すいたい

もんだい2 _____の ことばは どう かきますか。1・2・3・4か
ら いちばんいい ものを ひとつ えらんで ください。

1 毎日 こどもを ようちえんに つれて いってから、 しごとに 行きます。
　　1 連れて　　　　　 2 帯れて　　　　　 3 練れて　　　　　 4 抱れて

2 せんしゅうの しゅうまつは かぞくで のんびり おんせんに 行きまし
　　た。
　　1 週末　　　　　　 2 周末　　　　　　 3 周末　　　　　　 4 週末

3 すずきさんは フランスへ 行って びじゅつを べんきょうする そうです。
　　1 美術　　　　　　 2 技術　　　　　　 3 手術　　　　　　 4 芸術

4 たいしかんの まえで おおきな じこが あったようです。
　　1 事古　　　　　　 2 自故　　　　　　 3 事故　　　　　　 4 事件

5 やまださんは こどもが ふたり いますが、 とても わかくみえます。
　　1 苦く　　　　　　 2 若く　　　　　　 3 草く　　　　　　 4 芋く

6 この スイカは バスていの まえの しんごうを わたった ところに あ
　　る やおやさんで 買いました。
　　1 過った　　　　　 2 越った　　　　　 3 渡った　　　　　 4 当った

もんだい3 （　　　　）に なにを いれますか。1・2・3・4から
　　　　　 いちばん いい ものを ひとつ えらんで ください。

1 さそってくれて、ありがとうございます。（　　　　）ですが、そのひは 行
　　けません。
　　1 ざんねん　　　　 2 たいへん　　　　 3 きけん　　　　　 4 ていねい

273

2 おきたら　（　　　　）と　まくらを　たんすに　かたづけて　ください。

1　マフラー　　　　　　2　きもの　　　　　　3　ふとん　　　　　　4　たたみ

3 おべんとうは　きれいな　ハンカチで　（　　　　）　がっこうへ　もって　いきます。

1　つつんで　　　　　　2　はこんで　　　　　　3　ひいて　　　　　　4　つかって

4 家に　かえったら、　すぐに　（　　　　）で　てを　あらいなさい。

1　はぶらし　　　　　　2　シャンプー　　　　　3　タオル　　　　　　4　せっけん

5 かぜが　つよくて　ろうそくの　ひが　（　　　　）しまった。

1　きれて　　　　　　　2　きえて　　　　　　3　けして　　　　　　4　つけて

6 おはしでは　たべにくいので、　（　　　　）を　おねがいします。

1　スープ　　　　　　　2　スプーン　　　　　3　ちゃわん　　　　　4　おわん

7 ひとりで　ぜんぶ　たべられませんから、（　　　　）で　きって　わけましょう。

1　ナイフ　　　　　　　2　ソース　　　　　　3　パソコン　　　　　4　パート

8 あと　100えん　（　　　　）ので、　かして　くれませんか。　あした　おかえしします。

1　あげない　　　　　　2　たりない　　　　　3　いれない　　　　　4　うけない

9 しょくじの　（　　　　）が　できましたよ。　さあ　いただきましょう。

1　じゅんび　　　　　　2　ぐあい　　　　　　3　にもつ　　　　　　4　じゅんばん

10 たいふうの　あとは　みずが　おおくて　（　　　　）ですから、　かわに　は　いらないほうが　いいですよ。

1　おもい　　　　　　　2　たのしい　　　　　3　あぶない　　　　　4　あさい

もんだい4 ＿＿＿＿＿の ぶんと だいたい おなじ いみの ぶんが
あります。1・2・3・4から いちばんいい ものを ひ
とつ えらんで ください。

1 くだものの なかで いちばん すきなのは なにですか。

1 くだものの ほかで いちばん すきなのは なにですか。

2 すきな ひとが いちばん おおい くだものは なにですか。

3 いちばん にんきの ある くだものは なにですか。

4 いちばん すきな くだものは なにですか。

2 さくやは うえの かいの テレビの おとが うるさくて ねむれませんで
した。

1 さくやは うえの かいの テレビの おとが きこえなくて ねむれませ
んでした。

2 さくやは うえの かいから テレビの おとが して ねむたくなりました。

3 さくやは うえの かいの テレビの おとが おおきくて ねることが
できませんでした。

4 さくやは うえの かいが にぎやかで てれびの おとが きこえません
でした。

3 さっき 聞いた はなしなのに、 もう わすれて しまいました。

1 すこし まえに 聞いたばかりですが、 もう わすれて しまいました。

2 あとで きこうと おもっていたのに、聞くのを わすれて しまいました。

3 さっき 聞くはずでしたが、すっかり わすれて しまいました。

4 いま 聞いたところなので まだ おぼえています。

4 こたえが わかる ところだけ かきました。

1 こたえが わからない ところも かきました。

2 こたえが わかる ところしか かきませんでした。

3 こたえが わからなかったので なにも かきませんでした。

4 こたえが わかったので ぜんぶ かきました。

5 じゅうしょや でんわばんごうを かかないと 本を かりることが でき ません。

1 じゅうしょや でんわばんごうを かけば 本を かりることが できます。

2 じゅうしょや でんわばんごうを かいても 本を かりることが できません。

3 じゅうしょや でんわばんごうを かくと 本を かりることが できません。

4 じゅうしょや でんわばんごうを かかなくても 本を かりることが で きます。

もんだい5 つぎの ことばの つかいかたで いちばん いい ものを
1・2・3・4から ひとつ えらんで ください。

1 みじかい

1 せんしゅうから おくの はが みじかいので びょういんに いってきます。

2 きょうの しゅくだいは みじかいですから、すぐに おわると おもう。

3 つめたい みずで てや かおを あらうと とても みじかいです。

4 みじかい てがみですが、 いいたい ことは よく わかります。

2 よぶ

1 どうぶつの びょうきを なおす ひとを 「じゅうい」と よびます。

2 「木」と いう かんじが ふたつ ならぶと、 「はやし」と よびます。

3 すみません、でんわが よんでいるので でて くれませんか。

4 りょこうきゃくに みちを よばれましたが、 わかりませんでした。

3 つごう

1 にゅういんして 1 しゅうかんに なりますが、つごうは よくなりましたか。

2 それでは こんしゅうの きんようびの つごうは どうですか。

3 家から 3ぷんの ところに スーパーが あるので、 とても つごうです。

4 あしたの 2じなら、 つごうは ありますか。

4 さいふ

1 さいふには いつも 1 まんえんぐらい いれています。

2 つよい あめでは ないから さいふを ささなくても だいじょうぶみたいです。

3 わたしの さいふから ハンカチを だして ください。

4 さむいですから、 きょうは あつい さいふを かけて ねましょう。

5 やめる

1 テーブルの うえに おいた かぎが やめません。

2 かぜを ひくと いけないから、 まどを やめて ねましょう。

3 くらくなって きたので、そろそろ あそぶのを やめて かえりましょうか。

4 ゆきが ふって でんしゃが やめました。

三回全真模擬試題　解答

第一回

もんだい 1

1	4	2	2	3	1	4	1
5	3	6	4	7	2	8	3
9	2						

もんだい 2

1	4	2	2	3	1	4	3
5	1	6	4				

もんだい 3

1	3	2	2	3	4	4	1
5	3	6	2	7	1	8	4
9	1	10	2				

もんだい 4

1	4	2	2	3	3	4	1
5	1						

もんだい 5

1	4	2	2	3	2	4	1	5	3

第二回

もんだい 1

1	3	2	1	3	2	4	1
5	3	6	3	7	2	8	4
9	3						

もんだい 2

1	2	2	4	3	1	4	2
5	4	6	4				

もんだい 3

1	3	2	1	3	2	4	1
5	3	6	3	7	4	8	4
9	2	10	4				

もんだい 4

1	2	2	1	3	2	4	4
5	2						

もんだい 5

| **1** 3 | **2** 4 | **3** 3 | **4** 1 | **5** 4 |

第三回

もんだい 1

1 3	**2** 4	**3** 2	**4** 1
5 4	**6** 1	**7** 3	**8** 2
9 4			

もんだい 2

| **1** 1 | **2** 4 | **3** 1 | **4** 3 |
| **5** 2 | **6** 3 | | |

もんだい 3

1 1	**2** 3	**3** 1	**4** 4
5 2	**6** 2	**7** 1	**8** 2
9 1	**10** 3		

もんだい 4

| **1** 4 | **2** 3 | **3** 1 | **4** 2 |
| **5** 1 | | | |

もんだい 5

| **1** 4 | **2** 1 | **3** 2 | **4** 1 | **5** 3 |

絕對合格 全攻略！
新制日檢！
N4 必背必出單字（20K+MP3）

【絕對合格 02】

■ 發行人／ 林德勝

■ 著者／ 吉松由美・田中陽子

■ 出版發行／ 山田社文化事業有限公司
　地址　臺北市大安區安和路一段112巷17號7樓
　電話　02-2755-7622　02-2755-7628
　傳真　02-2700-1887

■ 郵政劃撥／ 19867160號　大原文化事業有限公司

■ 總經銷／ 聯合發行股份有限公司
　地址　新北市新店區寶橋路235巷6弄6號2樓
　電話　02-2917-8022
　傳真　02-2915-6275

■ 印刷／ 上鎰數位科技印刷有限公司

■ 法律顧問／ 林長振法律事務所　林長振律師

■ 定價+MP3／ 新台幣360元

■ 初版／ 2019年7月